UTA-MARIA HEIM

Tanz oder stirb

AUFWÜHLEND Nuria Haas lebt als Traumatherapeutin mit ihrer autistischen Tochter Rosalie im Stuttgarter Westen. Zu ihr kommt Selina Seidel, eine 20-jährige Ballettschülerin. Nach einem Sturz leidet sie unter der krankhaften Angst zu fallen und sucht nun Hilfe. Nuria erfährt von der unmenschlichen Behandlung bei der klassischen Tanzausbildung in der Nurejew-Schule. Als sie die Leiterin, die ehemalige Primaballerina Irina »Olga« Iwanowa, kennenlernt, macht diese Berühmtheit auf Nuria wider Erwarten einen warmherzigen und lebensklugen Eindruck. Ist das, was Selina erzählt, wirklich wahr? Oder sind es die Projektionen einer überforderten jungen Frau?

Selina fällt wieder, zieht sich eine Knieverletzung zu und muss die Nurejew-Schule verlassen. Auf der Suche nach ihr stößt Nuria auf ihr eigenes Kindheitstrauma. Als sie neun Jahre alt war, verschwand ihr Adoptivvater, ihre Adoptivmutter verunglückte tödlich. Und nun findet Nuria die Leiche einer Frau, die möglicherweise ihre leibliche Mutter ist.

Uta-Maria Heim, geboren 1963 in Schramberg, lebt als Hörspieldramaturgin und Autorin in Baden-Baden und Stuttgart. Sie studierte in Stuttgart Literaturwissenschaft, Linguistik und Soziologie und arbeitete für die Stuttgarter Zeitung und den Süddeutschen Rundfunk. 1993 bis 2002 lebte sie in Hamburg und Berlin. Neben vielen Features, Essays und Hörspielen veröffentlichte sie zahlreiche Bücher, vor allem Krimis. Zuletzt erschien 2022 der Roman »Albleuchten. Eine Herbstreise 1790«. Sie erhielt zweimal den Deutschen Krimi-Preis, den Förderpreis Literatur des Kunstpreises Berlin, ein Stipendium der Villa Massimo in Olevano Romano sowie den Friedrich-Glauser-Preis. Sie ist Mitglied im PEN-Zentrum Deutschland.

UTA-MARIA HEIM

Tanz oder stirb

STUTTGART-KRIMI

GMEINER

Immer informiert

Spannung pur – mit unserem Newsletter informieren wir Sie regelmäßig über Wissenswertes aus unserer Bücherwelt.

Gefällt mir!

Facebook: @Gmeiner.Verlag
Instagram: @gmeinerverlag
Twitter: @GmeinerVerlag

MIX
Papier | Fördert gute Waldnutzung
FSC® C014496

Besuchen Sie uns im Internet:
www.gmeiner-verlag.de

Im Ehnried 5, 88605 Meßkirch
Telefon 07575/2095-0
info@gmeiner-verlag.de

1. Auflage 2023

Herstellung: Mirjam Hecht
Umschlaggestaltung: U.O.R.G. Lutz Eberle, Stuttgart
unter Verwendung eines Fotos von: © Sarbescu Radu / shutterstock.com
Druck: GGP Media GmbH, Pößneck
Printed in Germany
ISBN 978-3-8392-0514-3

PROLOG

Eine Stadt steigt ab. Die Stimmung sinkt in den Keller. Plötzlich kommen Probleme dazu, mit denen kein Mensch gerechnet hat. Die Inflation bedroht die gewohnte Sicherheit. Spätestens im Sommer lässt sich die Angst nicht mehr aufhalten: Die Preise explodieren, die Firmen sterben – in den Baumärkten stapeln sich die Heizlüfter. Die Buchhandlungen verwaisen. Wer hätte gedacht, dass es irgendwann wieder bergab gehen könnte? Müssen wir alle sterben? Die Nachrichten warnen halbstündlich davor, die Medien wissen nichts anderes zu berichten. Die Serie der Hiobsbotschaften reißt nicht ab: Die Börsen bremsen, die Kurse brechen ein. Der Gebrauchtwagenmarkt ist überteuert, die Brötchenpreise steigen, die Nebenkosten explodieren, und es gibt keine bezahlbaren Wohnungen mehr. Niemand kann sich mehr irgendetwas leisten. Das Gas geht aus. Wir werden erfrieren. Der finale Untergang droht. Vor lauter Furcht verfallen die Leute in Panik. Und kein Mensch will mehr arbeiten, weil sich die Schinderei nicht lohnt. 60 Prozent der Beschäftigten, sagt eine Studie, würden ihren Job sofort hinschmeißen, wenn sie das Geld nicht bräuchten. Hotels, Gaststätten und Schwimmbäder schließen, weil niemand mehr dort arbeiten möchte. Überall herrscht Fachkräftemangel. Jugendliche wollen keine Ausbildung mehr machen, sie haben auf nichts mehr Bock. Die Einzigen, die noch irgendwie motiviert werden, sind die

Traumatherapeut*innen. Sie schießen wie Pilze aus dem Boden.

Anlass zur Hoffnung in dieser Stadt bietet allein das Ballett: In Stuttgart wird weitergetanzt. Wie wild. Jetzt erst recht.

I.

AND THOSE WHO WERE SEEN DANCING WERE THOUGHT TO BE INSANE BY THOSE WHO COULD NOT HEAR THE MUSIC.

1

Sie lag auf der Seite. Sie hatte einen Schuh verloren, ein brauner Mokassin mit halbhohem Absatz. Sie trug Seidenstrümpfe. Ihr beiger Trenchcoat schimmerte wie das Fell eines Hasen. Ihr linkes Auge war geschlossen, die Nase bleich und spitz, der Mund lächelte. Aus ihrem rechten Ohr floss ein Rinnsal Blut. Um sie herum waren ihre Einkäufe verstreut: Erdbeeren, Möhren, ein Salatkopf, Waschpulver. Mittendrin eine zerbrochene Milchflasche, in deren Scherben sich die Abendsonne spiegelte. Ein clowngesichtiger Pfirsich kullerte an den Rand des Stilllebens und blieb dort liegen.

Blut stahl sich dazu, fügte sich ungefragt in das Bild ein, das bis dahin perfekt gewesen war. Auch kamen störende Geräusche hinzu, welche die Stille durchschnitten: das Pfeifen des Frühlingswinds, das ferne Rauschen des Verkehrs, das röhrende Rattern einer Straßenbahn. Ein störrischer Vogel, der nicht schweigen wollte. Das alles untergrub die Andacht des Augenblicks, den vollkommenen Stillstand.

Während sie so dalag, in der Erinnerung für immer so daliegen würde, am Rand der Straße, in ihrem eigenen Viertel, fast vor dem Haus, in dem sie wohnte, erblühten über ihr die Kastanien, als hätte jemand Kerzen in die Bäume gesteckt. Und diese Kerzen, die sonst stumm waren, sangen ein irrsinniges Lied.

Immer, wenn Nuria glaubt, sie habe die Heimsuchung überwunden, überfällt sie diese Szene. Mit einer Eindringlichkeit, die sich mit den Jahren und Jahrzehnten gesteigert hat.

Heute ist der Jahrestag. 35 Jahre ist es her, auf den Tag genau. Der 13. März, ein Freitag. Mama hat eingekauft, und dann fuhr sie mit dem Auto nach Hause. Dort, kurz vor dem Ziel, passierte der Unfall. Nuria war neun Jahre alt. Sie war nicht dabei, aber sie hat den Knall gehört und ist mit nackten Füßen rausgerannt. Sie hat ihre Mutter vom Kopfsteinpflaster aufgelesen.

Die Einzelheiten wurden über die Jahre immer präziser, und es gesellten sich neue Eindrücke hinzu. Nuria weiß nicht, ob es der Abbau von Blockaden ist, der das ermöglicht, das Schwinden der Verdrängung, oder ob sich ihre Fantasie freie Felder erobert, die vorher mit nichts besetzt waren als mit einer vagabundierenden Angst. Nuria hat mit niemandem darüber gesprochen, niemals, auch damals mit ihrer Lehrtherapeutin nicht. Die sie während und nach der Ausbildung über einen langen Zeitraum hinweg begleitet hat, um aus ihr einen funktionstüchtigen Menschen zu machen, dessen Konflikte bearbeitet und dessen Bedürfnisse geklärt waren, damit er anderen Bedürftigen helfen konnte. Suse war ein kerniger Charakter, ausdauernd, duldend und willensstark, aber sie hat einfach nichts begriffen. Nichts.

Mit beiden Beinen springt Nuria aus dem Bett und geht barfuß über den Teppich. An ihren Fußsohlen spürt sie die weiche Wolle, die an die sanfte Berührung von Moos erinnert und einen wohltuenden Kontrast abgibt zum kantigen, harten Kopfsteinpflaster. Und zum Asphalt, mit dem das Pflaster an manchen Stellen ausgebessert war, weil die Neubausiedlung im Bohnenviertel schneller wuchs, als man mit den Straßenarbeiten hinterherkam.

Alles wucherte, keimte und blühte auf. Dann verdarb es schon wieder. Was gestern vollbracht war, wurde heute wieder aufgerissen, und morgen kam der Mai und machte alles nochmals neu. Alles war so ungeheuer lebendig.

Nuria hat sich in ihrem Traum verheddert, sie ist noch nicht vollends wach. Sie befindet sich nicht 1987 im Bohnenviertel, wo sie als Kind durchgestiefelt ist auf dem Heimweg von der Jakobschule zum Olgaeck, sie lebt 35 Jahre später im Stuttgarter Westen.

Nach dem Studium in Tübingen ist Nuria zurück nach Stuttgart gezogen, und nach der Trennung von Archie hat sie sich eine kleine, für ihre Verhältnisse schon damals viel zu teure Dachwohnung in einem reizenden Jugendstilbau in der Hasenbergsteige gekauft. Das Haus steht in luftiger Halbhöhenlage, mit großzügigem Abstand zu den unterschiedlichsten Villen, die dagegen alle massiv und klobig wirken. Es gleicht einem Solitär und wird umsäumt von Skulpturen. Die Hasenbergsteige verbindet Bäume mit Kunst; Mauern wurden mit Hasen besprüht, an einem begrünten Aussichtspunkt genießt man den Panoramablick vom Stuttgarter Kessel in die sich dahinter erstreckende geschwungene Hügellandschaft. In einer kleinen Parkanlage sind zahlreiche Großplastiken von Otto Herbert Hajek vor seiner verfallenden Villa zu Hause. Ein Stück weiter oben mündet die schmale Straße in einen Feldweg, er führt direkt in den Wald. Am Wochenende wird die Hasenbergsteige beherrscht vom Freizeitsport. Autos fahren dagegen kaum. Es ist eine der besten Wohnlagen Stuttgarts. In den bald zehn Jahren, die Nuria hier lebt, sind die Preise explosionsartig angestiegen, und Nuria betrachtet ihre Immobilie dankbar als zusätzliche Altersversicherung.

Sie läuft zum Dachfenster und reißt es auf. Tief atmet sie den süßlichen Geruch ein, nach heißem Straßenbelag und Gully, der noch aus ihren Träumen kommt, dem Alp zwischen Schlaf und heraufdämmerndem Wachzustand. Die aufgehende Sonne verzittert im Abendlicht von damals. Sie riecht das Blut und schmeckt es auf der Zunge. Und sie fragt sich, wieder einmal, wie die Kastanien knospen, die Kerzen aufspringen konnten, es war doch erst Mitte März. Wo sind die Erdbeeren und die Pfirsiche hergekommen? Mama konnte das Obst unmöglich eingekauft haben, es müssen Äpfel und Tomaten gewesen sein. So spielt uns die Erinnerung einen Streich und macht der Wahrheit einen Strich durch die Rechnung.

Nuria blinzelt in den farbigen Morgen. Der blattlose Baum gegenüber lässt das Blau des Himmels durchscheinen. Langsam ebben die Trugbilder ab, die Gerüche schwinden, und die Müllabfuhr röhrt und klappert. Der Stuttgarter Westen erwacht. Mit einem unbändigen Realismus, einer Lust an den Notwendigkeiten und einer Gier zu gefallen. Nuria registriert, dass es Sonntag ist. Sie muss sich also mit dem Müllauto geirrt haben.

Wie an jedem zweiten Wochenende ist Rosalie bei ihrem Vater, und Nuria hat Zeit für sich. Später muss sie in die Praxis, nach dem Rechten sehen; ein paar Abrechnungen stehen noch aus. Außerdem muss der Putzhilfe hinterhergeputzt werden. Erdmute, die die Praxisräume mit Nuria teilt, hat schon an Kündigung gedacht, und auch sie selbst war kurz davor. Aber was ist das für eine Welt, in der eine Reinigungskraft nicht das Recht hat zu schludern, ohne damit gleich den Anspruch auf Krankenversicherung und Rente zu verlieren? Nuria möchte in so einer Welt nicht leben, und Erdmute will das auch nicht. Also wird Omar so schlampig weiterarbeiten wie bisher.

Nuria macht sich einen Kaffee mit dem kleinen Espressokocher von Bialetti, den ihr Luisa vor vier Jahren aus Rom mitgebracht hat. Es ist der Klassiker, ein Kultgegenstand, und Luisa hat ihn ihr stolz überreicht, zusammen mit dem richtigen Espresso. Die silberne Dose mit dem rot-schwarzen Aufdruck benutzt Nuria immer noch. Und jedes Mal, wenn sie danach greift, denkt sie an Luisa. Was sie heute wohl macht, wo sie wohl ist? Ob sie sich ein neues Motorino gekauft und eine neue Liebe gefunden hat?

Es ist schön, dass Rosalie nicht da ist. Nuria hat deshalb kein schlechtes Gewissen. Sie braucht diese Pausen, um sich zu entspannen, Zeit für sich zu finden, zu sich selber zu kommen. Wie alle 13-jährigen Mädchen kreist Rosalie unablässig um sich selbst, mit dem Unterschied, dass sie das schon vor der Pubertät getan hat und noch hinterher tun wird. Rosalie ist das Zentrum des Universums, sie ist die Sonne, an der sich Nuria ziemlich oft verbrennt. Deshalb ist es auch so kühl in der Wohnung, sobald sie nicht da ist, und die Luft erscheint seltsam leer. Sie ist fast zu dünn zum Atmen. Nuria weiß, dass sie ihre Tochter mehr liebt, als für sie selber gut ist, und dass sie es nicht verkraften könnte, wenn ihr etwas zustieße. Rosalie wiederum braucht diese Liebe, um existieren und wachsen zu können, und sie braucht Archies nervtötende Lässigkeit, um zu vergessen, dass sie anders ist, anders und anstrengend.

Mit Espressotasse, Toast und Frühstücksei setzt sich Nuria an den Küchentisch. Schütter scheint die Sonne auf die Wochenzeitung, die ungelesen vor ihr liegt. Darauf schlummert ihr Diensthandy. Nuria hat es lautlos gestellt. Dennoch schnarrt es. Nuria kann es nicht lassen. Sie geht ran.

»Ja?«

»Frau Haas? Mein Name ist Selina Seidel. Sie sind mir empfohlen worden.« Eine junge Stimme. Fest. Stark. Fast voluminös.

»Hören Sie, es ist Sonntag.«

»Das ist doch jetzt egal.«

»Außerdem habe ich keine Termine zu vergeben. Die nächsten Vorgespräche sind im Mai. Therapieplätze gibt es frühestens im Sommer. Bis dahin bin ich ausgebucht.«

»Oh.«

Für einen Augenblick bricht die Selbstsicherheit der jungen Frau zusammen. Nuria kann förmlich hören, wie es in ihr arbeitet. »Aber ich kann Sie natürlich auf die Warteliste setzen. Ich speichere Ihre Nummer, und ich rufe Sie dann an. Versprochen.«

»Wollen Sie gar nicht wissen, was mir zugestoßen ist?«

»Darüber reden wir dann.«

»So geht das nicht«, erwidert Selina Seidel.

»Und warum nicht?«

»Weil ich dann tot bin. Und Sie sind schuld.«

Nuria lacht. Sie weiß, dass das gemein ist. Aber sie lacht laut und herzlich. »Kennen Sie das Gebiet um die Parkseen? Ich möchte dort im Wald joggen, am Bärenschlössle vorbei den Bärensee entlang und mit einem Abstecher zum Rotwildgehege die Runde zurück übern Pfaffensee. Das ist ein ziemliches Stück. Ich starte am Parkplatz am Neuen See. Wenn Sie wollen, treffen wir uns da. Ich werde Sie nicht daran hindern, sich mir anzuschließen.«

»Joggen ist für mich kein Problem.«

Zwei Stunden später stehen sie sich gegenüber. Nuria ist mit der S-Bahn zum Pfaffenwald gefahren und pünktlich. Sie erkennt Selina Seidel sofort. Sie sitzt am Ufer des Neuen Sees auf einer Parkbank, umschlossen von mächtigen Bäumen, abseits des Pulks freizeitbewegter Menschen, und blickt ihr entgegen. Ihr Gesicht ist ebenmäßig, nahezu ausdruckslos. Sie wirkt sehnig, sportlich, muskulös, dabei aber mager. Selina trägt ein eng anliegendes schwarz-weiß gemustertes Designershirt, schwarze Laufhosen und übertrieben bunte Laufschuhe. Ein professionelles Outfit, teure, extrem angesagte Markenkleidung, atmungsaktiv und leichtgewichtig. Ihre langen braunen Haare hat sie zu einem Pferdeschwanz hochgebunden. Selina sieht aus, als wolle sie einen Marathon gewinnen.

Nuria kommt sich mit der billigen roten Regenjacke, den verbeulten Baumwoll-Leggins, den selbst gestrickten Ringelstrümpfen und den lachsfarbenen Joggingschuhen etwas altmodisch vor. Wie ein Relikt aus dem letzten Jahrhundert. Denn plötzlich fällt ihr auf, dass auch die übrigen Leute, die hier im Naherholungsgebiet spazieren gehen, ihre Hunde ausführen, wandern, laufen und Rad fahren, zeitgemäßer und funktionaler ausgestattet sind als sie. Sie demonstrieren den globalen Sieg der Outdoorläden und Internetschnäppchen, und diese Diktatur des Erfolgs führt auch dazu, dass niemand allein unterwegs ist.

Inzwischen ist Nuria bei Selina angekommen. »Hallo, ich bin Nuria Haas. Was meinen Sie, schaffen wir's bis zum Bärenschlössle?«

Selina Seidel steht auf. Sie ist überraschend groß, viel größer als Nuria. An die 1,80 Meter. Im Stehen wirkt sie noch sehr viel filigraner. Erschreckend dünn, aber nicht zerbrechlich.

»Wollen Sie mich verarschen?«

Der derbe Ausdruck passt nicht zu ihr. Sie hat etwas Feines in der Stimme, obwohl sie wie auch am Telefon sehr forsch klingt. Sie steht ständig unter Strom, das weiß Nuria sofort. Sie lächelt ihr zu. »Wie alt sind Sie?«

»20.«

»Schon? Darf ich Sie trotzdem Selina nennen? Ich heiße Nuria.«

»Gerne, Frau Haas.« Auch Selina verzieht den Mund, doch ihre Lippen sind schmal, und das Lächeln versiegt in ihrem eiskalten Blick. Sie hat schräg gestellte Augen wie ein Husky, hellblau wie das Nirwana.

Der Märzhimmel hat den Winter hinter sich gelassen, weiße Wattewölkchen vor veilchenfarbenem Firmament, warm und handzahm scheint die Sonne. Zutraulich das Geplapper der Vögel. Ein Specht hämmert. Leichtsinnige Käfer queren den engen Pfad. Am Wegrand, wo noch das Laub modert, blühen Krokusse. Es riecht nach Waldboden, Schnaps und Hundekot.

Zeitgleich auf die Sekunde laufen sie los, mit einigem Abstand, sich durch die Paare und Familien schlängelnd. Es ist kein Ambiente, um einander kennenzulernen, geschweige denn, tiefschürfende Gespräche zu führen. Selina läuft leicht, ihr Atem fließt. Auch Nuria gerät nicht ins Schnaufen. Sie gibt das moderate Tempo vor, Selina fügt sich. Es ist offenkundig, dass sie es gewohnt ist, sich unterzuordnen – selbst da, wo das nicht ihrem Wesen entspricht. Trotz ihres massiven Willens erduldet sie es, dass ihr Vorsatz gebrochen wird. Das hat nichts mit Rücksichtnahme zu tun, sondern es ist eine in der frühen Kindheit erworbene Überlebensstrategie. Selina Seidel betreibt einen Leistungssport – aber welchen? Auf alle Fälle wird sie erfolgreich dressiert. Und sie leidet unter einer gravierenden Essstörung, vermutlich unter einer partiell chronifizierten Magersucht.

»Sie halten sich für eine geniale Menschenkennerin, was?«

Selinas Einwurf kommt plötzlich, war aber erwartbar. Wer minutenlang schweigend neben einer Psychotherapeutin herrennt, schwebend zumeist, kann nicht umhin, sich auszumalen, was sie über einen denkt.

»Ja, freilich«, erwidert Nuria. »Das ist mein Geschäft. Wenn ich nicht übermäßig empathisch wäre, sollte ich das mit der Praxis besser bleiben lassen.«

»Sie sind eine verdammte Klugscheißerin.«

Wieder so eine vulgäre Wendung, eine ordinäre Floskel, die nicht zu Selina passt.

»Dabei wissen Sie nichts über mich. Oder haben Sie mich gegoogelt? Natürlich haben Sie das!« Wut liegt in Selinas Stimme, ein Zorn, der sich gegen ihre Erfahrungen richtet.

»Kann man Sie googeln?« Der Spott ist beabsichtigt. »Aber keine Sorge, ich mach das nie. Ich spioniere meiner Klientel auch nicht hinterher. Wer mir etwas mitteilen will, soll es mir gefälligst selbst erzählen.«

»Ich weiß noch nicht, ob ich das möchte. Es hängt davon ab, ob ich Ihnen vertrauen kann.«

»Wer hat mich denn empfohlen?«

»Darüber kommuniziere ich nicht. Kein Kommentar.«

Im Slalom laufen sie um die Leute herum und schreien sich an. Kurz davor, fremde Personen zu schubsen. Es ist das unprofessionellste Erstgespräch, das Nuria je geführt hat. Dabei hat sie schon einiges ausprobiert, das bei ihrer Zunft auf Kopfschütteln stößt.

»Sie müssen nicht reden, wenn Sie nicht wollen. Aber bitte machen Sie mich dann auch nicht für Ihren bevorstehenden Tod verantwortlich.«

»Wer hat das gesagt?«

»Was?«

»Na, dass ich bald sterben muss.«

»Sie! Sie haben das gesagt.«

»Wieso sollte ich so etwas äußern?«

»Vermutlich, weil Sie Angst haben. Weil irgendetwas aus dem Ruder gelaufen ist.«

Aus den Augenwinkeln sieht Nuria, wie Selina mit den Armen schlingert und schwankt. Sie dreht sich in dem Moment um, als Selina stolpert, über ihre eigenen Füße, wie es scheint, denn da ist keine Baumwurzel und auch kein Stein. Das Mädchen stürzt und bleibt bewegungslos liegen.

2

Nuria trug ein rotes Kleid mit großen weißen Tupfen, und ihre Mutter saß in der Küche auf dem Stuhl. Sie hatte eine Schürze umgebunden und roch nach Bügelstärke, was Nuria mochte. Sie hob sie auf den Schoß und umschloss sie fest mit beiden Armen. So hielt die Mutter sie umklammert, als säßen sie auf ihrem Kinderfahrrad, wobei Mama hinten hockte und Nuria fuhr. Sie war vielleicht drei Jahre alt, womöglich auch schon vier, aber sie brauchte noch Stützräder, und sie lebte in einer magischen Welt. Dort waren alle Dinge beseelt, die Wolken hatten Gesichter und konnten sprechen. Alles, was sie umgab, war auf Nuria hin ausgerichtet – die Welt existierte nur, um von ihr erkannt und erobert zu werden. Ohne es zu ahnen, war Nuria eine kleine Göttin, die sich ihr Paradies erschuf und ihren Himmel einrichtete. Man ließ sie gewähren. Niemand setzte ihr Grenzen. Nuria galt als folgsames, pflegeleichtes, arg stilles Kind, das meist artig war und sich nur selten widersetzte. Wie fantasievoll sie war, fiel nicht auf. Keiner merkte, dass sie in einem Kosmos aus Geistern lebte, der ein nahezu biblisches Ausmaß aufwies. Auf introvertierte Weise war sie äußerst lebhaft, was sie hinter ihrer Verschlossenheit verbarg.

Nun kam Nuria in den Kindergarten, was sie mit aller Macht wollte, obwohl die Mutter Hausfrau und den ganzen Tag für sie da war. Sie war zwar schüchtern, doch sie wollte mit den anderen Kindern spielen. Nuria stellte sich den Kindergarten als ein Lustschloss in einem Landschaftspark vor. Ihre Eltern – vor allem die Mutter – bemühten sich, es ihr recht zu machen, ihre Wünsche zu erfüllen und sie in allen ihren Bestrebungen zu bestärken. Das kam daher, dass sie gute Menschen und vor allem dankbar waren; voller Demut schauten sie auf das Glück, das dieses Kind ihnen bescherte. Nuria war ein Geschenk, und beizeiten erklärte ihr die Mutter den Grund dafür.

Heute erinnert sich Nuria nicht an die mühsam gewählten, gestammelten Worte der Mutter, sie erinnert sich bloß an das getupfte Kleid. Und an den Geruch nach Bügelstärke, der von der Mutter ausging. An ihre starken, unnachgiebigen Arme. An ihr eigenes Entsetzen, obwohl sie nichts verstand. Den Rest reimt sie sich seit Jahren zusammen. Mama sagte wohl, sie sei jetzt ein großes Kindergartenkind. Und alt genug. Das, was folgte, war nicht mit dem Verstand zu begreifen, weil es hieß, dass etwas an Nuria anders und nicht richtig war. An ihr stimmte etwas nicht, aber Nuria kapierte nicht, was das sein sollte. Sie selber passte nicht und war falsch. Denn alle anderen Kinder hatten eine Mama und einen Papa, nur Nuria nicht. Ihr Papa war nicht ihr Papa, und ihre Mama war nicht ihre Mama. Das mache aber nichts, denn Mama und Papa hatten sie lieb. Viel mehr, als alle anderen Eltern, die wirklich die Eltern ihrer Kinder waren, diese lieb hatten. Mama und Papa wollten nicht mit einer Lüge leben. Nuria sollte mit dem Wissen aufwachsen, adoptiert zu sein. Ihr wurde nichts verheimlicht, was später gebeichtet werden musste. Weil bekannt war, dass viele Adoptivkinder ihre Eltern dafür hassten, dass sie getäuscht und eine Kindheit hindurch um ihre wahre Geschichte betrogen worden waren. Nuria war angenommen. Es war kein Betrug, es war ein Geschenk, aber sie waren eben auch keine normale Familie. Nicht so, wie andere Familien normal waren. Vater, Mutter, Kind. Sie lebten das So-tun-als-ob-Spiel. Mama bat Nuria damals, als sie es ihr erzählte, um Vergebung.

Die Mutter hat es gut gemeint. Längst hat Nuria ihr verziehen. Falls es etwas zu verzeihen gab. Wann wäre denn der richtige Zeitpunkt für die Enthüllung der Tatsachen gewesen? Zum Schulbeginn? Zum Weißen Sonntag? Zum Führerschein?

Jener Tag war der Beginn ihrer Panikattacken. Die Angst kam in einem roten, weiß getupften Kleid und roch nach Bügelstärke. Sie wurde zu einem ständigen Begleiter. Und sie galoppierte, sobald ihr danach war. Die Angst war zügellos und durch nichts aufzuhalten. Ihr zugrunde lag die Erfahrung, alleingelassen zu werden. Nuria fühlte sich auf sich selbst zurückgeworfen. Dabei hatte sie gar keinen Rückzugsort. Sie war ja falsch, verkehrt, anders. Sie gehörte nicht dazu, sie war nicht so wie die anderen, es mangelte ihr an etwas. An etwas ganz Zentralem. An der Sache an sich. Ihr fehlte das, was ein Kind ausmachte. Sie hatte keine Mama und keinen Papa. Deshalb war sie nichts, sie war niemand. Sie gehörte keinem, nicht einmal sich selbst. Sie war gar nicht auf der Welt.

Es war eine grauenhafte Erkenntnis, trostloser als der Tod. Sie war zu klein, um zu begreifen, wie sie sich vor den Folgen schützen konnte. Und doch begriff sie genau, was es bedeutete. Es hieß, verstoßen zu sein, ausgestoßen aus der Gemeinschaft. So wurde die Aufnahme in den Kindergarten zu einem Misserfolg. Ihre Integration in die Gruppe misslang. Nuria wurde ein aggressives, renitentes Kind, das zu Wutausbrüchen und impulsiven Anfällen neigte, bei denen sie andere und sich selbst verletzte. Die Erzieherinnen waren überfordert, die Einrichtung wollte sie loswerden.

Nurias Mutter fing wieder an zu arbeiten, halbtags, damit sie als berufstätige Frau bevorzugt Bedarf hatte und Nuria ihren Kindergartenplatz behielt. Ihr Vater war an den Werktagen beruflich unterwegs und nur am

Wochenende daheim. Als Versorger der Familie empfand er Nurias Verhalten als undankbar, bemühte sich aber, ihr das nicht zu zeigen. Anstatt sie zu tadeln, überschüttete er sie mit Geschenken, die er von seinen Dienstreisen mitbrachte. Als was die Eltern schafften, begriff Nuria nicht. Doch sie lernte noch vor dem Schulalter, dass es zweierlei Realitäten gab, die vorgebliche und die wirkliche. Und dass man gut daran tat, das Theater mitzuspielen, zu dem die anderen einen zwangen, weil sie selber daran glauben wollten.

Nurias Eltern waren weder bösartig noch dumm, sie waren lediglich einfältig und überlastet. Dabei wollten sie alles richtig machen. Doch sie besaßen weder die Klugheit noch die Bildung, sich professionelle Hilfe zu holen, und Herzensgüte gepaart mit Gottvertrauen reichten eben nicht. Eine Familientherapie hätte das System vielleicht retten können, ehe es vollends in sich zusammenkrachte. Der Vater verließ die Mutter, als Nuria sieben war, ließ sich scheiden und heiratete eine 19-Jährige, die von ihm ein Kind bekam. Zwei Jahre später starb er. So speicherte Nuria das ab.

»So, Sie sind also Psychotherapeutin.« Mit spitzen Fingern hält Heike Seidel Nurias Karte und dreht sie um. »Kognitive Verhaltenstherapie, Traumatherapie – ah ja.«

»Ja. Haben Sie ein Problem damit?«

»Ich? Nein. Aber ich möchte nicht, dass meine Tochter sich mit … solchen Leuten trifft.«

»Es hat sich so ergeben. Wir sind zusammen ein paar Kilometer gelaufen. Dann ist Selina zusammengebrochen, und ich musste Erste Hilfe leisten und den Rettungswagen rufen. Ihre Handynummer habe ich in Selinas Geldbeutel gefunden. Dort lag ein Zettel, dass man Sie im Notfall benachrichtigen soll.«

»Und das ist alles?«

»Das ist alles.«

»Sie ist nicht bei Ihnen in Behandlung?«

»Nein, natürlich nicht. Wie geht es ihr?«

»Sie ist stabil und wird untersucht. Ein Kreislaufproblem. Morgen wird sie wahrscheinlich schon wieder entlassen.«

Sie stehen vor dem Marienhospital. Träger des katholischen Krankenhauses ist die Gesellschaft »Vinzenz von Paul Kliniken«, die von der Ordensgemeinschaft der Barmherzigen Schwestern vom heiligen Vinzenz von Paul in Untermarchtal gegründet wurde. Den Ursprung bildet ein altehrwürdiges Neorenaissancegebäude, doch die Notaufnahme befindet sich im Neubau. Es ist bewölkt, windstill und warm. Der Platz ist leer, auf der Straße fahren kaum Autos. Ein öder Sonntag, kurz vor halb drei.

Nuria wurde am Empfang zurückgewiesen, aber Selinas Mutter durfte rein, und Nuria hat auf sie gewartet. Heike Seidel dürfte ein paar Jahre älter als Nuria sein. Sie sieht aus wie die gereifte Kopie ihrer Tochter: stolz, schmal, lang, rank. Ein paar schicke, attraktive Falten. Und sie wirkt, als plane sie einen nachmittäglichen Opernbesuch: Hochfrisur, türkises Seidenkleid, Pelzjäckchen, hochhackige goldene Sandalen. Eine italienische Designerbrille mit hellbraun getöntem Verlauf, die sie nicht jeden Tag trägt.

Offenbar kann die Frau Gedanken lesen. »Hänsel und Gretel, Humperdinck. So war es zumindest gedacht.«

»Großartig. Und sicher eines der Themen Ihrer Tochter. Häusliche Lebensmittelknappheit.«

»Ich verstehe nicht ... Was haben Hänsel und Gretel mit Selina zu tun?«

»Die sind am Verhungern und verfallen dem Süßkram der Knusperhexe.«

»Was wissen Sie über Selina?«

»Darüber möchte ich mit Ihnen nicht sprechen. Ihre Tochter hat mir nichts von sich erzählt, aber es ist augenfällig, dass sie ein paar psychische Probleme hat.«

»Hat sie Ihnen gesagt, dass sie an der Nurejew-Schule studiert?«

»Nein, was ist das für eine Schule?«

»Eine private Ballettschule im Stuttgarter Norden. Es gibt sie noch nicht lang, aber sie hat einen ausgezeichneten Ruf.«

Heike Seidel drückt auf die Stimme. Sie presst zu viel Atemluft durch den Kehlkopf. Es ist ein Zeichen für Anspannung, Panik oder Stress, oft auch ein starkes Signal dafür, dass jemand lügt.

»Selina wollte an der Hochschule in München ihren Bachelor of Arts im Studiengang Tanz machen, aber sie wurde dort nicht genommen. Abgelehnt. Dabei war die Aufnahmeprüfung hier viel härter. Selina hat es geschafft, sie kann in Stuttgart bleiben.«

»Ist sie hier aufgewachsen?«

»Auf den Fildern. Bernhausen. Sie wohnt jetzt wieder zu Hause. Okay?«

»Und die Ausbildung ist nicht zu hart für sie?«

»Wieso zu hart?«

»Selina kommt mir sehr zart vor. Sie könnte an einer Ballettstange zerbrechen.«

»Reden Sie keinen Quatsch!« Heike Seidel klingt so unangemessen grob wie Selina.

»Wird Selina in der Schule schikaniert? Kann sie den Anforderungen nicht standhalten, die überhöhten Erwartungen nicht erfüllen? Wird sie von den anderen gemobbt?«

Als sie durch Heslach geht, am Erwin-Schoettle-Platz vorbei und Richtung Hasenbergsteige, überlegt sich Nuria, was passiert ist. Eine junge Frau hat sie kontaktiert, weil sie in Schwierigkeiten steckt. Sie haben sich zum Laufen verabredet, die Frau kollabierte, wurde ins Krankenhaus gebracht. Nuria hat ihre Mutter kennengelernt, aus der sie nicht schlau wird, weil sie irgendetwas vor ihr verbirgt. Etwas stimmt nicht, aber was? Vermutlich eine ganze Menge.

Nuria fragt sich, was sie jetzt tun soll. Sie wird sich erkundigen, ob Selina aus dem Krankenhaus entlassen ist, und ihr anheimstellen, sich zu melden oder nicht. Selina wird wieder auf Nuria zukommen. Um sich zu bedanken. Selina ist ein Mensch, der keinem etwas schuldig bleibt. Sie wird Blumen schicken. Keine Rosen. Sondern Narzissen, Hyazinthen und Ranunkel. Seidig und duftend. Einen bunten Frühlingsstrauß.

Bis Rosalie von ihrem Vaterwochenende zurückkommt, bleiben Nuria noch gut vier Stunden. Erschöpft überlegt sie, womit sie die füllen soll. Wenn es schon Abend wäre, würde sie sich mit Chips und einem Glas Grauburgunder vor den Flachbildschirm setzen, der nahezu eine Seite des Wohnzimmers einnimmt. Er ist fast 1,90 Meter breit und bietet großes Heimkino. Nuria hat ihn für Rosalie gekauft, als der Stillstand stattfand und sie Homeschooling machten. Es half immens, sie bei Laune zu halten. Und sie zum Lernen anzuregen. Ihre Leistungen verbesserten sich. Sie ist kein Mädchen, das in der Schule zurechtkommt. Sie interessiert sich nicht für Gleichaltrige. Und sie braucht viel Bewegung. Also bekam sie auch einen Hometrainer.

Das erste Corona-Jahr war für Rosalie ein Segen, weil sie meistens für sich bleiben durfte. Während Nuria im Homeoffice arbeitete und ihre Therapiesitzungen am Küchentisch über eine Schalte laufen ließ, saß Rosalie nebenan auf dem Hometrainer und starrte auf den riesigen Bildschirm. Der ihr alles bot, was sie sich von der Welt erwartete. Er konnte mit ihr rechnen, physikalische Rätsel lösen, Sternbilder entwerfen und sie quer durch Singapur begleiten. Seitdem hat sie auch die Filmwelt für sich entdeckt. Wobei sie Filme anders sieht als Menschen, die ihre Besonderheit nicht haben. Rosalie blickt immer auf die Details. Sie konzentriert sich auf einzelne Bausteine und kann sich schwer in Zusammenhänge einfühlen. Dabei geht ihr das große Ganze oft verloren.

Nuria muss auf dem Sofa eingenickt sein, denn ein gewaltiger Krach weckt sie. Im Treppenhaus bockelt und rumst es. Rosalie springt die Stiegen hoch. Sie hüpft auf dem linken Bein. Sonntags ist immer links dran. In einem irren Tempo, donnernd wie ein Maschinengewehr. Nuria setzt sich auf. Das Buch fällt ihr von der Brust auf den Boden.

Es dämmert bereits. Sie steht auf und macht das Licht an. Dann geht sie zur Wohnungstür und lässt Rosalie herein.

»Was liest du da?« Rosalie schnauft. Ihr Mund steht offen.

»Woher weißt du, dass ich etwas lese?«

Rosalie zeigt auf den Teppich. Sie ist groß, blond, schlank. Genauso sportlich wie Archie.

»Wie war es bei Papa?«

»Okay.«

»Habt ihr schon gegessen?«

»Nein. Nur am Mittag, Spaghetti.«

»Nichts Frisches?«

»Die Spaghetti waren frisch.«

Rosalie meint das nicht als Witz. Sie versteht keine Witze. Sie begreift auch keine übertragenen Bedeutungen.

»Nichts Grünes?«

»Nein, rote Soße.«

»Magst du einen Salat?« Nuria merkt plötzlich, dass sie Hunger hat. Großen Hunger.

»Nein.«

»Nein, nein, nein. Himmel Heiland!« Pubertät kann so schön sein.

»Ich ess einen. Aber ich mag Salat nicht.«

Falsche Frage. Sorry. Schweigend holt Nuria eine halbe Gurke aus dem Kühlschrank. Dazu den Rest Kopfsalat, grüne Paprika, Frühlingszwiebel, Avocado und Schnittlauch. Wenn es grünen Salat gibt, dann muss er grün sein. Vollends grün.

3

Sie lag, in ein Schaffell gewickelt, auf den Stufen vor der Eberhardskirche. Die Augen waren geschlossen, sie schlief. Ihr winziger Leib war in einen selbst gestrickten Strampelsack gehüllt, und ihr feines Gesichtchen umschloss eine Mütze aus derber, doppelfädiger Wolle. Strampelsack und Mütze waren hellblau, die Weste weiß, das ließ auf einen kleinen Buben schließen. Doch am Arm trug sie ein Bändchen, darauf stand handgestickt in rosaroten Buchstaben »Nuria«.

Mechthild Haas beugte sich hinunter und steckte den Zeigefinger in die winzige warme Faust des Babys. Sie spürte einen leichten Druck. Dann richtete sie sich wieder auf und sah auf die Uhr. Es war kurz vor acht und schon hell. Es war kühl, jedoch keinesfalls kalt. Und es war auffallend still.

Im Jahr zuvor war die sehr stark befahrene Königstraße zur Fußgängerzone umgewandelt worden; die Straßenbahn wurde nach und nach tiefer gelegt, und die Stadtpfarrkirche St. Eberhard, die mitten im Zentrum zwischen Banken und Kaufhäusern thronte, sollte dem Vernehmen nach zur Konkathedrale und Domkirche der Diözese Rottenburg-Stuttgart erhoben werden. Die Bischöfe wollten die Diözese Rottenburg angeblich umbenennen, um das katholische Leben in der Landeshauptstadt aufzuwerten. Das war aber bloß ein Gerücht. Mechthild Haas hatte von ihrem Mann davon gehört, der ehrenamtlich in der Gemeinde mitwirkte. Da erfuhr er manches, ehe es in die Schlagzeilen rückte. Oder standhaft verschwiegen wurde. Oder es war halt nicht wahr. Man musste sich stets darauf gefasst machen, dass die Wirklichkeit sich wandelte und neue Formen entwickelte. Mechthild nahm das gelassen hin. Sie stammte aus Siebenbürgen und war erst vor ein paar Jahren nach Deutschland ausgewandert. Wie die meisten Siebenbürger Sachsen war sie evangelisch, doch vor ihrer Eheschließung mit Claudius Haas war sie zum Katholizismus konvertiert.

Heute war der 26. Oktober 1977, ein Mittwoch. Tags zuvor hatte in der Eberhardskirche die Trauerfeier für den Arbeitgeberpräsidenten Hanns Martin Schleyer stattgefunden. Sie war verbunden gewesen mit einem Staatsakt. Die Innenstadt war weiträumig abgesperrt worden, viele bedeutsame Politiker waren dabei gewesen, die Witwe Waltrude Schleyer hatte zwischen Bundespräsident Walter Scheel und Bundeskanzler Helmut Schmidt gesessen, ganz vorne am Mittelgang rechts. Unter der Prominenz hatten sich auch die Ministerpräsidenten der Länder befunden; die rivalisierenden Kanzlerkandidaten Helmut Kohl und Franz Josef Strauß waren vereint an die Kommunionbank getreten.

Heute Morgen war wieder alles ruhig, so still, als hätte es diesen imposanten Trauerakt nie gegeben. Heute begannen die Herbstferien. Vereinzelt gingen Menschen zur Arbeit, Verkäuferinnen, Arzthelferinnen, Büroangestellte. Dazwischen schlängelten sich ein paar Radfahrer. Mechthild Haas bückte sich erneut und schaute genauer nach, ob dem Säugling etwas fehlte. Mit der Hand prüfte sie Stirn und Wangen. Die Haut war warm – offenbar lag das kleine Mädchen noch nicht lange draußen. Es war kein Neugeborenes. Eher schon ein paar Wochen alt. Es schmatzte im Schlaf. Träumte es? Sein Gesichtsausdruck wirkte zufrieden. Ein entschlossener Ruck ging durch Mechthilds Körper. Mit einem geschickten Griff hob sie das Kind auf, presste es an sich und trug es davon. An ihr vorbei zockelte die Straßenbahn, rumpelte, quietschte, hielt an. Mechthild stieg ein.

Ein weißes Baumwollband aus Zählstoff, 35 Kästchen pro zehn Zentimeter. Darauf ist mit Kreuzstichen »Nuria« eingestickt. In mattem Rosa oder einem abgeschossenen Pink, das einmal kräftiger gewesen ist. Nuria besitzt dieses Bändchen immer noch. Sie hofft, dass sie damit eines Tages Aufschluss über ihre Herkunft bekommt. Der Name Nuria könnte auf spanische Wurzeln schließen lassen, oder auf lateinamerikanische. Er könnte aber auch aus Israel, aus dem aramäischen oder arabischen Sprachraum stammen. »Nuria« bedeutet »die Lichttragende«.

Die Geschichte, wie sie gefunden wurde, ist ihr nicht aufs Mal erzählt worden. Sondern im Lauf von fünf, sechs Jahren. Nuria hat Widersprüche darin entdeckt, Leerstellen. Beispielsweise ist ihr nie klar geworden, was ihre Mutter an der Kirche zu suchen gehabt hatte. Als sie sich endlich zu fragen traute, war sie schon in der dritten Klasse. Da sagte Mama ihr, sie habe einen teuren Schirm abholen sollen, den jemand beim Staatsakt in der Kirchenbank vergessen habe. Der Vater habe sie geschickt, weil er schaffen gehen musste und selber keine Zeit hatte, sich darum zu kümmern. Nuria wollte wissen, weshalb sie das nicht eher erwähnt habe. Darauf die Mutter: »Ist das wichtig?«

Nuria fragt sich oft, ob der Ort, an dem sie abgelegt worden war, eine symbolische Bedeutung hatte. Und ob das etwas mit dieser Trauerfeier, die am Tag davor in der St. Eberhard-Kirche abgehalten worden war, zu tun hatte. Was verband den Menschen, der sie dort auf die Stufen gebettet hatte, mit Hanns Martin Schleyer? Wer hatte sie dort ausgesetzt? War es ihre leibliche Mutter gewesen, ihre Oma, eine Verwandte? Ein Mann?

Als Findelkind hat Nuria nicht nur keine Eltern, sondern auch keinen eigenen Geburtstag. Das ist die zweite Sache, die unbedingt zum Menschsein gehört, und ein weiterer grundlegender Mangel, der sie von der Gemeinschaft der anderen Kinder ausschloss. Alle anderen besaßen ein Geburtsdatum, nur Nuria nicht. Alle anderen feierten Geburtstag. Freilich durfte auch Nuria feiern, aber es war ein falsches Fest, eine verlogene Party. Das Amt, wie Mama es nannte, hatte als Geburtstag den 16. September 1977 eingetragen. Das stand in Nurias Kinderausweis. Und in ihrem Schülerausweis. Und in ihrem Büchereiausweis. Und sogar auf der Siegerurkunde von den Bundesjugendspielen. Auf Mamas Wunsch hin war sie am 16. September geboren worden, dem Todestag von Maria Callas. Ungefähr passte das Datum schon.

Nuria Haas besitzt ein für viele exotisch wirkendes Äußeres. Sie ist klein und dunkel und wird oft nach ihren Wurzeln gefragt. Als ob man sich für schwarze Haare und dunkle Haut rechtfertigen müsste. Sie hat keine. Keine Wurzeln. Sie weiß nichts über sich und ihre Herkunft. Ist sie gebürtige Stuttgarterin? Oder wurde sie hierhergebracht? Aus dem Ausland? Aus welchem Grund? Weil ihre Eltern auf der Flucht gewesen waren? Weil sie sich hier bessere Chancen für sich selbst oder für Nuria erhofft hatten? Weil es einen Plan gegeben hatte, der dann nicht funktionierte?

Manchmal sagt Nuria, sie sei Griechin. Einfach so, wegen der Callas. Ah, heißt es dann, und dein Vater war Gastarbeiter? Hat deine Mutter eine Änderungsschneiderei? Kann deine Oma kochen? Habt ihr eine griechische Kneipe aufgemacht?

14. März. Der Montagmorgen beginnt wie meistens stressig. Rosalie schaut schon beim Frühstück einen »Tatort«, nicht im Heimkino zwar, sondern auf ihrem Tablet, das neben der Cornflakes-Schüssel liegt. Rosalie verweigert neuerdings das Müsli wegen Farb-Unverträglichkeit.

Plötzlich deutet Rosalie auf einen schwarz gekleideten Mann mit Hut und Sonnenbrille, der durchs Bild geistert. »Der da. Der passt nicht.«

Udo Lindenberg. »Wieso passt der nicht?«

»Passt nicht ins Muster.«

Überall sieht Rosalie Muster, malt sie, generiert sie, deckt sie auf. Sie hat ein eidetisches Gedächtnis. Was das bedeutet, erschließt sich Nuria nicht immer.

»Tu das jetzt weg, bitte.«

»Ich lösch dich«, ruft Rosalie. Dann springt sie auf, schnappt sich ihren Rucksack, läuft zur Tür und hüpft geschwind die Stiegen hinunter. Auf dem rechten Bein. Tack-tack-tack-tack-tack. Montag.

»Du hast die Trinkflasche vergessen.« Nuria rennt ihr nach.

Wenn Rosalie etwas vergessen hat, ist das eine Katastrophe für sie. Wegen einer Haarspange, die sie daheim im Bad auf dem Waschbeckenrand liegen gelassen hatte, mussten sie einmal fast einen Urlaub abbrechen. Auf dem Treppenabsatz steckt Nuria ihr die Flasche in den Flaschenhalter. Sie spürt den starken Impuls, Rosalie zu umarmen, merkt aber, dass sie das jetzt nicht brauchen kann. Rosalie hat sich bereits verabschiedet und ist allein unterwegs.

»Danke.«

»Bitte.«

Sie hat Danke gesagt. Sie hat geschrien, und Nuria hat zurückgeschrien. Nuria hat ihre Lautstärke akzeptiert. Und Rosalie hopst einfach weiter runter. Die Woche fängt gut an.

»Was ist denn das schon wieder für ein Krach?« Frau Häberle, die Nachbarin von unten im dritten Stock, streckt den Kopf durch die Tür. Sie ist schon etwas älter, wie Nuria Schwäbin, aber von einem anderen Schlag.

Nuria erklärt es ihr immer wieder: Rosalie ist weder geistig behindert noch psychisch krank. Sie geht in die 7. Klasse des Schickhardt-Gymnasiums. Bei ihr wurde das Asperger-Syndrom diagnostiziert, was nicht heißt, dass sie dumm ist oder darunter leidet.

Rosalie dreht sich zur Nachbarin um. »Psst!« Dann hüpft sie unbeirrt weiter.

»Lass dieses schäpse Grinsen. Jetzt willst du auch noch frech werden, hä?«

Nuria geht auf Frau Häberle zu und würde sie gern am Kragen packen. »Sie hat sich eben bei Ihnen entschuldigt.«

»Ja, schon gut. Armes Ding. Sie können einem sowieso leidtun. Sie haben es auch nicht leicht.«

Kurz nach acht. Zu Fuß geht Nuria zur Praxis, wie jeden Werktagmorgen. Sie hat kein Auto, nie eins gehabt, und ihr Führerschein ist längst nichts mehr wert. Die Praxis ist nur wenige Gehminuten von der Wohnung entfernt, in der Hasenstraße nähe Bihlplatz. Dass sie am Hasenberg sowohl lebt als auch arbeitet, passt ihr gut, doch sie genießt den räumlichen Abstand zwischen Stuttgart West und Heslach, zwischen Wohnen und Geschäft. So kann sie beide Bereiche trennen. Nuria erlebt täglich den Spagat zwischen Familie und Beruf. Sie kommt damit klar. Der hippe Stuttgarter Süden ist für eine kognitive Verhaltens- und Traumatherapeutin eine gute Adresse. Nuria teilt sich die Praxisräume mit ihrer zwölf Jahre jüngeren Kollegin Erdmute Önder, die als Kinder- und Jugendtherapeutin arbeitet. Erdmute hat anthroposophische, ihr Mann türkische Wurzeln. Nuria und Erdmute tauschen sich viel miteinander aus, aber nicht ohne Reibereien.

Nurias Kundschaft kommt meistens aus der Mittelschicht, weil sie nicht gern über die Krankenkasse abrechnet, die dem Spielraum enge Grenzen setzt. Nuria tut sich schwer mit der vorgeschriebenen Stundenzahl. In wenigen Sitzungen soll das Problem behoben sein, die Störung beseitigt. So einfach funktioniert das oft nicht. Nuria will die Dauer der Behandlung vom Einzelfall abhängig machen, häufig stellen sich die Fortschritte erst zögerlich ein. Bewilligt die Kasse das nicht, übernimmt die Klientel die Kosten selbst; Therapiestunden sind teuer, und deshalb können sich sozial schwache Menschen das nicht leisten. Allerdings nimmt sich Nuria ohne Honorar Zeit für Geflüchtete und Obdachlose. Ihre Methoden sind gemischt – von Körpertherapie-Ansätzen über Gesprächstherapie bis hin zu systemischen Formen, bei denen dann beispielsweise mehrere Familienmitglieder einbezogen sind.

Die Menschen, die zu ihr kommen, haben häufig etwas erlebt, womit sie absolut nicht umgehen können: Sie sind traumatisiert, leiden oft unter einer Posttraumatischen Belastungsstörung. Und oft haben sie auch bereits – erfolglos – Therapien durchlaufen. Sie fühlen sich entsprechend frustriert und reagieren empfindlich.

Seit jeher interessiert sich Nuria für das Überschreiten der Grenzen, für abweichendes Verhalten. Sie ist fasziniert von der Delinquenz, vom individuellen Streben, sich den gesellschaftlichen Normen zu widersetzen. Das ist neben ihrer Lebensgeschichte einer der beiden Hauptgründe, weshalb sie Psychologie studiert hat. Mit einer Vielzahl von Aus- und Weiterbildungen hat sie sich dorthin gebracht, wo sie heute steht. Sie gehört zu den hoch qualifizierten Leuten, auch wenn es mit der Psychoanalyse beizeiten in die Binsen ging. Das war nicht ihr Ding, und Nuria brauchte lange, sich das Scheitern einzugestehen und die Erfahrung des Misserfolgs zu verdauen.

Wie leicht Menschen straffällig werden können, ist Nuria bewusst. Denn dass sie mit dem Verbrechen in Berührung kommt, ist zwangsläufig so. Diese Straftaten liegen aber oft schon sehr lange zurück und sind schwer aufzudecken. Die häufigsten Fälle sind sexueller, physischer und psychischer Missbrauch sowie sämtliche Formen von Sadismus, Gewaltanwendung und Misshandlung. Nicht nur die Opfer kommen zu Nuria, auch die Täter. Denn wer sagt denn, dass die Täter nicht traumatisiert sind? Oft ist es schwierig herauszufinden, was eigentlich passiert ist. Und wer Täter und wer Opfer ist. Weil das Gedächtnis versagt und die Sprache stockt. Dann müssen andere Wege gefunden werden, an das Verschüttete heranzukommen. Eine Möglichkeit ist das Singen. Eine andere das Gedichteschreiben. Man kann tanzen, die Hand auflegen oder in den Wald gehen und schreien. Nuria testet immer wieder neue Wege aus. Eine Klientin wurde durch Kampfsport, ein Klient durch den Geruch von Moos geheilt.

Als Nuria in den Durchgang einbiegt, wo im Innenhof das zweistöckige Fachwerkhäuschen mit den Praxisräumen liegt, trifft sie auf Selina Seidel. Sie hockt auf den Stufen vor dem Eingang. In der schwarzen Strumpfhose wirkt sie noch magerer als gestern, der enge Mantel schnürt sie ein, und ihre nackten Unterarme unter den hochgeschobenen Ärmeln sehen spindeldürr aus. Ihre Wangen sind eingefallen und blass. Den erhofften Blumenstrauß hat sie nicht dabei.

»Das ging aber schnell.«

»Sie haben mich gestern Abend noch entlassen. Es war ja nichts.«

»Immerhin brauchten wir einen Rettungswagen.«

»Na ja, Sie haben einen gerufen.« Selina steht auf, streicht sich den Mantel zurecht und grinst.

»Also, wo ist das Problem?«

»Ich schlage vor, ich gehe erst mal mit rein.«

»Um neun kommt mein erster Klient, und vorher muss ich noch Termine vereinbaren.«

»Das können Sie auch später machen.«

Nuria schließt die Eingangstür auf und betritt den Flur. Dort hängt sie ihre Jacke in den Schrank, ehe sie Selina in ihr Therapiezimmer bittet.

Selina sieht sich um. »Das ist aber gemütlich hier.«

Der Raum hat den Charme eines nicht allzu modernen Wohnzimmers. Er strahlt das aus, worin wir aufgewachsen sind. Behaglichkeit. Bescheidenheit. Nur das großformatige bunte Bild über dem Sofa passt nicht in das kleinbürgerliche Ambiente. Nuria behauptet, es sei von Isa Genzken.

»Ganz schön chaotisch.« Selina betrachtet das Bild kritisch, deutet dann auf die beiden Sessel. »Wo soll ich mich hinsetzen?«

»Egal.«

Selina wählt den Sessel mit dem Blick zur Tür. Damit sie die Kontrolle nicht verliert. Sie hält sich sehr gerade, beansprucht höchstens ein Drittel der Sitzfläche. Sie hat es sofort geschnallt. Die Sessel sind so tief, dass man sich nicht zurücklehnen kann, ohne das Gefühl zu entwickeln, man läge in der Badewanne. Das provoziert ein gewisses Ausgeliefertsein, eine Ohnmacht. Manchen Menschen ist das unbehaglich, und sie verheddern sich in Sachen, die sie sonst nicht gesagt hätten. Das ist nicht ganz fair, und gemeinerweise nimmt Nuria dann ein Kissen vom Sofa und schiebt es sich in den Rücken. Nun hat sie die Tür hinter sich.

»Also, ich höre.«

»Ich bin ein Einzelkind.«

»Na und? Ich bin auch Einzelkind.«

»Ich musste immer die höchsten Erwartungen erfüllen.«

»Deshalb die Nurejew-Schule?«

»Woher wissen Sie das?«

»Von Ihrer Mutter. Ich traf sie vor dem Krankenhaus.«

»Oje.«

»Werden Sie dort gequält? Von den Lehrkräften, von den anderen Studis?«

»Dazu sage ich nichts.«

»Warum nicht?«

»Wenn ich erzähle, was da los ist, fliege ich. Und das will ich auf keinen Fall. Ich möchte dort bleiben. Ich bin irgendwie … angekommen. Ich fühle mich zu Hause. Man lässt sich, wenn man glaubt, daheim zu sein, so viel Gewalt gefallen.«

»Okay. Wo drückt dann der Schuh?«

»Ich hatte einen schweren Sturz. Einen Unfall. Jetzt habe ich schreckliche Panik, dass es wieder passiert. Furchtbare Angst zu fallen.«

»Haben wir das nicht alle ein wenig?«

»Wohl schon, aber bei mir ist es ganz schlimm. Und das geht nicht, wenn ich beim Ballett bleiben will. Falls es nicht aufhört, kann ich meine Tanzausbildung nicht beenden.«

Nuria nickt.

»Sie haben keine Ahnung, wie entsetzlich sich das anfühlt!«, schreit Selina und springt auf. Dann setzt sie sich wieder. »Oder hatten Sie je eine Angstproblematik?«

Nuria sieht sie fest an und lächelt. »Wo kommt das her? Wie hat es angefangen?«

»Also nehmen Sie mich jetzt?«

»Das ist noch nicht entschieden. Das hier ist einfach nur ein Vorgespräch, und es gelten dieselben Regeln wie beim Arzt. Was Sie mir erzählen, ist vertraulich. Es bleibt unter uns.«

Da bricht alles aus Selina heraus. Sie erzählt Nuria von der unmenschlichen Behandlung an der Nurejew-Schule. Schinderei und Schikanen seien an der Tagesordnung, aus den jungen Tänzerinnen und Tänzern werde mit allen Mitteln das Äußerste herausgeholt.

Nuria sagt wenig dazu. Sie stellt auch nur wenige Fragen. Nach einer knappen halben Stunde schaut sie auf die alte Junghans-Uhr, die an der Wand hängt und leise tickt. »Normalerweise sind es 50 Minuten, aber länger kann ich heute wirklich nicht.«

»Heißt es, ich darf wiederkommen?«

Nuria steht auf. »Ich rufe Sie an, Selina. Mehr kann ich jetzt nicht versprechen.«

4

Der Morgen geht schnell vorbei. Drei Klienten, zwei Männer und eine Frau, folgen aufeinander. Sie geben sich allerdings keinesfalls die Klinke in die Hand. Denn es sind meist welche dabei, die nicht erkannt werden wollen. Weil es in manchen Kreisen immer noch als unrühmlich gilt, wenn jemand psychotherapeutische Hilfe in Anspruch nimmt. Daher beginnen die Sitzungen stets zur vollen Stunde, und die Klientel hat vorher zehn Minuten Zeit zu verschwinden. Niemand darf zu früh kommen oder zu spät aufbrechen, das gehört zu den ehernen Gesetzen. Und zu den ewigen Streitpunkten mit Erdmute, die dafür nicht die geringste Sensibilität besitzt. Sie nimmt auch keinerlei Rücksicht. Ihre Kids erscheinen, wann und wie es ihnen passt, sie hielten sich selbst in den strengsten Monaten nicht an die Maskenpflicht, und es lässt sich kaum verhindern, dass es zu unerwünschten Begegnungen kommt und womöglich sogar zu einer Ansteckung. Erdmute meint, wenn Nuria »darauf nicht klarkommt«, solle sie sich allein eine Praxis suchen, die sie bezahlen kann. Dabei redet sie sonst nicht so. Geld gehört zu den Dingen, die im Kosmos von Erdmute Önder keine reale Rolle spielen.

Rosalie ist wie jeden Tag in der Nachmittagsbetreuung. Nuria ist heilfroh, dass sie in der Schule jetzt auch wieder mit Essen versorgt wird. Erdmute meint, sie habe ein schlechtes Gewissen, weil sie nicht mehr für ihre Tochter vorkocht, doch Nuria fühlt sich einfach nur erleichtert. Um viertel eins machen sie gemeinsam Mittagspause. Sie sitzen in der kleinen Teeküche und essen Stulle. Erdmute sagt »Stulle«, weil das zu ihrem aufgesetzten Jugendjargon gehört, den sie sich unterwegs angelacht hat. Stulle ist so ziemlich alles, was man mit den Händen essen kann. Heute hat sie Lahmacun mitgebracht, das ihr Mann Malik am Vorabend zubereitet hat. Die zwei dünnen Fladenbrote sind aus Hefeteig und mit einer würzigen veganen Mischung aus Zwiebeln und Tomaten bestrichen; statt Hackfleisch hat Malik Tofu verwendet. Erdmute nimmt sie aus der Plastikdose und schiebt sie schnell in den Backofen.

»Du hast eine Magersucht?« Erdmute klingt beiläufig. »Als das Mädchen rausging, bin ich grad gekommen. Ich kann übernehmen, wenn du willst.«

»Sie hat mich nicht deshalb konsultiert. Wir haben gar nicht darüber gesprochen.«

»Um was ging es dann?«

»Ich weiß es noch nicht. Vermutlich um die Auswirkungen von körperlicher Gewalt.«

»Dann liegt noch eine andere seelische Erkrankung vor? Ein Trauma? Stellst du einen Antrag bei der Kasse? Meinst du, sie übernehmen die Behandlungskosten? Bei Magersucht …«

»Darüber reden wir in der Supervision, aber bitte nicht in der Küche.«

»Sorry.«

»Hier gilt immer noch die Schweigepflicht. Im Übrigen ist die Frau schon 20. Und damit deutlich zu alt für deine Kundschaft.«

»Also erwachsen? So sieht sie nicht aus.« Erdmute schüttelt den Kopf.

»Sie leidet unter einer Angststörung. Und basta. Dabei sollten wir es nun wirklich belassen.«

»Hau rein.«

Wortlos essen sie das Lahmacun. Erdmute kocht einen Apfel-Zimt-Tee. Der Beutel stammt noch aus Nurias Adventskalender, es ist das Türchen vom Nikolaustag. Rosalie hat ihn ihr geschenkt. Nuria hat vergessen, ihr zu sagen, dass sie Früchtetees verabscheut.

»Wildapfel, Hagebuttenschalen, Hibiskusblüten, Zimt, geröstete Zichorie, süße Brombeerblätter, Steviablätter, alles aus biologischer Landwirtschaft«, liest Erdmute vor.

»Schlimm.« Nuria grinst. »Vor allem, wenn ein Beutel für eine ganze Kanne reichen muss.«

»Ich feier das voll. Es erinnert mich an den dünnen Tee früher in der Schule.«

Erdmutes Eltern sind Anthroposophen. Erdmute spricht nie darüber, mit welchen Überzeugungen sie aufgewachsen ist. Und wie sie heute darüber denkt. Bisweilen wird es aber überdeutlich, dass Erdmutes Kindheit krass gewesen sein muss, im Sinne von extrem. Die Familie lebte bei Untertürkheim auf einem Resthof, der im Originalzustand von 1790 belassen worden war. Der Gips rieselte von der Decke, das Stroh drang durch, und es gab kein elektrisches Licht. Im Bad funktionierte zwar der Wasserhahn, doch der Ofen war defekt und wurde auch nicht erneuert. Selbst im Winter wusch sich Erdmute mit eiskaltem Wasser. Sie ging auf eine Waldorfschule in Stuttgarter Halbhöhenlage, wo es keine Bücher gab und alles mit Holzstiften geschrieben wurde. Immerhin wurde sie zum Abitur zugelassen. Kurz davor lernte sie Malik kennen und zog bei ihm ein. Er lebte noch bei seinen Eltern. Malik machte eine Ausbildung zum Gabelstaplerfahrer, weil das sein Traumberuf gewesen war, als er drei Jahre alt wurde. Danach studierte er an der Staatlichen Akademie der Bildenden Künste Am Weißenhof. Seine logistischen Fähigkeiten nutzt er bis heute, um sich finanziell über Wasser zu halten. Um sich das Atelier leisten zu können, jobbt er im Großmarkt. Mit dem Stapler bugsiert er Paletten durch die Gegend. Dann zeichnet er und malt und bildhauert und baut. Er sagt, er mache das, was alle Künstler tun: Er setze so zweigleisig seine Kindheit fort.

Erdmutes Eltern machten eine Szene, denn sie waren vom Freund und ihrem »Umgang« gar nicht begeistert. Natürlich hatten sie keine Vorurteile, weder im Hinblick auf türkischstämmige Menschen noch auf solche, die sich der Kunst widmen. Aber sie begriffen nicht, wie beides zusammenging. In ihrer esoterisch strukturierten Welt gab es für alles eine feste Ordnung. Maliks Eltern waren Muslime, und sie hielten sich an die Zehn Gebote des

Korans. Allerdings legten sie diese nach ihren Vorstellungen aus. Frei nach Gutdünken. Dazu gehörte, dass sie niemandem Vorschriften machten. Und Erdmute vom ersten Tag an als ihre Tochter betrachteten. Maliks Mutter stellte sich vor sie, als Erdmutes Vater kam, um sie zurück nach Hause zu holen. Sie hatte einen Wischmopp in der Hand, da sie gerade den Boden putzte. Der Vater empfand das als Bedrohung und rief die Polizei.

Vor einigen Jahren ging der Resthof in Flammen auf, weil Erdmutes Mutter eine Kerze brennen ließ. Der Klassiker. Die Versicherung zahlte, die Eltern nahmen noch die Rente mit und zogen nach Mallorca, wo sie sich einer schwäbischen Hippie-Kommune anschlossen. Wie sich Erdmutes Verhältnis zu ihnen inzwischen entwickelt hat, entzieht sich Nurias Kenntnis, obwohl sie seit drei Jahren zusammen eine Gemeinschaftspraxis betreiben. Erdmute behauptet, sie habe sich mit ihnen ausgesöhnt, doch Nuria glaubt ihr nicht. Sie spürt einen tiefen Graben, über den Erdmute nicht spricht. Was sie über ihre Familie weiß, hat ihr Malik erzählt, als er ihr half, die Praxisräume neu zu streichen. Er schmückte die Geschichten mit allerlei skurrilen Details aus, und Nuria war sich nicht sicher, ob das der zugeknöpften Erdmute gefallen hätte.

»Ich bin schwanger«, sagt Erdmute unvermittelt in die Stille hinein. »Ich kriege ein Kind.«

»Mensch, das ist doch toll! Ich freue mich für dich.«

Nuria kann die Vorwürfe, die Selina gegen ihre Schule erhoben hat, nicht einfach so stehen lassen. Wenn das stimmt, was Selina ihr anvertraut hat, handelt es sich um Körperverletzung. Und um Machtmissbrauch, womöglich um Misshandlung durch das Lehrpersonal. Dann müsste sie reagieren. Aber vielleicht hat Selina das alles auch zusammenfantasiert, oder sie hat kräftig übertrieben.

Am Nachmittag nutzt Nuria eine kurze Pause, um in der Nurejew-Schule anzurufen. Sie sagt, sie möchte die Leiterin sprechen, Irina Iwanowa. Sie sagt, es sei dringend und sie könne wegen Vertraulichkeit keine weitere Auskunft erteilen. Vom Sekretariat bekommt sie einen Termin am nächsten Vormittag.

»So lange kann ich nicht warten.« Nuria müsste dafür eine Stunde verschieben, und das will sie nicht.

»Dann vor Feierabend. Heute, halb sechs. Olga erwartet Sie in der Mensa. Unten im Internat.«

»Olga? Wer ist das?«

»Na, Madame Iwanowa. Die Direktorin. Alle nennen sie so. Wie heißen Sie noch mal?«

»Nuria Haas.«

»Nuria? Das klingt fast wie Nurejew. Sind Sie getauft nach der Ballettlegende und dem Namensgeber unserer Schule? Rudolf Nurejew? Ist das ein Scherz?«

»Nein, nur Zufall.«

»Womit kann ich behilflich sein?«

Irina »Olga« Iwanowa ist das, was man eine imposante Erscheinung nennt. Groß gewachsen, aufrecht, vorbildliche Haltung, tadellose Figur, edles Gesicht, umrahmt von vollem grauem Haar. Kein Dutt, kurz geschnitten. Sie trägt zu flachen Slippers einen perfekt sitzenden Hosenanzug und ein mustergültiges Verhalten zur Schau. Die ehemalige Primaballerina und Direktorin der privaten Nurejew-Ballettschule ist eine charismatische Persönlichkeit, deren Alter schwer zu schätzen ist. 65? 70? 80? Nuria fühlt sich ein wenig erschlagen, sie ist ins Stocken geraten und sucht nach einem Anfang.

»Ich würde Ihnen gern meine Tochter vorstellen.«

»Und das muss jetzt sofort sein?«

»Nein … das heißt, ja. Also ich brauche Ihre Entscheidung, Frau Iwanowa.«

»Nennen Sie mich Olga.« Sie hat keinen Akzent, überhaupt keinen, keinen russischen und keinen schwäbischen. Ihr Hochdeutsch ist so makellos wie ihre Stimme.

»Ich bin Nuria.«

»Meine Entscheidung? Wofür oder wogegen?«

»Ich habe eine … Frist versäumt. Ich habe mich nicht darum gekümmert. Idiotisch.« Nuria lügt, und sie hofft, sie kommt damit durch.

»Wie alt ist Ihre Tochter?«

»13.«

»Seit wann hat sie Ballettunterricht?«

»Rosalie hat gar keinen Unterricht.«

»Dann ist sie zehn Jahre zu alt.«

»Sie geht zum therapeutischen Tanzen. Sie hat das Asperger-Syndrom.«

»Das ist mir egal. Bei uns werden Kinder zu Profis ausgebildet. Sie gehören von klein auf ins Internat. Wir können auf spezielle Befindlichkeiten keine Rücksicht nehmen.«

»Sie bräuchte vielleicht erst mal Einzelunterricht. Dann wird man sehen.«

»Wünscht sie sich das?«

»Nein. Keine Ahnung. Sie verfügt über einen ausgeprägten Gleichgewichtssinn.«

»Wie äußert sich das?«

»Sie läuft auf einem Bein die Treppen rauf und runter, bis in den vierten Stock, in einem sagenhaften Tempo.«

»Interessant. Und sie vertut sich nicht?«

»Nie. Denn sonst muss sie wieder von vorne anfangen.«

Olga lacht. Sie legt den Kopf in den Nacken und lacht schallend.

Nuria hat nicht vorgehabt, ihre Tochter als Lockvogel loszuschicken, und sie verspricht sich auch nicht allzu viel davon. Es hat sich so ergeben. Sie wird gut auf Rosalie aufpassen und darauf achten, dass ihr nichts zustößt, womit sie nicht umgehen kann. Für was muss Nuria überhaupt erfahren, ob Selina die Wahrheit sagt oder nicht? Sie hat sie ja noch nicht einmal als Klientin angenommen. Falls sie es tut, spielen die Fakten dann eine bindende Rolle? Das ist nicht vollends auszuschließen. Denn zwischen Schikane und Körperverletzung herrscht ein erheblicher Unterschied. Wird Selina lediglich im »normalen Maßstab« überfordert, gestresst und gemobbt, unterliegt Nuria gemäß Paragraf 203 Strafgesetzbuch als Therapeutin der Schweigepflicht – das bezieht sich sogar auf potenzielle Straftaten der Klientel selbst, und auch von Dritten. Doch im Fall eines sogenannten »rechtfertigenden Notstands« darf sich Nuria über ihre Schweigepflicht hinwegsetzen – wenn eine schwerwiegende, akute Gefahr für die körperliche Unversehrtheit von Menschen besteht. Ihre Schweigepflicht gegenüber der Polizei darf sie auch dann brechen, wenn sie während der Behandlung erfährt, dass jemand ein schweres Verbrechen plant, durch das Leib und Leben gefährdet wird. Paragraf 34 StGB geht hier ebenfalls von einem »rechtfertigenden Notstand« aus. Oft hat Nuria die Wahl. Nur bei bevorstehenden Straftaten, die gemäß Paragraf 138 StGB angezeigt werden müssen, hat sie zwingend Anzeige zu erstatten. Dazu zählen Hochverrat, Vorbereitung eines Angriffskriegs, Mord und schwerer Menschenhandel, aber auch Raub, räuberische Erpressung und Brandstiftung.

Davon ist der Fall weit entfernt, aber wenn Nuria Selina als Klientin akzeptieren und ihr helfen will, ihre Fallangst zu überwinden, sollte sie sich wenigstens ein ungefähres Bild davon machen, wie realistisch die Hintergründe sind. Waren der Sturz und die Bewusstlosigkeit beim Joggen die Folgen einer Panikattacke? Und war gar nicht nur der Kreislauf schuld?

Nuria verlässt die architektonisch interessante Villa in der Lenzhalde, die im Heimatstil der Stuttgarter Schule Mitte der 1920er-Jahre in Halbhöhenlage gebaut wurde. Sie läuft die sechs Kilometer vom Stuttgarter Norden über den Hasenberg bis zur Hasenbergsteige zu Fuß. Die Sonne geht unter.

Das Treffen war kurz. Olga hat sich nicht die Mühe gemacht, ihr die Ballettschule zu zeigen, aber Nuria hat sich zuvor informiert. Das Internat und die Mensa liegen im Hauptgebäude, die Trainingsräume und Turnhallen sind in einem separaten Nebengebäude untergebracht, einem Neubau aus den 1970er-Jahren. Von dort drang während des Treffens kein Geräusch herüber, kein Klavier, kein Rufen. Erst im Nachhinein wird Nuria bewusst, wie still es auch in der Mensa war. Bis auf Olga war kein Mensch zu sehen. Gegen 18 Uhr war der Saal wie ausgestorben. Nuria entsinnt sich, dass es nach Tee und Spülmaschine roch. Und dass ein leises Geklapper aus der Küche kam. Vermutlich stand der Ansturm zum Abendessen also noch bevor. Die Mensa hat bestimmt an die

100 Plätze. Nuria hat keine Ahnung, wie viele Auszubildende die Schule beherbergt, sie hat vergessen zu fragen, und das Internet gibt darüber keine Auskunft. Dafür existiert eine lange Liste der Leute, die mitarbeiten, von der Direktorin über das Lehrpersonal bis zur Hausmeisterin.

Der Himmel verfärbt sich türkis, orange und violett. Vögel singen. Elektroautos winden sich den Hang hinauf und wieder hinunter. Sie surren wie blinde Staubsauger. Nuria beschleicht das Gefühl der Unwirklichkeit, das sie manchmal überkommt, wenn nicht ganz klar ist, worum es eigentlich geht. Sie kann Rosalie in der Nurejew-Schule vorstellen. Vermutlich eine Schnapsidee. Was soll eine Eliteeinrichtung mit einer 13-Jährigen anfangen, die noch keinerlei Ballettunterricht hatte und aufgrund ihrer Besonderheit kaum geeignet ist, sich in eine Gruppe einzufügen? Olga scheint eine Vision zu haben, eine Strategie? Und sie scheint sehr effektiv zu handeln. Ihre Methoden sind äußerst effizient. Sie verplempert keine Zeit. Als sie beschlossen hatte, sich Rosalie anzuschauen, war Nuria entlassen.

5

Nuria saß auf einem Holzstuhl in einem schäbigen Büro und ließ die Beine baumeln. Ihre Füße reichten nicht bis auf den Boden. Mit der linken Ferse haute sie in regelmäßigen Abständen gegen das Stuhlbein aus schwarzem Metall, was ein klackerndes Geräusch gab.

Dann sah der dicke Beamte kurz auf. Er hockte hinter seinem lindgrünen Resopaltisch und musterte sie stirnrunzelnd, bevor er sich wieder seinen Papieren widmete. Er las und machte sich mit einem Kugelschreiber Notizen. Er trug eine moosgrüne Uniform und hatte seine Dienstmütze abgelegt. Sein Schädel war ballongroß, der Haarkranz sehr kurz geschnitten, und die kugelrunde Glatze schimmerte bleich wie der Mond. Sein Gesicht war leicht gerötet, und er hatte sich beim Rasieren geschnitten. An der rechten Kinnpartie hatte er eine schräge Schramme.

Nuria wartete seit über zwei Stunden in dem Polizeigebäude. Die Uhr an der Wand zeigte schon viertel neun, und draußen war es längst dunkel. Die Neonröhre an der Decke flackerte. Vor Nuria stand eine Flasche Fanta, es war schon die zweite. Sie hatte sie selbst aus dem Automaten ziehen dürfen.

»Ich muss mal.«

Der Polizist ging mit Nuria hinaus und zeigte ihr die Toilette, die ums Eck lag. Er wartete vor der Tür, bis sie gepinkelt hatte.

»Wie lange geht's noch?«, fragte Nuria und kletterte wieder auf ihren Stuhl.

»Du wirst bald abgeholt«, sagte der Uniformierte und nahm hinter seinem Schreibtisch Platz.

»Von wem?«

»Das werden wir sehen. Vom Jugendamt, nehme ich an.«

Der Polizist trug einen Ehering, der ihm in den fetten Finger schnitt. Nuria hatte keine Ahnung, wie alt er war und ob er Kinder hatte. Sie traute sich nicht zu fragen. Dabei interessierte es sie schon. Sie hätte auch gerne gewusst, ob er Haustiere hielt. Vielleicht eine Katze, ein Kaninchen oder einen Hund.

Es ging noch eine gute halbe Stunde so weiter. Als sie sich aneinander und an das Schweigen zwischen ihnen gewöhnt hatten, kam eine jüngere Frau herein, die ein Pepitakostüm und einen beigen Popelinhut trug. Sie sah ungeheuer altbacken aus, aber sie hatte pinkfarbene Haare.

»Ist sie das?«, fragte sie.

Der Beamte nickte.

»Armes Ding. Wir konnten bislang keine Angehörigen ausfindig machen. Ihr Vater ist erst vor wenigen Wochen gestorben.« Sie lächelte und legte den Kopf schief. »Hallo, Nuria.«

Nuria sprang vom Stuhl.

Die Frau lief auf sie zu, ging in die Knie und nahm ihre Hände. »Ich bin die Frau Rosenkrantz und passe von jetzt an gut auf dich auf.«

Nuria fragte sich, was das bedeutete.

»Wir haben einen Koffer für dich gepackt. Ich habe eine Bleibe für dich gefunden.«

In einem alten Audi kurvten sie kreuz und quer durch Stuttgart. Frau Rosenkrantz fuhr ziemlich rasant. Vor einem großen Altbau, der aussah wie ein altes Krankenhaus oder eine edle Schule, hielten sie an.

Das Mädchenheim St. Aloisia lag am Ufer des Max-Eyth-Sees. Es wurde von den Barmherzigen Schwestern der heiligen Aloisia am Steighäusle geleitet, einer Ordensgemeinschaft, die hochstehende spirituelle Werte besaß. Die Leiterin, Generaloberin Maria Katharina Hymer, legte größten Wert auf humanistische Bildung. Alle Mädchen wurden nach Kräften gefördert. So verstand es sich von selbst, dass Nuria nach dem Sommer aufs Gymnasium durfte.

Frau Rosenkrantz, die vom Amt kam und einen lustigen Namen hatte, ließ sich nur selten blicken. Nuria verstand nicht genau, welche Rolle sie spielte. Sie begriff auch nicht, an wen sie sich wenden konnte, wenn sie Fragen hatte. Und sie hatte viele Fragen. Sie hatte nicht gewusst, dass ihr Vater tot war. Vielleicht hatte es die Mutter selbst nicht erfahren. Sie wusste auch nicht, wie der Unfall, bei dem die Mutter ums Leben kam, passiert war. Ob noch mehr Menschen in das Unglück verwickelt waren. Ob es weitere Opfer gab. Und ob womöglich ein anderer daran schuld war, dass die Mutter nicht mehr lebte.

Bis vor Kurzem hatte es noch Schlafsäle gegeben, aber jetzt waren Wände eingezogen. Nuria wohnte mit drei gleichaltrigen Mädchen in einem kleinen, weiß gestrichenen Zimmer mit Seeblick. Es gab zwei Stockbetten, einen Tisch, vier Stühle, zwei Schränke, ein Waschbecken. Die Mädchen hießen Trixi, Julia und Yvonne. Trixi und Julia lebten schon länger in St. Aloisia, Yvonne war nach Nuria dazugekommen. Keine der Zimmergenossinnen sprach mit Nuria über ihre Vergangenheit, keine erzählte von ihrem Schicksal. Alle drei blieben, auf ihre jeweils spezielle Weise, verschlossen. Also behielt auch Nuria ihre Geschichte für sich.

Die Mensa-Atmosphäre in der Nurejew-Schule hat eine Art Déjà-vu provoziert, eine täuschend gegenwärtige Erinnerung an den Speisesaal in St. Aloisia. Sobald Nuria eine Einrichtung betritt, ein Heim, eine Anstalt oder ein Internat, ist alles schlagartig wieder da. Sie ist wieder neun Jahre alt, und sie ist zweifache Vollwaise. Einmal nach der Geburt, durch Umstände, von denen sie nie erfahren hat, ein zweites Mal in der vierten Klasse Grundschule. Sie könnte sich sofort wieder so verhalten, wie sie sich damals verhalten hat, sie hat nichts vergessen. Die 35 Jahre, die seither vergangen sind, werden ausgelöscht durch die Wucht des Wiedererkennens.

15. März. Der Dienstagmorgen beginnt quälend. Rosalie hat verschlafen, und sie sieht keinen Anlass, zur Schule zu gehen. Sie hat nicht nur keine Lust dazu, ihre Weigerung ist grundsätzlicher Natur, und Nuria fehlt die Kraft, die bekannten Argumente vorzutragen. Rosalie meint, dass sie besser allein daheim lernen kann, das hätten die Erfahrungen der letzten zwei Jahre bewiesen. Das stimmt, aber es existiert nun mal eine allgemeine Schulpflicht, und es herrscht wieder Präsenzunterricht.

Plötzlich packt Rosalie ihren Rucksack und geht los. Nuria versteht nicht, was sie umgestimmt hat. Aber Rosalie wird den Unterricht besuchen, so viel ist sicher. Sie schwänzt nicht. Sie tut nie etwas heimlich. Geheime Regelverstöße sind in ihrem Handlungskonzept nicht vorhanden. Wenn sie fünf Minuten vor dem Essen Schokolade essen will, dann legt sie die Tafel vor sich auf den Tisch. Eigentlich müsste Nuria dankbar dafür sein, denn die meisten Pubertierenden sind von früh bis spät damit beschäftigt, ihre Eltern auszutricksen. Sie sieht es also positiv. Das verbessert sofort ihre Laune.

Froh verlässt Nuria das Haus. Vor der Praxis wartet bereits Herr W. auf sie, ihr erster Klient, und sie hat sich tatsächlich um zwei Minuten verspätet.

»Sie sind pünktlich«, stellt Nuria fest, als sie die Eingangstür aufschließt. »Sie konnten Ihre Wohnung also wie geplant verlassen. Daraus entnehme ich, dass es Ihnen gut geht.«

Nurias Klientel besteht vor allem aus Frauen, weil sie die Psyche von Männern nicht so gut versteht, doch es gibt Ausnahmen. Herrn W. hat sie angenommen, weil sie Erbarmen mit ihm hatte. Ein Sonderling, ein Häuflein Elend. Zwar sollen Gefühle bei einer Psychotherapie keine Rolle spielen, aber das ist freilich Unfug. Es dreht sich lediglich darum, sie möglichst nicht zu zeigen.

Auch nach zehn Sitzungen ist noch nicht klar, was Herrn W. eigentlich umtreibt. Die Kasse hat seine Behandlung bewilligt, weil er unter einer chronifizierten Zwangsstörung leidet, die sich galoppierend verschlimmert. Ein genereller manifester Kontrollzwang. Der Klassiker. Nuria versucht, Herrn W. mit Verhaltensregeln Muster mit auf den Weg zu geben, die den Kreislauf von Angst, Zwangsgedanken und Zwangshandlungen sprengen. Aber er hält sich nicht daran. Vielleicht versteht er nicht, was ihm das bringt. Oder es ist zu schwierig für ihn. Oder er hat generell Probleme mit Vorgaben. Oder er möchte das Ende der Therapie noch eine Weile hinauszögern.

»Ich will die Sache hier abbrechen«, eröffnet Herr W., nachdem er mit dem Rücken zur Tür Platz genommen hat, was Nuria überrascht. »Diese Hausaufgaben sind albern. Ich wollte nur noch einmal persönlich vorbeikommen, um Ihnen das zu sagen.«

»Aha. Albern. Darf ich fragen, warum? Wie kommen Sie zu dieser Einschätzung? Versuchen Sie es bitte mit Ich-Botschaften.« Nuria setzt sich ihm gegenüber und schlägt, synchron zu ihm, die Beine übereinander.

»Diese stumpfsinnigen Verhaltensmaßregeln bringen mir nichts. Weshalb soll ich in der Küche Farben zählen, anstatt zu kontrollieren, ob der Herd noch an ist?«

»Das habe ich Ihnen erklärt, und ich habe auch deutlich gemacht, dass es eine Weile dauert, ehe die Methode wirkt. Gekoppelt mit anderen Übungen …«

»Ich habe die Schnauze voll von diesen saudummen Vorschriften!«

»Das verstehe ich. Doch Sie unterliegen auch einem gewissen Leidensdruck. Ich nehme an, er ist etwas kleiner geworden. Das heißt aber, dass Sie gerade in dieser Situation nicht nachlassen dürfen.«

Herr W. winkt ab. »Ich würde jetzt gerne gehen.«

»Die Kasse wird möglicherweise nicht begeistert sein.«

»Das ist dann Ihr Problem, wenn die nicht zahlen.« Herr W. steht auf, wendet sich zur Tür.

»Sie haben vollkommen recht«, sagt Nuria. »Diese Behandlung ist Blödsinn. Sie schlägt nur an bei Leuten, die total naiv sind.«

Herr W. dreht sich um. »Wie? Sie geben zu, dass das alles Scharlatanerie ist?«

»Das nun nicht gerade. Aber wir kochen auch nur mit Wasser. Und Sie sind zu schlau, um das nicht zu durchschauen. Machen Sie es gut. Ich kann nichts mehr für Sie tun.«

»Wie?«

»Ich kann Ihnen nicht mehr helfen.«

»Das glaube ich nicht. Sie könnten sich wenigstens anhören, was mir gestern passiert ist, als meine Frau nach Hause kam.«

»Sie meinen, welche Sichtweise Sie darauf haben? Das können wir nicht vertiefen, wenn Sie gleich aufbrechen wollen.«

Herr W. setzt sich wieder. »Nein. Ich gehe nicht. Ich bleibe.«

Nach der Sitzung mit Herrn W. ist Nuria fix und fertig. Man nennt diese Methode paradoxe Intervention. Der Trick funktioniert fast immer. Aber er kostet auch Energie.

Nuria hat Telefonsprechstunde, sie ist zu festen Zeiten erreichbar, um etwas zu besprechen oder Termine auszumachen. Sie geht in die Küche. Erdmute hat Kaffee gekocht und sich dann in ihren Praxisraum zurückgezogen. Auch in der Schwangerschaft will sie wohl auf eine Tasse am Morgen nicht verzichten. Nuria greift nach der geblümten Thermoskanne und überlegt, für die Praxis eine Maschine anzuschaffen, aber die müsste dann immer gereinigt, entkalkt und gewartet werden. Außerdem ist Filterkaffee in.

Das Diensthandy spielt ein Klavierstück von Schubert, Impromptus op. 142, Allegro moderato.

»Gut, dass ich Sie erwische. Hier spricht Heike Seidel.«

»Frau Seidel, was kann ich für Sie tun?«

»Selina ist wieder gestürzt. Sie hat sich einen Kreuzbandriss zugezogen. Das war's dann wohl mit ihrer Karriere, und Sie sind schuld.«

»Das tut mir leid. Aber ich glaube nicht, dass ich die Verantwortung dafür trage.«

»Sie haben meine Tochter zu stark verunsichert. Und Sie sind mit ihr laufen gegangen. Das ist unprofessionell. Sie dürfen das gar nicht. Freizeitbetätigungen im Rahmen einer Behandlung sind untersagt. Ich werde das der therapeutischen Gesellschaft melden, bei der Sie organisiert sind. Oder Ihrem Dachverband. Ich sorge für Ihren Ausschluss.«

»Selina ist nicht meine Klientin. Sie ist volljährig und kann joggen, mit wem sie will.«

»Sie wird so schnell nicht mehr joggen gehen.«

»Das wäre eine gute Gelegenheit, um ihre Magersucht zu behandeln.«

»Meine Tochter leidet unter keiner Magersucht.«

»Dann erzählen Sie mir doch mal, weshalb Sie mich angerufen haben.«

»Ich warne Sie! Passen Sie auf, was Sie sagen.«

»Sie wollen sich rächen. Aber Sie sind hier an der falschen Adresse.«

Um die Mittagszeit meldet sich Archie und spricht auf die Mailbox. »Was treibst du? Ich hab noch Hähnchenschlegel von gestern Abend übrig, mit Rosmarinkartoffeln, die könnte ich euch vorbeibringen.«

Archie hat wieder mal vergessen, dass Erdmute Veganerin ist. Und Nuria nagt grundsätzlich keine Knochen ab. Archie treibt Sport, und er hat gelernt, auf sich zu achten. Aber er ist nicht der Held, wenn es um feste Vorgaben und Verabredungen geht. Er erweist sich im Alltag als nicht besonders tauglich. Immerhin hat er es geschafft, seinen Catering-Service durch die Corona-Zeit zu bringen, indem er auf Lieferdienst umgestellt hat. Von Partys kann heutzutage kein Mensch mehr leben. Und das Essen, das Arthur »Archie« Gutbrod kocht, ist wirklich lecker, das muss Nuria durchaus anerkennen.

Archie kommt mit seinem Transporter ums Eck und bringt die Kartoffeln. Da ist angeblich nichts dran außer Bio-Öl, Gartenkräutern und Salz. Aber Nuria bildet sich ein, das Schmalz herauszuschmecken, mit dem er die knusprigen Kartoffeln auf Hochglanz bringt. Während sie mit Erdmute zusammen essen, erzählt Nuria die Geschichte von Selina. Sie spart nichts aus. Selina ist nicht bei ihr in Therapie, und sie kann ruhig darüber sprechen.

»Und was willst du jetzt machen?« Archie wirkt zerstreut, als habe er gar nicht richtig zugehört. Das ist typisch. Wie immer sind seine Beine etwas zu lang für den Stuhl, auf dem er sitzt. Seine hellen Haare stehen wirr vom Kopf ab, seine Jeans sind zerfleddert, und auf dem roten Fleece prangt ein brauner Soßenfleck. Trotzdem sieht er irgendwie stimmig aus, als müsse das so sein. Vertrauenerweckend.

»Ich weiß es nicht.«

»Manchmal ist es besser, einfach abzuwarten«, meint Erdmute. »Diese ehrgeizige Mutter ist erst mal geschockt. Ihre großen Pläne haben sich in Luft aufgelöst, denn ihre Tochter funktioniert nicht mehr. Das empfindet sie als Katastrophe. Dafür braucht sie einen Sündenbock. Es ist aber nicht gesagt, dass sie etwas unternimmt.«

»Und wie ist es für Selina?«, will Archie wissen. »Um die geht es doch schließlich.«

Er hat also doch zugehört, stellt Nuria fest. Bevor sie antworten kann, fragt Erdmute: »Und wo ist sie? Im Krankenhaus? Oder daheim, bei ihrer Mutter?«

6

Nuria hatte nicht schlafen können, weil die Sommerzeit begann und sie Angst hatte, dass sie am Montagmorgen nicht rechtzeitig wach wurde. In heller Panik, zu verschlafen, war sie aus dem Bett geklettert und hatte eine nächtliche Runde durch ihr Zimmer gedreht. Gerade hatte Schwester Ragnara sie ertappt, wie sie am Fenster stand und auf den See starrte. Auf die schwarze, glatte Fläche des Wassers, auf das Schilf und auf den Bootssteg, der vom Ufer wegführte.

»Heute herrscht Neumond, deshalb ist es draußen so dunkel. Aber du brauchst dich nicht zu fürchten.« Ragnara setzte sich auf einen Stuhl. »Ich bin ja jetzt da. Komm zu mir.«

Nuria trug nur ihren dünnen Schlafanzug, und sie fror und klapperte mit den Zähnen. Dennoch zögerte sie.

»Komm nur her. Ich beiße nicht.«

Weil Nuria es nicht wagte, auf den Schoß der Schwester zu klettern, half sie ihr hoch. Sie griff ihr unter die Achseln und setzte sie auf ihren Schoß, mit gespreizten Beinen und dem Gesicht zu ihr. Sie rückte ihr sehr nah. So dicht an ihre Haut war niemand mehr gelangt, seit ihre Mutter vor über 14 Tagen verunfallt war, und Nuria spürte, wie die Anspannung wich, wie die Kälte schwand, wie sich ihr Leib dehnte und ihr Bauch warm und weich wurde. Sie konnten einander direkt anschauen, und Schwester Ragnaras Pupillen wurden inwendig erleuchtet. Ihr Blick war entflammt von einem Feuer, das wie Kerzen brannte und in der Dunkelheit glomm.

Nuria sah zu ihr auf, und dann heftete sie die Augen fest auf Ragnaras Mund, der sich beständig bewegte. Die Schwester erzählte Nuria die Geschichte vom heiligen Ragnar, dem ersten Bischof von Basel, nach dem sie benannt war. Sein Namenstag war am 29. März, und genau dieses Datum war am heutigen Sonntag. Ragnara sprach leise, sie flüsterte fast, sodass nur Nuria sie verstehen konnte. Die anderen drei Mädchen lagen in ihren Betten. Nuria hörte ihren Atem und nahm an, dass sie schliefen. Ihr Platz war oben im Stockbett links, aber sie saß mit Ragnara auf einem Stuhl, auf demselben Stuhl, obwohl es vier Stühle gab, sie hätten sich den Stuhl nicht teilen müssen.

Sehr eindrücklich und bildhaft berichtete die Schwester von dem jungen Mann, der später Bischof geworden war. Er hatte in einer Stadt gelebt, in der die Sünde regierte und immer noch mehr an Macht gewann. Die Menschen hatten mit dem Teufel gesprochen, sie hatten die Totenruhe gestört und mit dem Messer gefuchtelt. Raub und Schande hatten zum Alltag gehört. Niemand war dort sicher. Ragnar hatte sich mit Gott beraten, und als er erfuhr, dass ein Frevler ein Kind zur Frau nehmen wollte, war er eingeschritten.

»Er war ausersehen, er war erwählt und gebenedeit, so wie du! Du besitzt wie er die Kraft des Heiligen Geistes. Sei gesegnet!«

Mit offenem Mund lauschte Nuria den Worten der Schwester, und sie ließ sich von ihr segnen. Ihre kleinen, kalten Fäuste lagen fest zusammengepresst in Ragnaras Händen. Sie erfuhr nicht mehr, was Ragnar unternommen hatte, um die Schandtat zu stoppen. Denn plötzlich ging das Licht an, und die Oberin stand im Raum.

Generaloberin Maria Katharina Hymer war eine Frau mit unumstößlichen Prinzipien. Das begreift Nuria heute, 35 Jahre später, sehr gut. Mit neun Jahren hatte sie einfach nur Angst vor ihr. Die Schwester Oberin verlangte von allen Mädchen eine überragende Leistung und ein tadelloses Benehmen. Beides zugleich war beinahe unmöglich. Doch Pünktlichkeit, Sauberkeit, Ordnung und Höflichkeit reichten noch lange nicht aus. Man musste sich hervortun durch Eifer, Ehrgeiz, Wissensdurst und Fleiß. Durch schöpferisches Talent. Und durch künstlerische Begabung. Die Mädchen, die in der Schule glänzten, wurden von ihr gelobt. Vor allem dann, wenn sie darüber hinaus hervorragende sportliche Zeugnisse bekamen. Ehrenurkunden. Siegermedaillen. *Mens sana in corpore sano,* nannte das die Oberin. Ein gesunder Geist bedarf eines gesunden Körpers.

Sie war eine Frau ohne Alter. Ihr Körper verschwand unter dem Habit. Er zeigte keine Ausformungen. Der schwarze Schleier, der Hals und Haare vollständig bedeckte, umrahmte das Gesicht eines Habichts. Vielleicht kam Nuria wegen des Wortes »Habit« darauf. Auf alle Fälle war die Schwester Oberin ein Greifvogel, keine Krähe. Sie war mächtiger als die andern, die Rabenvögeln glichen. Und nun griff sie sich Nuria und stellte sie energisch auf den Boden, ehe sie Schwester Ragnara vom Stuhl zerrte, zur Tür schubste und hinausscheuchte. Das alles ohne ein einziges Wort.

Bald darauf bekam Nuria mit, dass die Oberin ihre Ordensschwestern schlug. Sie benutzte dafür einen geflochtenen Teppichklopfer, den sie auf Hintern und Hände niedersausen ließ. Nuria wurde zufällig Zeugin einer solchen Szene, und sie vernahm das scheußliche Sirren, wenn die Weiden die Luft schnitten.

Wenige Tage später, es war noch vor Ostern, kam ein Ehepaar in das Mädchenheim St. Aloisia am Max-Eyth-See. Beide trugen monströse Eheringe, fett wie am Fuß einer Henne, und sie waren nicht mehr ganz jung. Natürlich kamen öfter Paare, beispielsweise wenn Kinder noch Eltern hatten, Großeltern oder Onkel und Tante. Auch die Leute vom Amt traten bisweilen paarweise auf. Aber diese beiden wirkten so unbeholfen und schüchtern, dass gleich klar war: Die waren zum ersten Mal hier. Und sie kannten hier keinen.

Nuria beobachtete sie vom Schlafzimmerfenster aus, weil sie ihr Lineal holen musste, das sie vergessen hatte. Nachdem sie aus ihrem rostbraunen Opel Kadett gestiegen waren, den sie auf dem Kiesweg nah am Wasser geparkt hatten, vertraten sie sich die Beine und blickten sich eine Weile um, als suchten sie etwas oder als müssten sie gemeinsam beraten, was zu tun sei. Dann gingen die zwei über den Steg und schauten zurück zum Ufer. Auf einmal flog die Oberin auf sie zu und nahm sie mit ins Haus.

Zehn Minuten später wurde Nuria gerufen. Sie solle zur Schwester Oberin kommen. Nuria befand sich wieder im Aufenthaltsraum, wo sie die Hausaufgaben machte. Es war an einem gewöhnlichen Wochentag; sämtliche Mädchen, die keinen Unterricht hatten, hockten auf ihren Plätzen. Alle Köpfe schnellten hoch, und alle Blicke folgten Nuria zur Tür.

Sie trug ein Kleid, das ihr unter den Armen zu eng war und in dem sie sich nicht recht wohlfühlte. Dazu beige Baumwollstrumpfhosen mit einem Loch am rechten Zeh. Welches die Oberin auf keinen Fall sehen durfte. Das war nicht ganz einfach, denn Nuria hatte Sandalen an. Sie betrat das Vorzimmer der Oberin, trippelte ein paar Schritte, ließ die Arme hängen und stand linkisch, den linken Fuß auf dem rechten, mitten im Raum.

»Das ist Nuria«, stellte die Schwester Oberin sie vor. »Und das sind Herr und Frau Bengele. Nuria, gib den Herrschaften die Hand.«

Das Ehepaar saß an einem Tisch, auf dem ein paar katholische Blätter lagen. Sie dienten dazu, sich die Zeit zu vertreiben, wenn man auf die Oberin warten musste. Nuria ging zu beiden hin und reichte ihnen die Hand. Dabei sah sie zu Boden, auf das Loch in ihrer Strumpfhose. Das schien die zwei nicht zu stören, denn als Nuria zurücktrat und den Kopf wieder hob, lächelten sie aufmunternd.

»Hallo, Nuria, ich freue mich, dich kennenzulernen«, sagte der Mann.

»Ja, ich freue mich auch«, sagte die Frau.

»Das sind deine neuen Pflegeeltern. Du wirst ab jetzt bei ihnen wohnen. Für eine Weile zumindest. Wenn ihr euch aneinander gewöhnt, vielleicht auch für immer.«

Um Nuria drehte sich alles. Sie hatte Mühe, die Worte zu begreifen. Wollte die Schwester Oberin damit sagen, dass Nuria das Mädchenheim St. Aloisia verlassen musste? War sie nicht anständig, war sie nicht artig gewesen? Nicht brillant genug? Denn sie musste ja immer beides sein, bescheiden und bestechend. Das durfte sie nie vergessen.

Nuria presste die Lippen zusammen. Sie senkte den Kopf, starrte erneut auf den Boden. Verdeckte mit dem linken Fuß das Loch.

»Das ist nicht schlimm, das stopf ich dir«, meinte die Frau.

»Ich kann das schon selber«, erwiderte Nuria. »Es ist nur gerade eben erst passiert, und ich muss noch meine Aufgaben fertigkriegen.«

Das war fast wahr, nur ein bisschen gelogen.

Die Oberin lächelte, und ihre Habichtnase bog sich ganz leicht nach oben. »Morgen kommt das Amt, und zu Ostern wirst du umziehen.«

»Am Samstag wirst du abgeholt.« Der Mann, Herr Bengele, sagte das, als dulde er keine Widerrede. Offenbar hatte er seine Unsicherheit überwunden und trumpfte jetzt auf.

»Aber da ist doch die Feier der Osternacht, wir haben dafür schon so viel vorbereitet.« Nuria nahm allen Mut zusammen. »Darf ich da noch mitmachen?«

»Ja, freilich«, sagte Frau Bengele.

Bei den Bengeles begann für Nuria eine friedvolle Zeit, die wahrscheinlich segensreich gewesen wäre, hätte sie länger gedauert. Nuria kam zur Ruhe, sie fand schnell ihr inneres Gleichgewicht und konnte an ihre Mutter denken, ohne dass sie wütend wurde oder weinen musste.

Das Amt bescheinigte ihr, dass ihr Zustand »stabil« sei, was auch immer das bedeutete.

Nuria hatte ein eigenes Zimmer, dessen Wände rosa gestrichen waren, sie besaß plötzlich säuglingsgroße Stofftiere, und die Bengeles hatten einen richtigen Hund, einen Dackel, er hieß Mäxle. Sie durfte ihre neue Grundschule weiter besuchen, in die sie mit dem Eintritt ins Mädchenheim eingeschult worden war. Herr Bengele fuhr sie jeden Morgen mit dem Opel Kadett hin, kreuz und quer durch Stuttgart, und Frau Bengele holte sie am Mittag wieder ab. In der Schule traf sie auch Trixi, Yvonne und Julia, die ihre Zimmergenossin vermissten. Nuria fühlte sich privilegiert, herausgehoben. Die Bengeles drängten sie zu nichts, sie musste nicht einmal Du zu ihnen sagen. Samstags gab es Spaghetti mit Tomatensoße, und sonntags machten sie einen Ausflug.

Doch zwei Wochen nach den Osterferien kam plötzlich Unruhe auf, und noch vor Pfingsten war das Abenteuer zu Ende. Nurias Sachen wurden gepackt, und sie musste zurück nach St. Aloisia.

»Aber es war schön da«, sagte sie. »Ich hatte es gut.«

»Nein. Es sind keine guten Menschen«, erwiderte die Schwester Oberin. »Sie sind nicht dazu geeignet, ein Kind zu erziehen.«

Es hieß, Nuria werde nun doch im Mädchenheim St. Aloisia bleiben. Es gebe keine Alternative, man habe alles versucht. Und zur Belohnung, dass sie brav und besonders begabt sei, dürfe sie im nächsten Schuljahr aufs Gymnasium.

Nuria erfuhr nicht, was passiert war. Und welche Gründe es dafür gab, dass man sie den Bengeles wieder weggenommen hatte. Erst ein halbes Leben später ist ihr eine Idee gekommen: Vielleicht hat die Schwester Oberin versucht, sie aus dem Heim zu entfernen, weil Nuria Bescheid wusste. Die Oberin hatte Nuria gesehen, als sie mit dem Teppichklopfer blindwütig auf die junge Schwester eingeprügelt hatte. Es war Qualberta gewesen. Schwester Qualberta hatte sich nicht gewehrt.

Aber was hatte die Schwester Oberin von einer Neunjährigen zu befürchten? An wen hätte sich Nuria denn wenden können? An das Amt, das sich rarmachte? Hätte Frau Rosenkrantz, die viel zu viel zu tun hatte, ihr geglaubt?

Nuria hat den Gedanken schnell wieder verworfen. Es spielte keine Rolle, dass sie Zeugin der Misshandlungen gewesen war. Viel schlüssiger ist der Verdacht, dass es um Schwester Ragnara ging. Hatte die Oberin für Nuria eine Familie gesucht, um Schwester Ragnara oder Nuria zu schützen? Aber vor was? Was hatte Ragnara mit ihr vorgehabt? »Du besitzt die Kraft des Heiligen Geistes«, sagte sie in jener Nacht und segnete Nuria. War Nuria ein erwähltes Kind? Wozu war sie ausersehen?

Nuria machte Therapien, sie hat ein Psychologiestudium, eine abgebrochene Psychoanalyse und zig Ausbildungen hinter sich, sie verfügt über einen großen Erfahrungsschatz im Umgang mit Menschen, doch sie ist nie dahintergekommen, was ihr vielleicht angetan worden war oder wovor sie damals bewahrt werden sollte. Deutlich war nur, dass die Schwester Oberin nach ihrer Rückkehr ein besonderes Augenmerk auf sie hatte. Nuria war niemals allein. Sie war tagein, tagaus in Tätigkeiten eingebunden, die sie zusammen mit anderen verrichtete.

Sie hat sich oft überlegt, ob es sich um sexuellen Missbrauch handelte, aber sie erinnert sich beim besten Willen nicht, dass ihr etwas Derartiges angetan worden wäre. Überhaupt erinnert sie sich niemals an etwas, das die Grenze sprengte und sie zum Opfer von Willkür, Wollust und Begierde machte. Auch wenn manche Schwestern wie Ragnara und Qualberta ihr sehr zugewandt waren, empfand Nuria sie nie als sinnlich oder gar sexuell übergriffig. Vielmehr waren sie von einer durchgeistigten Spiritualität beseelt. Sie haben es gut gemeint.

Auch heute noch kann sich Nuria keinen Reim darauf machen, was sie ausblendet oder noch immer nicht versteht. Von der Lehrtherapeutin Suse ist ihr das vorgehalten worden, sie wollte ihr einen Strick daraus drehen – diese Ignoranz, diese Hybris hinsichtlich der eigenen Abgründe! Wovon sprach sie eigentlich? Welche Fehler machte Nuria denn? Was gestand sie sich nicht ein? Die Lehrtherapeutin beharrte darauf, sie sei noch immer traumatisiert, konnte das aber nirgendwo festmachen. Unter PTBS, einer Posttraumatischen Belastungsstörung, litt Nuria nicht. Das gilt bis heute. Für ihre Angstzustände und Panikattacken, die sie weiterhin hartnäckig verschweigt und mit sich selber abmacht, gibt es wohl andere Gründe.

Sie hat sich lange nicht mehr damit auseinandergesetzt, was in St. Aloisia passiert sein könnte, aber plötzlich kommt alles wieder hoch, seit sie gestern in dieser Internatsmensa gewesen ist. Sie weiß nicht, ob sie Selina helfen kann, sie hat sich noch nicht einmal entschieden, ob sie sich weiter mit ihr befassen möchte. Doch sie ist sich sicher, dass Selinas Erscheinen etwas in ihr selbst auslöst, dem sie nachgehen muss.

Bevor Nuria am späten Dienstagnachmittag die Praxis verlässt, greift sie zum Diensthandy.

»Rosenkrantz?«

»Frau Rosenkrantz, darf ich Sie stören?«

»Meinetwegen. Worum geht es?«

»Ich habe Ihre Nummer aus dem Telefonbuch. Mein Name ist Nuria Haas.«

»Was wollen Sie, mir etwas andrehen? Das ist zwecklos. Ich kaufe nichts.«

»Vielleicht würden Sie mir etwas verkaufen, wenn ich Ihnen ein gutes Angebot mache?«

»Der Opel Kadett ist unverkäuflich. Das haben schon andere versucht.«

Schlagartig fällt es Nuria ein. »Sie haben ihn vor über 30 Jahren den Bengeles abgeluchst, stimmt's? Für 'n Appel und 'n Ei. Aber keine Sorge, ich will Ihren Augenstern nicht. Ich will die Wahrheit.«

»Was soll das heißen?«

»Warum musste ich damals weg?«

»Wie?«

Nuria erklärt, wer sie ist, dass sie im Frühjahr 1987 kurz bei Familie Bengele in Pflege war, aber aus ihrer Obhut schnell wieder entfernt wurde. Und dass sie sich seitdem immer aufs Neue die Frage stellt, wieso. Dass sie darauf nie eine Antwort bekommen hat.

»Das ist ja ewig her! Ich bin seit bald zwei Jahren im Ruhestand. Die Akten von damals sind längst vernichtet. Ich kann mich an nichts entsinnen.«

»Auch nicht für ein gutes Honorar?«

»Sie bieten mir Geld an, um mich zu bestechen?«

»Wer sagt denn so was? Ihre Mühe soll nur nicht umsonst sein.«

»Ich soll Dienstgeheimnisse ausplaudern?«

»Gibt es welche?«

»Wie viel?«

»Das kommt ganz darauf an. Sagt Ihnen der Name Mädchenheim St. Aloisia noch was? Am Max-Eyth-See? Was ging da vor sich?«

7

Nach diesem Gespräch fühlt sich Nuria ein bisschen wie im falschen Film. Sie hat so etwas noch nie gemacht, und es gehört auch nicht zu ihren Gepflogenheiten, andere Menschen unter Druck zu setzen, sie zu manipulieren oder zu etwas zu verführen. Nuria überlegt, was sie dazu veranlasst hat. War es Irina »Olga« Iwanowa, die sie an Generaloberin Maria Katharina Hymer erinnert? Das Unnahbare, die aufrechte Haltung, das edle, spitze Gesicht? Hat sie das getriggert?

Nuria ruft Rosalie an und sagt ihr, dass es heute später wird. Dann fährt sie mit der Stadtbahn zum Max-Eyth-

See. Am Bihlplatz steigt sie in die U9, ab Staatsgalerie geht es weiter mit der U14. Dann noch ein paar Hundert Meter zu Fuß. In einer Dreiviertelstunde ist sie am Ort.

Der Kiesweg ist frei begehbar. Der Bootssteg ist noch da. Er macht einen morschen Eindruck. Nuria tastet sich vor bis ganz an sein Ende. Ihre Schritte knirschen. Unter ihr gibt ein Balken nach und biegt sich durch. Es knackst. Am See geht gerade die Sonne unter. Sie spiegelt sich im Wasser und versackt hinter einem Wäldchen. Es riecht nach fauligem Holz.

Nuria blickt zurück zum Ufer. Das ehemalige Mädchenheim – Nuria sieht erst jetzt, dass es sich um eine mondäne Villa handelt, als Kind ist ihr das nicht aufgefallen – ist eingefriedet mit einem rostigen Bauzaun. Er steht da wohl schon länger, denn er macht einen verlotterten Eindruck. Die Villa selber wirkt verwahrlost. Die Dachziegel weisen Lücken auf, die Gauben sind schadhaft. Die Mauern durchfeuchtet und von schwarzem Schimmel befallen. Die halb heruntergelassenen Rollläden sitzen schief in ihren Scharnieren. Die Fenster glotzen blind.

All die Jahre ist Nuria nicht mehr hierher zurückgekehrt. Seit sie das Mädchenheim Ende der 1980er-Jahre verlassen hat, ist sie nie wieder an den Max-Eyth-See gefahren. Sie hat auch Archie und Rosalie niemals gezeigt, wo sie ein paar Jahre lang aufgewachsen ist. Obwohl sie in Stuttgart leben, ist dieser Ort für sie irgendwie tabu.

Nuria blickt zur Gaube hinauf, hinter der das Zimmer lag, das sie mit Trixie, Yvonne und Julia bewohnt hat. Was aus den dreien wohl geworden ist? Nuria kann sich nicht an ihre Nachnamen erinnern, und wenn sie geheiratet und andere Namen angenommen haben, würde es noch schwieriger werden, sie zu finden.

Ein teurer Wagen, ein Maserati, rollt heran und bleibt auf dem Kiesweg stehen. Eine Frau springt heraus, Tablet in der Hand. Dunkelgraues Designerkostüm. Blaue Pumps. Blonde, schulterlange Haare. Ihr Gesicht verbirgt sie hinter einer FFP2-Maske, die sie sich mit einer Hand geschwind überstreift, obwohl sie die draußen nicht tragen müsste. Lange, getuschte Wimpern. An der Augenpartie erkennt Nuria, dass sie nicht mehr jung ist.

Mit schnellen Schritten kommt die Frau auf sie zu. »Sorry, dass ich zu spät bin. Warten Sie schon lang?«

Nuria hat keine Ahnung, wer die Frau ist, aber ihre Intuition sagt ihr, dass es um die Villa als Immobilie gehen könnte. Also spielt sie mit. »Es geht.«

»Auf der B14 war mal wieder Stau. Aber nun sind wir ja da.«

Nuria spürt, dass die Frau sie mit jemandem verwechselt. »Bitte verzeihen Sie meine Verwirrung, aber jetzt hab ich doch glatt Ihren Namen vergessen. War ein bisschen viel heute.«

»Franz, Sonja Franz, vom Immobilienbüro Reinschmidt & Kaiser. Wir hatten bisher ja auch nur telefonisch miteinander zu tun. Herr Reinschmidt lässt sich entschuldigen …«

»Kein Problem.«

»Wir haben Ihren Liquiditätsnachweis überprüft. Es ist alles in Ordnung. Die Gutachten haben wir Ihnen zugestellt. Sie möchten trotzdem noch einmal besichtigen?«

»Besser ist es. Ich wollte mir den allgemeinen Zustand des Dachstuhls vor Augen führen.«

»Aber dazu haben Ihre Architekten doch schon alles zusammengetragen.«

»Ich frage mich, ob wir mit dem Kaufpreis nicht um eine … niedrigschwellige sechsstellige Summe runtergehen.«

Die Maklerin pfeift dumpf durch die Zähne. »Sie fordern also einen … Preisnachlass.«

»Es wäre schön, wenn Sie mir entgegenkämen. Und die Auflagen des Denkmalschutzes …«

»Machen Sie sich darum mal keine Gedanken.« Frau Franz schließt die schwere Haustür auf, die durch drei schlampig angebrachte Zusatzschlösser gesichert ist.

Nuria staunt selber, wie gut sie bluffen kann. Es ist einfach *die* Chance. Drinnen schlägt ihr ein muffiger, süßlicher Geruch entgegen, der ihr vertraut ist und der sie beinahe umhaut. Es ist das gespenstische Wiedererkennen eines Zustands, in dem sie neun Jahre alt ist. Sie muss aufpassen, dass sie nicht hineinschlüpft in diese kindhafte Rolle und vollends die Fassung verliert. Bereits damals hat es hier nach fauligen Äpfeln gerochen und nach modrigen Kartoffeln.

»Ist Ihnen nicht gut?«

»Doch, doch.« Nuria setzt ihre Maske auf.

Das Foyer ist kleiner, als Nuria es in Erinnerung hat. Es ist leer bis auf ein paar Stühle. Es sind diejenigen, die damals in den Zimmern standen.

»Nach Ihnen.«

Vor Frau Franz steigt Nuria die Stiegen hinauf, und es wird ihr dabei schwindlig. Im Treppenhaus ist es düster, es gibt vermutlich kein elektrisches Licht.

»Ganz ehrlich, mir leuchtet nicht ein, was Sie da oben auf der Bühne noch sehen wollen. Die Balken sind doch schon vermessen.«

Nuria dreht sich um. »Es ist nur so ein … Gefühl.«

»Dann möchten Sie vielleicht nochmals prüfen, ob Sie damit ... zurechtkommen?«

»Womit?«

»Also bitte. Das muss ich Ihnen jetzt nicht vorbeten!«

»Natürlich nicht. Aber könnten Sie mir dennoch erklären, was genau Sie meinen?«

»Hören Sie, es ist nicht leicht, dieses Haus zu verkaufen. Sie sehen ja, in welchem Zustand es ist. Dennoch ist es ein Kleinod, das Sie mit ein paar Millionen mitsamt den Anlagen wieder auf Vordermann bringen können. Nachdem im letzten Herbst herauskam, was hier auf dem Dachboden geschehen ist ... Die Kinder sind ja alle längst bestattet. Und außerdem ist es lange her. Da ist Gras über die Sache gewachsen. Aber ich verstehe Sie, etwas bleibt doch hängen. Etwas Ungutes, mit dem man fertigwerden muss. Ich bin da völlig bei Ihnen.«

»Wir müssen nach vorn sehen.« Nuria hat keine Ahnung, wovon die Maklerin spricht.

»Sehr richtig. Und dabei sollten wir es auch belassen.«

Durch eine massive Tür betreten sie über eine gewundene Treppe den Dachstock. Nuria ist nie hier oben gewesen. Ihr Zimmer lag darunter, und die Bühnentür war stets abgeschlossen. Nun ist sie erstaunt, was sich über viele Jahrzehnte hinweg angesammelt hat. Zwischen dem Gebälk stapeln sich Möbel, türmen sich Kronleuchter, Teller und Töpfe, liegen Berge von vollen Säcken. An der Wand lehnen Balken, Ziegel und Bücher.

»Es bleibt dabei. Sie übernehmen das Haus im besichtigten Zustand. Das Gerümpel ist schnell entsorgt.«

»Es ist auch manches darunter, das man noch brauchen kann.« Nuria wundert sich, dass Frau Franz die Kronleuchter als Gerümpel bezeichnet.

»Durchaus.« Die Maklerin lächelt wieder. »Es wird Ihnen hier gefallen. Das ist genau der richtige Ort, um eine Privatklinik einzurichten.«

Was auch immer Nuria auf dem Handy eingibt, sie findet nichts über die Suchmaschinen, was zu dem schlimmen Geschehnis passt. »Verbrechen«, »Missbrauch«, »Misshandlung«, »Kinderleichen«, »Max-Eyth-See«, »Mädchenheim St. Aloisia«, »Barmherzige Schwestern der heiligen Aloisia am Steighäusle«, »Generaloberin Maria Katharina Hymer«: nichts.

Dabei ist es erst wenige Monate her, dass die Sache mit den toten Kindern auf der Bühne der Villa aufgedeckt wurde. Im vorigen Herbst. Was war das für ein grausiger Fund? Und warum hat Nuria nichts davon mitkommen? Hat sie keine Zeitung gelesen? War es überhaupt ein Verbrechen? Oder nur ein Unfall, der vertuscht werden musste? Und hat dieses schreckliche Unglück etwas mit den merkwürdigen Erfahrungen zu tun, die Nuria in St. Aloisia gesammelt hat? Wurden nicht nur die Schwestern, wurden auch Mädchen geschlagen? Gab es doch einen Missbrauch? Das ist nicht gesagt, das ist alles völlig offen, Nuria darf jetzt nicht den Verstand verlieren. Sie sucht Rat bei ihrer Mutter.

Mechthild Haas ist auf dem Dornhaldenfriedhof begraben. Er wurde 1974 eröffnet. Bis 1960 befand sich dort fast 100 Jahre lang ein militärischer Schießplatz. Das Gelände gleicht einer Art Arena und kann leicht eingekesselt und abgeschirmt werden. Während der NS-Diktatur wurden dort Oppositionelle hingerichtet. 15 der bisher 25 bekannten Opfer wurden auf dem Waldfriedhof begraben.

Man erreicht den Dornhaldenfriedhof mit der Standseilbahn Stuttgart, die seit 1929 den Südheimer Platz im Stadtteil Heslach ohne Zwischenhalt mit dem einsam gelegenen Waldfriedhof im Stadtbezirk Degerloch verbindet. Die Strecke ist nur einen halben Kilometer lang, die maximale Neigung beträgt 282 Prozent. Es handelt sich nicht um eine Touristenattraktion, sondern um ein öffentliches Verkehrsmittel, das den Waldfriedhof und den noch entlegeneren Dornhaldenfriedhof möglichst kostengünstig an die Stadt anbindet. Die kastenförmigen Holzwagen waren schon zu ihrer Entstehungszeit veraltet und wurden seitdem nicht modernisiert.

Das Wetter hält, es geht gegen Abend. Nuria kommt sich vor wie aus der Zeit geschleudert, als sie mit einer maximalen Geschwindigkeit von 11 km/h den Berg hinauffährt. Sie ist der einzige Fahrgast. Auf dem Dornhaldenfriedhof, der ein kleines Stück hinter dem Waldfriedhof liegt, wurden 1977 Gudrun Ensslin, Andreas Baader und Jan-Carl Raspe bestattet. Das war, strategisch gesehen, eine ausgeklügelte Idee. Sollte es zu Sympathiekundgebungen kommen, konnten sie aufgrund der örtlichen Beschaffenheit von allen Seiten schnell und effektiv zerschlagen werden. Dieses effiziente Vorgehen ermöglichte der damalige Oberbürgermeister Manfred Rommel, der den denkwürdigen Satz sprach, dass die Feindschaft mit dem Tod ende. »Wir haben keine Terroristen – nur Tote«, äußerte Rommel den Medien zufolge, was zu tumultuösen Protesten führte. Ministerpräsident Hans Karl Filbinger wollte der Fama nach nur der schwäbischen Pfarrerstochter Ensslin die letzte Ruhe gewähren, begleitet vom willfährigen Beifall des Volkes.

Die Filmaufnahmen von der Beerdigung, die Nuria gesehen hat, darunter auch private Videos, zeigen eine vereinnahmte, verzerrte, fanatisierte und aufgeladene Welt, aufgehetzte und aufgesetzte Gesten, vermummte Gesichter, melodramatische Auf- und Abgänge voller Wut, wilde Emotionen wichtigtuerischer Leute. Ein Kaspertheater, wenn man das mit heutigen Konflikten vergleicht.

Das sogenannte Terroristengrab gibt es immer noch. Es ist großzügig angelegt, wird professionell gepflegt mit Koniferen, bodendeckenden Zwergmispeln, Erika und dem Ewigen Licht; ganz so wie das Grab von alten Leuten der frühen 1940er-Jahrgänge, die ein ganz normales Leben gelebt haben und nun gestorben sind. Hätten die drei Stammheim und den Terrorismus überwunden, lägen sie irgendwann genauso da. Es macht keinen Unterschied, auch für die Friedhofsgärtnerei nicht, die vielleicht von alledem unberührt bleibt.

Andreas Baaders Name steht ganz oben. Er war und bleibt der Boss. Dann sie, die Gudrun, und zuletzt Jan-Carl. Nuria war schon etliche Male auf diesem Friedhof, aber sie hat nie darüber nachgedacht, warum Manfred Rommel für die RAF-Leute genau diesen Friedhof ausgesucht hat. Erst heute kommt ihr der Gedanke und fast zeitgleich die Antwort: weil man hier so schlecht hinkommt. Es ging weniger um die Bekämpfung des Widerstands. Vielmehr wollte man ihn im Keim ersticken. Und sollte sich die Meute doch mal in Bewegung setzen – bevor die Demo den Hang hinauf wäre, hätte man sie längst wieder ins Loch hinabgescheucht.

Das Stammheim-Grab wird dennoch immer noch ab und zu besucht, auch von den extrem Standhaften, die nach 45 Jahren noch von Mord sprechen. Aber es sind meist reifere Personen im deutlich vorangeschrittenen Rentenalter. Sie erscheinen vereinzelt, gebeugt und unbewaffnet, ihre Gesichtszüge sind mild und weise, mitunter irr, manche legen eine Rose ab. Längst ist ein stiller Friede eingekehrt, und das Pathos ist gebrochen. Bald wird das Ganze Geschichte sein, niemand wird sich mehr persönlich an die Geschehnisse entsinnen. Schon heute sind die letzten Erinnerungen verzerrt, fratzenhafte Gespenster einer geisterhaften Epoche.

Die Gräber der RAF-Mitglieder Juliane Plambeck und Wolfgang Beer, die 1980 bei einem Autounfall ums Leben kamen, existieren nicht mehr. Das Urnengrab von Horst Ludwig Meyer, der sich selber als vierte Generation bezeichnete, findet Nuria nicht. In den Urnenfeldern am Wall der Senke wurde niemand bestattet – hier hat das Friedhofsamt zu großzügig geplant.

Der abgelegene Friedhof wird umgeben von Laubwald, er wirkt luftig, zwischen den Grabstätten ist viel Platz. Nuria geht zwischen den Reihen hindurch. Auch Stuttgarter Honoratioren haben hier zur letzten Ruhe gefunden – der Philosoph Max Bense, die Lyrikerin Margarete Hannsmann und der Schriftsteller Peter O. Chotjewitz. Sie haben dem Vernehmen nach zu Lebzeiten mit ihrer letzten Nachbarschaft kein Problem gehabt.

Weshalb die Mutter auf diesem traditionsarmen, eigentlich unprätentiösen Friedhof beerdigt wurde, weiß Nuria nicht. Ihr Urnengrab gibt es schon lange nicht mehr, und Nuria ahnt nur noch, wo es ungefähr gewesen sein könnte. Aber sie entsinnt sich an den Spruch, der auf dem Grabstein stand: »And those who were seen dancing were thought to be insane by those who could not hear the music.« Das war ein seltsamer Segen für eine Katholikin. »Und die Tanzenden wurden für verrückt gehalten von denen, die die Musik nicht hören konnten.« Nuria fragt sich, wer dafür verantwortlich war. Sie ist dem Satz einmal nachgegangen und dabei auf Friedrich Nietzsche gestoßen, dem er fälschlicherweise zugeschrieben wird. Eigentlich stammt er wohl aus England, gesichert ist ein Zitat aus der »Times« von 1927. Erst später wurde »mad« durch »insane« ersetzt.

Wer hat den Sinnspruch ausgesucht? Wer hat das kleine Urnengrab der Mutter gekauft und gerichtet, bis es eingeebnet wurde? Wo ihr Vater begraben liegt, falls er tatsächlich gestorben ist, weiß Nuria nicht. Rätsel über Rätsel.

Nuria hat gehofft, auf dem Friedhof jemandem zu begegnen, einem Menschen, der ihr weiterhelfen kann, einem Engel oder Dämon. Aber sie begegnet keinem. Niemandem. Nuria ist auf einmalige Weise mit sich selber allein. An keinem anderen Ort sind die Geister so ordentlich verwahrt wie auf dem Dornhaldenfriedhof. Alles wurde aufgeräumt, eingefriedet, mit Erde bedeckt und bepflanzt. Nirgendwo Geflüster, die liebliche Leier oder ein Hinweis auf die Hölle. Nicht einmal ein Vögelein singt. Totenstille. Nirgends haben die unsterblichen Seelen mehr Ruh.

Es ist kein Paradies, in dem man tanzen kann. Nuria tut es trotzdem. Sie umrundet im Walzerschritt das Grab der drei Stammheim-Toten, und sie hat den Eindruck, dass sich dadurch etwas öffnet; eine Verstrickung löst sich, die Luft wird leicht, der Boden beginnt zu wanken, gewährt einen kurzen Blick auf den Grund der Dinge. Gespenstisch zwar, doch es ist nicht der Schlund, der seinen gähnenden Rachen aufsperrt. Im Gegenteil. Man könnte meinen, ein tiefer Frieden kehre ein.

Der Dienstagabend verläuft weitgehend harmonisch und mündet bloß in eine kurze Streiterei, als Rosalie ins Bett soll. Sie hat sich nach einem späten Nachtessen in ihr Zimmer zurückgezogen, wo sie am Laptop sitzt und Fehler in Stadtplänen und auf Landkarten sucht. Rosalie jobbt bei einem renommierten Verlag, der literarische Reiseführer und -magazine herausbringt, seit Neuestem verstärkt online. In atemberaubender Geschwindigkeit gleicht sie die Faltpläne und Illustrationen mit anderen Schaubildern ab und vergleicht sie mit Videoaufnahmen aus der Luft. Sie kennt ganze Landstriche und Regionen aus der Vogelperspektive. Was sie einmal gesehen hat, speichert sie in ihrem speziellen Gedächtnis. Der Verlag hat keine Ahnung, dass Rosalie erst 13 Jahre alt ist. Sie liebt diese Arbeit, und sie wird gut dafür bezahlt. Offiziell macht Archie den Job. Dabei kann der nicht einmal sein Navi lesen.

Nuria sitzt im Wohnzimmer auf dem Sofa und sucht auf dem Smartphone nach den nächsten Aufführungen des Stuttgarter Balletts. Die Fotos auf dem Spielplan zeigen junge schöne Tänzerinnen und Tänzer mit durchtrainierten Muskeln in perfekten Posen. Rosalie hat auf die Nachricht, dass sie bald Ballettunterricht bekommen könnte, zurückhaltend reagiert. Würde sie eine hochprofessionelle Aufführung eher abschrecken? Mitte Mai gibt es eine Familienvorstellung eines Balletts von John Cranko nach William Shakespeare, »Der Widerspenstigen Zähmung«. Es soll eine überaus komische Aufführung sein. Aber ob Rosalie mit einer Ballettkomödie etwas anfangen kann? Wird sie die Slapstick-Einlagen überhaupt bemerken? Wenn jemand auf einer Bananenschale ausrutscht, findet Rosalie das einfach nur schlimm. Egal, ob das Opfer wieder aufsteht oder liegen bleibt. Rosalie lacht nie über das Unglück anderer Menschen, und wenn eine Sache glimpflich ausgeht, fühlt sie sich deshalb nicht gleich erleichtert. Sie begegnet dem ähnlich neutral wie einem verheerenden Ende. Wie auch immer, Nuria wird versuchen, Karten zu ergattern.

Am Mittwochmorgen meldet sich das Sekretariat und hinterlässt eine Nachricht, dass Rosalie sich am Abend in der Nurejew-Ballettschule einfinden könne. Irina »Olga« Iwanowa werde sie persönlich empfangen.

Mit einem solchen Tempo hat Nuria nicht gerechnet. Sie ruft Rosalie in der Mittagspause an und erzählt ihr von dem Termin. »Wir sollen so gegen sechs da sein, Olga erwartet dich im Übungsraum 2. Ich geh dann eine Runde spazieren und hol dich wieder ab.«

»Okay?«, sagt Rosalie. Es klingt fragend.

Die Übungsräume liegen an einem engen langen Flur hintereinander. Die breiten Türen sind eierschalenfarben und mit großen Griffen versehen. Sie gehen nach außen auf. Offenbar handelt es sich um ein ehemaliges Krankenhaus. Nuria stellt sich vor, wie hier Betten mit Metallgestellen durchgeschoben wurden.

Entfernt erklingt Klaviermusik, überlagert von den abgehackten Befehlen und Zurufen einer weiblichen Lehrkraft, die auf Französisch heiser ihre Anweisungen bellt.

»Demi-plié. Demi-plié!«

Gleichmütig trottet Rosalie neben Nuria her. Der Linoleumboden ist in Quadrate eingeteilt, doch Rosalie hüpft nicht. Sie tritt sogar auf die Trennlinien, ohne sie zu beachten. Das zeigt, dass ihre Aufmerksamkeit reduziert und ihr Engagement nahezu nicht vorhanden ist. Gleichzeitig manifestiert sich so Angstlosigkeit. Auf Bedrohungen jedweder Art reagiert Rosalie mit penibel einstudierten Mustern von Zwangshandlungen. Das völlige Fehlen deutet auf Stressfreiheit. Erleichtert beschließt Nuria, dass sie Rosalie eine halbe Stunde mit Olga allein lassen kann. Dieses Zeitfenster hat ihr das Sekretariat in Aussicht gestellt.

Olga erwartet sie mit einem breiten Lächeln in der offenen Tür. Sie hat die Haare streng nach hinten gekämmt und wirkt fast ungeschminkt. Feine Äderchen zeichnen sich auf ihren Wangen ab. Sie trägt einen schwarzen Gymnastikanzug mit langen Ärmeln. Keine lackierten Nägel, kein Schmuck. Ihr Körper ist athletisch und nicht zu schlank. Sie ist barfuß.

»Das ist Rosalie.«

»Hey«, sagt Olga. »Du kannst schon reingehen und dich hinten umziehen. Und nimm die Maske ab.«

Wortlos geht Rosalie durchs Übungszimmer zur Umkleide. Nuria schaut ihr nach. Sie verschwindet hinter einer mobilen Ballettstange, die als einziges Gerät mitten im Raum steht.

»Warum tun Sie das?«, will Nuria wissen.

»Was denn?«

»Warum kümmern Sie sich um meine Tochter?«

»Sie wollten das doch so.«

»Es war wahrscheinlich eine Schnapsidee.«

»Wir schauen einfach mal, was dabei herauskommt. Ballett ist mehr als ein Sport, es ist auch gut für die Seele.«

Draußen hat Nuria keine richtige Ruhe. Die Minuten dehnen sich endlos. Sie läuft blind durchs Karree und checkt die Zeit auf ihrem Smartphone und dem Diensthandy. Selina Seidel hat sich gemeldet und eine Nachricht hinterlassen: »Sie wollten mich anrufen. Sie haben es versprochen. Vor einer halben Ewigkeit, verdammt! Ich muss mit Ihnen reden. Es ist dringend. Ich melde mich später wieder.«

Endlich ist die halbe Stunde vorbei. Nuria schlüpft durch das hohe Portal und hastet den Flur entlang. Und biegt ab in den Anbau. Ihre Schritte hallen. Ansonsten ist es totenstill. Kein Klavier, keine Stimmen, kein Poltern und Bellen.

Rosalie sitzt zusammengesunken auf dem Gang neben der Tür des Trainingsraums, sie hat die Beine eng an den Körper gezogen und den Kopf zwischen die Knie gesteckt. Nuria läuft zu ihr hin, beugt sich hinunter und berührt sie am Arm. Er ist eiskalt. Rosalie reagiert nicht. Sie trägt nur ein kurzärmeliges T-Shirt und dünne Leggins und ist völlig durchgefroren. Es ist also schiefgegangen. Das hätte Nuria sich denken können. Sie hätte ihre Tochter nicht allein lassen dürfen.

»Komm, steh auf.«

Rosalie macht keinen Mucks. Sie bewegt sich um keinen Zentimeter. So schlimm war es schon lange nicht mehr.

»Was ist denn los?«

Die Tür zum Übungsraum 2 ist geschlossen. Obwohl sich Nuria wenig Hoffnungen macht, Irina »Olga« Iwanowa dort drinnen noch anzutreffen, reißt sie sie auf.

Nuria überblickt die Situation sofort. Olga liegt auf dem Boden, neben ihr die Ballettstange. Sie wurde aus der Halterung genommen und offenbar als Waffe benutzt. Damit wurde Olga vermutlich geschlagen. Kein Blut, doch die verdrehte Haltung lässt kaum einen Zweifel daran, dass sie sich in einer bewusstlosen, hilflosen, möglicherweise gar aussichtslosen Lage befindet.

»Schrei um Hilfe! Ruf sofort die 112 an!«

Durch Rosalie fährt ein Ruck. Sie springt auf und brüllt wie ein wildes Tier. Dann rennt sie über den Flur.

Olga liegt halb auf dem Rücken und blickt starr an die Decke. Ihre Beine sind angewinkelt, die Arme abgespreizt, die Handflächen zeigen nach oben. Mit wenigen Schritten ist Nuria bei ihr, kniet sich vor sie hin und kontrolliert ihren Atem. Mit der rechten Hand fasst sie Olga am Kinn, mit der linken an der Stirn und überstreckt vorsichtig ihren Kopf. Dann legt sie ihre Wange dicht über Mund und Nase. Nichts. Nuria fühlt auch keinen Herzschlag. Also fängt sie an, Olga zu reanimieren. Nach 30 Herzdruckmassagen wird zweimal beatmet. Es ist extrem anstrengend. Nuria keucht. Ihr Nacken verspannt sich. Lang hält sie das nicht durch.

Nuria springt auf. Sie greift nach Olgas Taschentuch, das neben ihr auf dem Boden liegt. Damit schiebt sie die Stange in die Halterung zurück und dreht die Schrauben zu.

II.

SPAGAT

8

Ihre erste Panikattacke erlitt Nuria kurz nach dem Tod ihrer Eltern. Dass der Vater nicht mehr am Leben war, erfuhr sie erst nach Mutters Unfall, sie hörte es von der Polizei. Oder von Frau Rosenkrantz. (Ja, sie musste es gewesen sein, die ihr die Nachricht überbrachte.) Niemand verriet ihr, woran er gestorben war, und kein Mensch stellte den Kontakt zu seiner damals 21-jährigen zweiten Frau her und zu ihrem etwa zweijährigen Kind. Nuria war doppelt verwaist, Vater und Mutter tot, sie wusste nichts von ihrer Herkunft, sie besaß nur noch das Band, das sie als Säugling am Handgelenk getragen hatte und in das mit rosaroten Kreuzstichen ihr Name eingestickt war: »Nuria«. Das bewahrte sie bei ihren Puppensachen auf, was klug war, weil sie die stets mitnehmen durfte. Und keiner schaute nach, was sie dort hortete.

Nuria wusste auch kaum etwas von der Familie, die sie als Säugling adoptiert hatte. Alles, was sie von ihnen behalten durfte, war der Nachname Haas. Das bedeutete Hase, aber auch flinker Läufer, Jäger, komischer Kauz oder Verrückter. Nuria kam mit diesem Namen gut klar, weil sie bald lernen musste, Angst auszuhalten, sich zu verstellen und zu verstecken, sehr schnell auf ein Ziel zuzugehen oder vor etwas wegzulaufen.

Als sie während ihres Psychologiestudiums ein Referat über Entwicklungspsychologie hielt, erinnerte sie sich plötzlich, dass ihr Adoptivvater Claudius geheißen hatte und katholisch gewesen war. Das musste auch in den dürftigen Unterlagen stehen, die sie irgendwo aufhob. Ihre Mutter hieß Mechthild. Dieser Vorname kam häufiger vor, doch Claudius war vergleichsweise selten. Damals dachte sie daran, das Internet, das immer weitere Kreise zog, zu nutzen und etwas über Claudius Haas herauszufinden. Hat es dann aber nicht getan.

Aus nicht näher beschreibbaren oder belegbaren Gründen glaubte Nuria lange, ihr Adoptivvater habe sich das Leben genommen. Vielleicht hatte sie diesbezüglich etwas aufgeschnappt, es dann aber wieder vergessen.

Sie sitzt im Flur der Nurejew-Schule und kämpft mit einer Panikattacke. Alles vermischt sich – die tote Olga, der tote Vater, die tote Mutter. Und über allem schwebt die Frage: Was ist passiert?

Zwei Rettungssanitäter und eine Notärztin sind gekommen und wieder gegangen, nachdem sie sich mit der Polizei ausgetauscht hatten. Nuria hat draußen auf dem Flur gewartet. Noch immer hockt sie hier und wartet darauf, als Zeugin vernommen zu werden. Sie ist äußerlich ganz ruhig. Rosalie hat sie nach Hause geschickt, bevor die Rettung eingetroffen ist, und gesagt, sie komme gleich nach.

Zwei Polizeikräfte, eine Beamtin und ein Beamter, kommen auf sie zu. Sie tragen eine Uniform, auf die der Dienstgrad aufgenäht ist. Nuria beschreibt, wie sie Olga aufgefunden hat. Sie erwähnt Rosalie mit keinem Wort. Das geht ganz einfach. Denn nicht Rosalie hat den Notruf kontaktiert, sondern sie selbst. Und auf Rosalies Schreien hat niemand reagiert. Während Nuria spricht, denkt sie an ihre Eltern.

»Warum waren Sie hier vor Ort?«, fragt die Polizistin.

»Das kann ich Ihnen leider nicht sagen. Ich stehe unter Schweigepflicht. Es geht um eine Klientin.« Nuria gibt ihr ihre Karte.

»Gilt das Arztgeheimnis auch für Therapeuten?«, fragt der Polizist.

Nuria lächelt. »Ja, durchaus.«

»Aber nicht bei schweren Straftaten.« Die Polizistin wieder.

»Haben wir es mit so was zu tun?«

Blanke Gesichter.

Nuria fällt ein, dass die Polizei über das Sekretariat von Rosalies erster Probestunde erfahren würde. »Es gab noch einen anderen Grund, einen privaten. Ich habe überlegt, ob meine Tochter hier Ballettstunden nehmen könnte. Ich wollte sie heute der Leiterin vorstellen, aber Rosalie fühlt sich nicht wohl, und ich wollte sie bei Frau Iwanowa entschuldigen.«

Beide nicken.

»Woran ist Frau Iwanowa denn gestorben?«

»Das können wir Ihnen leider nicht sagen«, erwidert die Polizistin. »Sie können gehen. Ihre Personalien haben wir, und bitte halten Sie sich zu unserer Verfügung. Die Kripo …«

»Natürlich.«

»Machen Sie sich keine Gedanken«, schiebt der Polizist nach. »Sie haben alles richtig gemacht. Sie hätten die Frau nicht retten können.«

Nuria hat Angst davor, nach Hause zu kommen. Sie hat Angst vor der Konfrontation mit Rosalie. Es ist sinnlos, sie zum Reden zu zwingen. Genauso vergeblich ist es, ihr etwas zu erklären. Nuria muss versuchen, ihre Tochter aus allem rauszuhalten. Nuria darf sich auf keinen Fall in die Sache hineinsteigern und sollte sich mit allen Mitteln ablenken. Sonst kriecht die Panik in ihr hoch und ergreift Besitz von ihr. Fast war es vorhin schon so weit. Und wie das endet, davon kann Nuria ein Lied singen. Sie will nicht wieder in der Psychiatrie landen, nie wieder will sie dorthin.

In der Wohnung ist es eigenartig still. An der Eingangstür zieht Nuria die Schuhe aus und läuft auf Strümpfen zum Kinderzimmer. Sie klopft und lauscht. Keine Antwort. Nuria geht hinein. Rosalie sitzt auf dem Boden, einen Stadtplan von Kairo auf den Knien. Eigentlich gibt es von Kairo keine zuverlässige Beschreibung, weil diese Stadt sich nicht vermessen lässt, aber Rosalie sitzt seit Wochen daran, das Lückenhafte zu optimieren. Und der Verlag arbeitet die Ergebnisse in den Plan ein und schickt ihr Ausdrucke, die sie wiederum mit Satellitenaufnahmen abgleicht.

»Hast du Hunger?«, fragt Nuria.

Rosalie schüttelt den Kopf. Sie sieht nicht auf. Ihre Haare verdecken das Gesicht, und Nuria kann aus ihrer Mimik nichts ablesen.

»Aber du musst etwas essen. Du hast heute noch gar nichts Richtiges gegessen.«

»Hab ich wohl. Heute Mittag im Hort.«

»Ich mach dir Nudeln. Willst du Nudeln?« Rosalie sollte mehr Frisches essen, doch heute ist das egal.

»Yusuf«, sagt Rosalie und zeigt mit dem Finger in die Luft. »Yusuf, und dann Mustafa.«

Nuria geht in die Küche und setzt einen Topf Wasser auf. Ihre Gedanken sind auf der Flucht, dann beginnen sie zu kreisen und verheddern sich in der Vergangenheit. Wieder denkt sie über ihren Adoptivvater nach und über die Frage, weshalb sie der Wahrheit niemals auf den Grund gegangen ist. Als sie dazu endlich in der Lage gewesen wäre, war das Drama schon zu lange her. Ist jetzt, inmitten des Schlamassels, der richtige Zeitpunkt, in alten Wunden zu rühren? Was hat Nuria verdrängt, was schlummert in ihrem Unterbewusstsein, das sie, ohne es zu durchdringen, mit den aktuellen Vorkommnissen verknüpft? Und wie kommt sie an diese Ereignisse heran, die weit in der Vergangenheit liegen? Wie hängt alles miteinander zusammen? Tut es das überhaupt? Irgendeinen roten Faden gibt es, eine verborgene innere Spur. Es ist nicht damit getan, ein paar Namen zu googeln. Claudius Haas. Generaloberin Maria Katharina Hymer. Bengele. Heike Seidel. Irina »Olga« Iwanowa. Nuria weiß nicht, wo sie anfangen soll.

»Was ist heute Abend in dem Übungsraum passiert?« Nuria weiß, dass sie Rosalie diese Frage stellen muss.

Rosalie schweigt. Sie stupft in ihren Nudeln.

»Warst du wütend?«

Keine Reaktion.

»Hast du Olga wehgetan?«

Rosalie blickt auf ihren Teller. Ihre blonden Haare zipfeln um ihr Gesicht.

Nuria überlegt, ob es besser wäre, die Sache auf sich beruhen zu lassen. Man kann nicht darüber reden. Aber man kann auch nicht nicht darüber reden.

»Da war jemand«, sagt Rosalie.

»Wer? Ein Mädchen? Eine Frau?«

»Ich musste aufs Klo. Dann lag die da.«

Nuria weiß, dass Rosalie nicht lügt. Selbst wenn sie wollte, sie könnte sich diese Geschichte nicht ausdenken. Sollte Nuria zur Polizei gehen und denen die Wahrheit erzählen? Dann würde sie Scherereien bekommen. Schon allein wegen der Stange. Denn die hat sie zurückgesteckt, und das hat sie verheimlicht. Nun muss Nuria herausfinden, was Rosalie mitbekommen oder getan hat. Bevor Nuria womöglich wieder vernommen wird. Damit ist zu rechnen. Aber es gibt keine Garantie, dass Rosalie etwas aussagt.

»Und jetzt geht es dir schlecht?«

Rosalie sieht Nuria an. »Ich hab nichts gesehen. Ist das schlimm?«

Nuria hat auch nichts gesehen. Sie hat nicht gesehen, wie die Mutter mit dem Auto gegen den Baum fuhr. Sie hat nur den Knall gehört. Von den Mülltonnen, die umgekippt waren. Mehrere Tonnen, aber nur ein einziger Knall. Vielleicht kam der Knall auch vom Baum. Vielleicht hatte der Baum die Mülltonnen übertönt.

Die Mutter war nicht angeschnallt gewesen, sie wurde aus dem Auto geschleudert. Sie war einem Tier ausgewichen, hatte man Nuria später erklärt, sie war erschrocken und hatte das Gas mit der Bremse verwechselt. Ihre Einkäufe lagen verstreut vor dem Müll, der aus den Tonnen quoll.

Nuria hatte im Garten gespielt. Sie hatte den Knall gehört und war auf die Straße gelaufen. Dort lag ihre Mutter. Der Motor des Wagens lief noch.

Die Mutter war nicht durch die Windschutzscheibe geflogen, sondern durch die offene Fahrertür auf den Asphalt gefallen. Nirgendwo lagen Glassplitter. Wieso war die Tür aufgegangen? Konnte man durch so einen Sturz überhaupt sterben? Oder hatte man Nuria, weil sie noch ein Kind war, womöglich nicht die Wahrheit gesagt? War die Mutter gar nicht gefahren, sondern draußen gestanden? War der Vater am Steuer gesessen, hatte er die Mutter mit dem Auto erwischt und tödlich verletzt? War er zu diesem Zeitpunkt noch nicht tot? Hatte er die Mutter umgebracht und war geflohen?

Wieso hat Nuria angenommen, ihr Vater habe sich umgebracht? Wollte sie ihn schützen? Wollte sie sich selbst schützen? Die These, die sie nun aufstellt, wirkt ungeheuerlich, dabei liegt sie beinahe auf der Hand. Aber es musste erst etwas Monströses passieren, damit Nuria den Mut hat, diesen Gedanken an sich heranzulassen und zu entwickeln. So hängen die Geschehnisse von damals und heute wohl zusammen, weitere Übereinstimmungen gibt es bestimmt nicht. Und es sind, Stand heute, auch keine nötig.

Ob es aus jener Zeit noch Polizeiakten gibt? Ob Frau Rosenkrantz sich an etwas entsinnen kann und bereit wäre, mit Nuria darüber zu sprechen? Plötzlich ist es ihr wichtig, die Vergangenheit zu erhellen, um die Angst zu bannen. Doch nach 35 Jahren ist die Angelegenheit verjährt, wenn es kein Mord war.

Ist Irina »Olga« Iwanowa ermordet worden? Von wem? Von Selina, von ihrer Mutter? Beide hätten ein Motiv: Rache. Olga ist schuld an Selinas Unfall, der vermutlich das Ende ihrer Ballettkarriere bedeutet. Sie ist schuld an ihrem schlechten Zustand. Schuld an den mangelnden Perspektiven.

Welches Motiv hätte Nurias Adoptivvater haben können, ihre Adoptivmutter umzubringen? Ging es um Geld, um Unterhaltszahlungen? Deswegen tötet man keinen Menschen. Gibt es ein Geheimnis, von dem Nuria nichts ahnt? Wieder kommt ihr in den Sinn, dass ihr Vater damals vielleicht gar nicht gestorben war. Dass er bei Mutters Tod noch gelebt haben könnte, und danach. Und vielleicht noch immer lebt. Wenn das der Fall ist, wird sie ihn finden.

Als Rosalie schläft, macht sich Nuria eine Flasche Wein auf. Einen Pinot Grigio, sie hat ihn in der Pizzeria geschenkt bekommen, als sie für sich und Rosalie Pizza holte, Pizza Napoli, Insalata Mista und Tiramisu. Der Wein ist keine Offenbarung.

Kaum hat sie den ersten Schluck genommen, klingelt es an der Tür. Die Kripo, aber Nuria ist sich sicher, was sie sagen muss. Dasselbe wie zuvor. Sie wird ihren Verdacht für sich behalten. Und wenn sie auf ihre Schweigepflicht angesprochen wird, lässt sie sich etwas einfallen. Die Namen Selina und Heike Seidel fallen dabei nicht.

9

Warum geben wir uns so große Mühe, wenn wir eh sterben müssen? Ihr ganzes Leben lang versucht Nuria, alles richtig zu machen. Nun stellt sie fest, dass sie vergessen hat, sich korrekt zu erinnern. Sie hat das Schicksal ihrer Adoptiveltern so in ihre eigene Biografie eingebaut, dass sie damit umgehen konnte. Auf einmal wird diese Fassade brüchig – und zwar gerade in dem Moment, wo Nuria bewusst beschließt zu lügen. Sie ist keine gute Lügnerin, denn es fehlt ihr an Übung. Oder etwa nicht? Womöglich ist das Gegenteil der Fall, und sie ist allzu geschult darin. Denn was ist diese enorme Abfolge an Tagen, die seit dem Unglück der Mutter verstrichen sind, anderes als eine immense Lebenslüge, wenn auch keine bewusste?

Der Boden unter Nurias Füßen gerät momentan sehr ins Schwanken. Mit was soll sie beginnen? Vielleicht am besten mit dem, was am Vorabend geschehen ist, mit dem gewaltsamen Tod von Olga. Nuria hat das Gefühl, durch diesen Vorfall in etwas hineingezogen zu werden, das mit ihrem ungeklärten Vorleben zu tun hat. Mit ihrer Herkunft, dem Unfall, den dubiosen Vorkommnissen im Mädchenheim St. Aloisia. Sie muss ihre Tochter schützen. Und sie sollte auch Selina schützen. Aber sie sollte endlich aufhören, sich selbst schützen zu wollen. Vor den Dämonen, den Gespenstern der Vergangenheit.

Donnerstagmorgen. Rosalie sitzt selten schweigsam am Frühstückstisch. Sie ist möglicherweise nicht in sich gekehrt, sondern sehr weit entfernt. Nuria weiß es nicht. Ihr entzieht sich in solchen Momenten Rosalies Welt. Sie ist froh, als Rosalie stumm aufsteht und davonspringt. Die Wohnungstür fällt mit einem Rumms ins Schloss. Erleichtert stellt Nuria fest, dass Rosalie offenbar nicht leidet. Sie plagen keine Schuldgefühle. Empathie liegt ihr sowieso nicht, doch die fehlende Einfühlung in die Gefühlsmuster anderer Menschen gleicht sie mit ihrem scharfen Verstand aus. Rosalie spürt es nicht, aber sie erkennt, wenn etwas nicht stimmt. Und wenn sie einen Anteil daran hat.

Während Nuria das Geschirr in die Spülmaschine einräumt, denkt sie über die Zeugenvernehmung nach. Zwei Kripobeamte, ein Mann und eine Frau, sind gestern noch zu ihr in die Wohnung gekommen. Beide trugen dunkle Daunenjacken. Sie haben nur kurz nach Rosalie gefragt, sind aber nicht weiter darauf eingegangen. Nuria wiederholte alles ungefähr genauso, wie sie es davor den Uniformierten erklärt hatte. Allerdings baute sie kleine Abweichungen ein und zögerte ein paar Mal absichtlich. Lügner erkennt man daran, dass sie alles ganz geschwind wortwörtlich wiederholen.

»Was ist denn nun mit der Direktorin passiert? Wurde Frau Iwanowa ermordet?«, wollte sie wissen.

»Wir ermitteln in einem Tötungsdelikt«, erwiderte der Kommissar, ein unscheinbarer Mann mittleren Alters.

Er führte sich auf, als hätte er das nicht sagen dürfen, als hätte er seine Kompetenzen überschritten. Er tat Nuria beinahe leid. Seine Kollegin lächelte gequält. Die beiden Beamten wirkten übermüdet und gingen schnell wieder. Nuria wunderte sich, dass sie offenbar nicht tatverdächtig war. Obwohl sie ein Taschentuch benutzt hatte, würde man möglicherweise ihre Fingerabdrücke an der Ballettstange finden. Ob die Polizei auf den Gedanken käme, ihre Abdrücke zu nehmen und zu vergleichen? So, wie sie die Stange angefasst hatte, könnte man keinen Menschen damit erschlagen. Das Schlimmste, was ihr vorgeworfen werden könnte, wäre, dass sie die Stange zurück in die Halterung gesteckt hat. Sie würde das leugnen. Sie würde behaupten, sie habe sich aus Schwäche daran festgehalten.

Nuria schaut auf die Uhr. Sie muss bald los in die Praxis. Bevor sie das Haus verlässt, ruft sie Heike Seidel an.

»Olga Iwanowa wurde umgebracht.«

»Was Sie nicht sagen! Woher wissen Sie das?«

»Ich habe sie gefunden.«

»Ah ja?«

»Und ich könnte mir vorstellen, dass Selina jetzt Hilfe braucht.«

»Dann rufen Sie sie doch an. Haben Sie die Nummer?«

»Ich wollte zuerst mit Ihnen sprechen.«

»Ich müsste sie auch anrufen. Hat aber keinen Zweck. Sie geht bei mir nämlich nicht ran.«

Pause. »Sie ist nicht da. Sie ist heute Nacht nicht nach Hause gekommen.«

»Und da machen Sie sich keine Sorgen?«

»Wo denken Sie hin? Freilich mache ich mir Sorgen. Und wie. Ich habe Angst, sie könnte sich etwas angetan haben.«

»Vielleicht hat sie Olga etwas angetan?«

»Das glaube ich eher nicht. Selina verehrt sie aus tiefster Seele, auch wenn sie sie verflucht. Und im Augenblick hat sie körperlich gar nicht die Kraft, jemanden anzufallen.«

»Frau Iwanowa wurde …« Nuria stockt. Sie wird Heike Seidel nicht sagen, was sie weiß. »Es ist in der Ballettschule passiert. In einem Übungsraum.«

»Das wundert mich nicht. Sie war ein Drachen! Sie hat ja vor allem junge Frauen ausgebildet und die Schülerinnen geschunden, sie zum Äußersten gezwungen. Aber es muss trotzdem nicht gleich ein Mord sein.«

»Nein, natürlich nicht.«

»Würden Sie mir helfen, Selina zu finden? Haben Sie eine Idee, wo sie steckt?«

»Wie gut kann sie denn laufen?«

»An Krücken halt. Sie wurde ambulant operiert und gleich wieder aus dem Krankenhaus entlassen.«

»Kann es sein, dass sie in irgendwas verstrickt ist? Dass sie mich nur unter einem Vorwand kontaktiert hat?«

»Haben Sie eine Ahnung, um was es geht?«

»Nicht die Bohne. Aber es scheint etwas zu sein, das weitaus schlimmer ist als die panische Angst vor dem Fallen.«

»Was denn?«

»Weiß ich nicht. Haben Sie als ihre Mutter keine Idee?«

»Nein. Nichts. Wenn sich Selina jetzt das Leben nimmt, sind Sie schuld. Sie hätten viel schneller eingreifen und das alles verhindern müssen.«

Schon wieder ist Nuria schuld. Dieser Meinung ist auch Selina gewesen.

Hat Nuria bereits als Kind versagt? Wenn es kein Unfall war, was war es dann? War es Mord? Hat ihr Adoptivvater die Mutter ermordet? Wollte er sie, als sie mit den schweren Einkaufstaschen auf das Haus zuging, buchstäblich mit dem Auto aus dem Weg räumen? Und wie konnte es sein, dass man Nuria hinterher die Wahrheit verheimlichte? Wie konnte die Vertuschung der Tatsachen so trefflich gelingen, dass sie das Ganze jahrzehntelang verdrängt hat? Aber wieso kommt es jetzt ans Tageslicht? Ist überhaupt etwas dran an diesen Gedanken? Oder bildet sich Nuria auch das nur ein?

Sie gibt den Namen Claudius Haas in ihr Handy ein. Und stößt auf mehrere Männer, die so heißen. Keiner davon kann ihr Vater sein. Und keine Mechthild Haas ist ihre Mutter. Von dem Unfall hat keine Zeitung berichtet, die diese Meldung später im Netz archiviert hat. Zumindest findet Nuria innerhalb von fünf Minuten keinerlei Hinweis darauf. Das würde auch an ein Wunder grenzen. Warum macht sie das jetzt? Ist das ein Ausweichmanöver? Will sie mit der einen Tat die andere Tat verdecken? Zerrt sie Dinge aus der Dunkelheit, die so gar nie geschehen sind? Um sie wieder als Deckerinnerungen zu missbrauchen? Weil das, was wirklich war, nicht erinnert werden darf? Weil das, was jetzt geschieht, ihre Vorstellungskraft überfordert?

Auf dem Weg in die Praxis überlegt Nuria, was Heike Seidel bewogen hat, ihr die Kooperation anzubieten. Vielleicht die Verzweiflung.

Nuria kann sich kaum konzentrieren. Ihre zwei Sitzungen am Morgen absolviert sie quasi automatisch, sie ist nicht gerade mit Inbrunst dabei. Ihre Gedanken fließen immer wieder zu den Vorkommnissen der letzten Tage und münden in den Strudel der Ereignisse, die sich auf undurchschaubare Weise mit den Wirrnissen der Vergangenheit vermengen. Nuria spürt, dass sie etwas übersieht. Aber was?

In der Mittagspause trifft sie sich mit Archie vor einem Thai-Imbiss, der am Südheimer Platz neu aufgemacht hat. Zumindest steht groß auf dem Fenster »Neueröffnung«.

»Den gibt's schon ewig«, meint Archie. »Offenbar bringt die Behauptung Glück.«

Sie bestellen beide ein scharfes Gemüse-Curry und ein Kännchen Jasmintee. Die Sonne scheint, es ist warm genug, um draußen zu essen. Bunte Stühle gruppieren sich um zwei kleine runde Tische.

Nuria setzt sich. »Ich soll einer Frau helfen, ihre verschwundene Tochter zu suchen, ich bin nachher mit ihr verabredet. Deshalb habe ich meine Nachmittagstermine abgesagt. Du könntest dich heute Abend um Rosalie kümmern, es ist nicht gut, wenn sie so viel allein ist.«

»Ich hole sie von der Schule ab. Sie kann bei mir übernachten.«

Obwohl er sich selten verlässlich daran hält, ist Archie für seine lösungsorientierten Vorschläge bekannt. Vor allem in Trennungssituationen kann das nervig sein, weil man sich selber wie eine Idiotin vorkommt. Und dann hinterher nochmals enttäuscht wird. Jetzt ist Nuria ihm allerdings dankbar. »Wir sehen uns gerade ziemlich oft, findest du nicht?«

Archie belohnt sie mit einem völlig ironiefreien Blick. Bei ihm ist es nicht das Asperger-Syndrom, sondern eine tief sitzende Arglosigkeit.

Nachdem Archie in seinen Transporter gestiegen ist, geht Nuria zu Fuß Richtung Innenstadt. Sie möchte dadurch den Kopf freikriegen. Für Mitte März ist es viel zu warm. Der Himmel ist übertrieben blau, und es riecht nach Himbeerbonbons, sauberen Abgasen und Chlor. Durch die

Böblinger Straße fließt zäh der dichte Verkehr. Nuria beschleunigt ihren Schritt. Über die Möhringer Straße läuft sie weiter zum Marienplatz und von dort über die Tübinger Straße zum Österreichischen Platz, weiter zum Rathaus, zum Charlottenplatz. Nuria hat heute keinen Blick für die Stadt, die zum Zentrum hin allmählich immer schicker wird. Sie fühlt aber auch nicht die Panik, die sie manchmal überkommt, die Enge, die ihr die Brust einschnürt angesichts der breiten Straßen und weiten Plätze. Sie empfindet nichts als schiere Vergeblichkeit. Eine Leere.

In einem kleinen angesagten Café in der Rosenstraße wartet Heike Seidel. Obwohl es drinnen orientalisch angehaucht und nicht gerade hell ist, trägt sie eine Sonnenbrille. Sie sitzt in einer Ecke mit dem Blick zur Tür. Mit der rechten Hand streicht sie sich das lange braune Haar zurück, in der linken hält sie eine Teetasse. Sie ist offenbar Linkshänderin. Nuria weiß nicht, ob das von Bedeutung ist. Vielleicht, falls sie es war, die die Stange auf Olga niedersausen ließ.

Heike Seidel schaut auf die Uhr, die sie am rechten Handgelenk trägt. »Sie kommen eine Stunde zu spät. Seien Sie froh, dass ich noch hier bin.«

»Ich bin zu Fuß gegangen.« Nuria setzt sich. Bestellt einen Espresso und ein Glas Leitungswasser. Wartet.

»Wie kam Olga Iwanowa denn zu Tode?«

»Das wollte mir die Kripo nicht verraten. Und wie Sie schon sagten, es muss kein Mord sein.« Nuria versucht sich herauszuwinden. Sie will Heike Seidel keine Informationen liefern. Gleichzeitig hat sie nicht vor, zur Polizei zu gehen. Obwohl sie einen Verdacht hat. Könnte es sein, dass Selina das Verbrechen gemeinsam mit ihrer Mutter verübt hat?

»Sie glauben doch wohl nicht, meine Tochter und ich hätten etwas damit zu tun?«

»Es ist unwichtig, was ich glaube. Es wäre aber wünschenswert, wenn Sie kein Theater spielen. Falls Sie Ihre Tochter bald wiederhaben wollen.«

»Danke, dass Sie gekommen sind.«

»Wenn das meine Tochter wäre …«

»Ach.«

Einen Augenblick überlegt Nuria, ob sie Heike Seidel erzählen soll, dass sie wegen Rosalie in der Ballettschule gewesen ist. Und nicht wegen der Sache mit Selina. Weil Rosalie eventuell Stunden kriegen sollte. Nuria merkt selber, wie ungewöhnlich das ist. Wieso hat Olga erwogen, Rosalie persönlich zu unterrichten? Oder war es nur ein Test gewesen, eine Prüfung, der sie jedes Kind unterzieht, das es bis zur Schwelle ihrer Schule schafft? Es ist klar, dass Rosalie nicht das Zeug zum Profi hat. Sucht sie einen Freak?

»Was ist Irina ›Olga‹ Iwanowa für eine Frau?«

»Wieso fragen Sie mich das?«

»Es könnte uns vielleicht helfen, Ihre Tochter zu finden.«

»Wie Olga drauf ist, ist hinlänglich bekannt. Hammerhart.«

»Das meine ich nicht. Es geht mir mehr um ihre Geschichte. Ist Ihnen dazu was bekannt?«

»Schon, aber die ist dubios.« Heike Seidel dreht die Handflächen nach oben und zuckt die Schultern. »Olga kam Mitte der 1970er-Jahre nach Stuttgart und machte hier ganz groß Karriere. Marcia Haydée war gerade zur Ballettdirektorin ernannt worden, und Olga wollte den glanzvollen Zeiten von John Cranko zu neuem Ruhm verhelfen. Sie versammelte namhafte Größen um sich, und ihr gelangen legendäre Inszenierungen.«

»Sie war eine Charismatikerin?«

»Absolut. Und sie zog charismatische Persönlichkeiten an. Marcia Haydée fürchtete keine Konkurrenz. Deshalb holte sie wohl auch Olga ans Stuttgarter Ballett, die wesentlich jünger war, dabei kämpferisch, leidenschaftlich, vielversprechend. Unermüdlich und talentiert.«

»Wie alt war Olga damals?«

»Mitte 20 vielleicht? Sie hat ihr Geburtsdatum gefälscht. Ihre gesamte frühere Vita. Was im Internet über sie steht, stimmt nicht.«

»Aber wo kam sie her?«

»Wie gesagt, über ihr Vorleben ist nicht allzu viel bekannt. Angeblich war sie in Leningrad engagiert und in Moskau, sie ist mit Rudolf Nurejew aufgetreten ... Dabei redet sie kein Wort Russisch. Anscheinend weigerte sie sich damals aus ideologischen Gründen, die Sprache zu sprechen, so hieß es. Aber sie verstand auch kein Wort. Als es mal gebrannt hat und jemand auf Russisch ›Feuer, Feuer‹ rief, hat sie nicht reagiert.«

»Wie wurde Marcia Haydée auf sie aufmerksam?«

»Das wurde nie zweifelsfrei geklärt. Olgas Version nach ist sie, wie Nurejew fast zwei Jahrzehnte zuvor, in den Westen geflüchtet. Dafür existieren allerdings nirgendwo Belege. Und dann gibt es die geheime Version des Stuttgarter Balletts. Der zufolge hat man Olga in Halle an der Saale von einem kümmerlichen Ballett abgeworben, wo sie ein glanzloses Dasein als Gruppentänzerin fristete. Das durfte nicht durchsickern, weil es Olgas Aufstiegschancen in der Branche torpediert hätte.«

»Olga kam aus der DDR und konnte kein Russisch?

Das kann nicht sein! Die haben doch alle gezwungenermaßen …«

»Die aus dem Leistungssport nicht. Die waren von allem befreit. Schule, Melken, Forstwirtschaft. Olga war ganz dick drin in der Stasi. Und vielleicht sogar beim KGB. Sie hatte Verbindungen bis ganz nach oben.«

»Was sagte Honecker dazu, dass Olga rübermachte?«

»Der war begeistert, denn er war gerade zum Generalsekretär aufgestiegen und ließ sich von der Volkskammer zum Vorsitzenden des Staatsrats wählen. Damit besetzte er die höchsten Staatsämter und konnte Olga nicht mehr brauchen. Er wollte sie loswerden.«

Nuria kommt nicht mehr draus. »Was hat sie denn ausgefressen?«

Heike Seidel langt sich ans Hirn. »Keine Ahnung. Sie musste weg. Das ZK der SED zahlte einen hohen Preis dafür, dass das Stuttgarter Ballett Irina ›Olga‹ Iwanowa ›kaufte‹.«

»Wie viel?«

»Das Geld wurde in Form von Waffen entrichtet, die in den Folgejahren von der Staatssicherheit an Mitglieder der RAF ausgegeben wurden.«

»Und was hatte das Ballett davon?«

»Nichts natürlich. Die Lieferscheine gingen komplett nach Stammheim, und die haben das Zeugs dann verteilt.«

»Woher wissen Sie das alles?«

»Von alten Freunden, die damals beim Verfassungsschutz schafften. Sie erzählten es meinen Eltern, als Selina letzten Herbst in Olgas Schuppen anfing.«

»Was machen Sie eigentlich beruflich?«

»Na, das sehen Sie doch. Ich bin Hausfrau. Säße ich sonst um diese Zeit hier?«

»Wenn Selina von dieser Sache weiß und sie womöglich erpresst hat, war sie für Olga eine Gefahr. Weil die auf ihre alten Tage keinesfalls wollte, dass ihr Geheimnis gelüftet wird.«

»Meinen Sie, das hat mit Selinas Verschwinden zu tun?«

»Vielleicht. Ich würde gern Ihre alten Freunde kennenlernen. Wie heißen die denn?«

»Bengele. Sie wohnen gleich hier ums Eck.«

10

Das Seniorenstift Stuttgart befindet sich mitten in der Innenstadt. Das denkmalgeschützte Anwesen zieht sich hinter der Stiftskirche entlang; stattliche Jugendstilfassade, ein wenig versteckt in einer ruhigen, aber zentralen Lage, umgeben von Markthalle, Schillerplatz und Altem Schloss. Nuria hat sich ausbedungen, dass sie allein hineingeht, es ist ihr egal, womit Heike Seidel sich derweil die Zeit vertreibt.

Neben der hohen Haustür ist ein Messingschild mit Namen. Auf Nurias Klingeln folgt ein Summton. Im Flur gibt es eine Hausmeisterloge, doch sie ist unbesetzt. Das

Innere des Gebäudes wurde ausgebombt und in den späten 1950er-Jahren in Billigbauweise wieder aufgebaut. Der hohe Eingangsbereich wirkt karg und ärmlich, was eine spätere Sanierung nicht beheben konnte. Nuria steigt die geschwungene Treppe hinauf, in der Mitte zwischen den Stufen fährt ein Aufzug. Ihre Schritte schluckt ein weinroter Teppich. Nuria erreicht den zweiten Stock. Dort ist eine der beiden Türen nur angelehnt. Daneben steht ›Bengele‹.

»Hallo? Darf ich reinkommen?«

Frau Bengele öffnet. Sie trägt einen violetten Morgenmantel. »Ich hatte mich gerade etwas hingelegt. Mein Mann hält noch seinen Mittagsschlaf. Wer sind Sie denn, was wünschen Sie?«

»Mechthild Müller mein Name. Ich bin Psychotherapeutin.« Ohne nachzudenken, hat Nuria den Mädchennamen ihrer Adoptivmutter genannt. Sie erkennt Frau Bengele nicht wieder. Falls es *die* Frau Bengele ist. Ihr Alter ist schwer zu schätzen, sie wirkt unauffällig. Sie ist durchschnittlich groß und durchschnittlich dick, eine graue Kurzhaarfrisur umrahmt ihr normal geschnittenes Gesicht.

Frau Bengele lupft die Hand ans Ohr. »Was? Ich hör nicht mehr so gut. Physiotherapeutin? Das brauchen wir nicht. Wir haben schon unsere Luise. Und jetzt haben wir mit unserer Yvonne gerechnet. Sonst hätte ich gar nicht aufgemacht.«

Yvonne. Hatten die Bengeles *die* Yvonne in Pflege genommen, nachdem es mit Nuria schiefgegangen war? Hatten sie Yvonne adoptiert? Oder war es eine andere Yvonne?

»Ich komme von Heike Seidel, sie hat mich zu Ihnen geschickt, und ich hätte ein paar Fragen.«

»Die Heike, ja so. Aber wir lassen niemanden rein. Da könnte ja jeder kommen.«

»Selina geht es gerade nicht gut. Sie hat sich einen Kreuzbandriss geholt.«

»Ach, daher weht der Wind. Mit der Physio. Wie sollen wir helfen?«

»Es dreht sich um Irina ›Olga‹ Iwanowa.«

»Mein Mann geht schon lang nicht mehr ins Geschäft, und wir können keine Auskünfte geben. Wir wollen auch gar nicht.«

Frau Bengele bittet sie nicht hinein, bleibt jedoch in der offenen Tür stehen.

Im Treppenhaus erzählt Nuria die Geschichte – Heike Seidel hat sie den Bengeles gegenüber von der Schweigepflicht entbunden, nicht aber Selina. Was soll's.

Am Sonntag meldet sich Selina Seidel bei ihr, eine spindeldürre Ballettschülerin. Die 20-Jährige besucht die private Nurejew-Schule im Stuttgarter Norden, die mit sehr viel Kapital im Rücken vor ein paar Jahren neu aufgemacht hat und sich in Konkurrenz zur weltweit renommierten John Cranko Schule befindet. Selina will sich nicht etwa ihre Magersucht wegtherapieren lassen, sondern sie leidet nach einem schweren Sturz unter der krankhaften Angst zu fallen. Daher sucht sie Hilfe, weil sie fürchtet, dass sie ihre Ausbildung sonst nicht beenden kann.

»Ja, und?« Frau Bengele sagt das mechanisch, ohne innere Anteilnahme, ohne echtes Interesse.

Nuria fragt sich, ob sie überhaupt alles verstanden hat. Ist Frau Bengele nur schwerhörig oder vielleicht auch ein bisschen dement? Nuria fasst zusammen: Bei einem Besuch in der Ballettschule lernt sie die Leiterin kennen, die ehemalige Primaballerina Irina »Olga« Iwanowa.

Wider Erwarten macht diese alternde Berühmtheit auf sie einen äußerst warmherzigen, lebensklugen und angenehmen Eindruck. Dann kommt sie zum Schluss: »Ist das, was Selina erzählt, wirklich wahr? Oder sind es masochistische Gewaltfantasien einer überforderten jungen Frau?«

»Das weiß ich doch nicht.«

»Aber Sie kennen Olga. Wie schätzen Sie sie ein?«

»Wie kommen Sie darauf …«

»Es bleibt nicht bei einem Unfall. Selina fällt wieder, sie zieht sich eine komplizierte Knieverletzung zu und muss die Nurejew-Schule verlassen.«

»Aha.«

»Und Irina ›Olga‹ Iwanowa ist tot.«

»Was?« Zum ersten Mal zeigt sich eine Regung in Frau Bengeles Gesicht. Es ist das schiere Entsetzen. Und die blanke Wut. »Wie ist sie denn …?«

»Jemand hat nachgeholfen.« Wieder verschweigt Nuria, was passiert ist.

»Sagen Sie das nicht meinem Mann«, flüstert Frau Bengele, »er darf sich nicht aufregen. Er hat es auf dem Herz.«

In diesem Augenblick taucht Herr Bengele hinter ihr auf. Er kommt wie gerufen. Auch ihn hätte Nuria nicht mehr erkannt. Ein alter Mann, hager, schütteres Haar, Geiergesicht.

»Ja, schwätz au, die Nuria!«, ruft er. »Was machst du denn hier? Hereinspaziert!«

Die Bengeles haben damals in der Gänsheidestraße gelebt, privilegierte Gegend, Halbhöhenlage. Sie bewohnten eine Etage in einem sehr respektablen Bau. Bis zu Nurias Grundschule waren es etwa zehn Kilometer. Nuria war als Kind nicht bewusst, wie weit das war und wie ungewöhnlich, dass sie die Schule weiterhin besuchen durfte. Sie ließ sich kutschieren in dem rostbraunen Opel Kadett, blickte verträumt aus dem Fenster, ließ Häuser an sich vorbeiziehen, Straßenschilder und Bäume.

Nuria hat das vollkommen vergessen, aber jetzt fällt es ihr wieder ein. Sie sitzt im Wohnzimmer auf dem Designersofa der Bengeles in ihrem Appartement im Seniorenstift, unter einem großformatigen Gemälde, vor sich Kaffee und selbst gebackener Kuchen. Frau Bengele hat sich umgezogen, sie trägt jetzt mit Silberfäden bestickte Jeans und ein Sweatshirt mit dem Aufdruck SWEET DREAMS. Herr Bengele ist korrekt gekleidet mit Leinenhose, Polohemd und Markenpullover. Beide setzen sich auf die Sessel auf der anderen Seite des niedrigen Tisches, Nuria gegenüber.

»Wie hast du uns nach all den Jahren gefunden?«, fragt Herr Bengele und richtet seinen forschenden Blick auf Nuria. »Und was willst du von uns?«

Frau Bengele bittet stumm, aber flehentlich darum, ihm nichts von Olgas Ableben zu erzählen, und Nuria tut ihr den Gefallen.

»Warum musste ich damals zurück ins Heim?«

»Das fragst du jetzt, nach so langer Zeit?« Herr Bengele schüttelt den kantigen Kopf.

»Ich bin durch eine Reihe von Umständen wieder auf meine Vergangenheit gestoßen.«

»Das haben wir nie erfahren.« Frau Bengele lächelt. Ihr Mund zittert leicht. »Sie haben es uns nicht gesagt. Sie haben dich uns wieder weggenommen. Sie konnten das, sie hatten die Macht dazu. Vielleicht hatte es mit unseren Berufen zu tun.«

Herr Bengele strafft sich. Er richtet sich kerzengerade auf. »Wir wollten dich aus diesem Heim herausholen. Unbedingt. Das war ein grauenvoller Ort. Denn im Mädchenheim St. Aloisia ist nach dem Krieg ein furchtbares Verbrechen passiert. Das war, bevor das Haus von dieser Ordensgemeinschaft übernommen wurde.«

»… den Barmherzigen Schwestern der heiligen Aloisia am Steighäusle.« Nuria nickt.

Herr Bengele hebt den Finger. »In der Villa waren jüdische Menschen einquartiert. Lauter Überlebende. Displaced Persons. Darunter viele unbegleitete Kinder und Jugendliche. Wie viele es waren, kann ich nicht sagen. Sicher ist nur, dass etliche von ihnen zu Tode gekommen sind. Man fand später ihre Leichen im Garten beim Bau eines Gewächshauses. Die Leiterin, es war die Vorgängerin von Generaloberin Maria Katharina Hymer, ich komm jetzt nicht auf ihren Namen, wollte die Polizei nicht ins Haus lassen und die Sache vertuschen. Sie fürchtete um den Ruf des noch jungen Heims. Zu Recht. Bei einer gerichtlich angeordneten Durchsuchung stießen die Beamten dann auf weitere Leichen, sie lagen übereinandergestapelt unter einer Plane.«

»Wann war das?«

»So Anfang fuffzig. Das Jahr weiß ich nicht mehr genau. Müsste ich nachschlagen. Ich war ja erst Jahrzehnte später damit betraut. Es gab in den 70er-, 80er-Jahren Untersuchungen. Sie haben allesamt zu nichts geführt. Wir haben versucht, die Operation geheim zu halten und verdeckt zu ermitteln …«

»Finde ich deshalb nichts darüber im Internet?« Nuria hält den Atem an.

»Das müsstest du eigentlich. Antifaschistische Gruppen sind dabei, den Fall aufzuarbeiten und die Vorgänge aufzudecken.«

»Sehr weit sind sie damit wohl noch nicht gekommen.«

Ernst Bengele weiß offenkundig nichts darüber, dass letzten Herbst weitere tote Kinder gefunden wurden. Aus einer Eingebung heraus verzichtet Nuria darauf, das anzusprechen.

Endlich mischt sich Frau Bengele wieder ein. Sie spult diktierfähige Sätze ab und redet wie gedruckt. »Das war eine Angelegenheit für unser Amt, weil dem Vernehmen nach Personen und Organisationen involviert waren, welche der freiheitlichen demokratischen Grundordnung und dem Bestand und der Sicherheit der Bundesrepublik Deutschland und insbesondere Baden-Württembergs zuwiderliefen. Und die kamen, anscheinend, aus der Mitte der Gesellschaft und hatten zum Teil einflussreiche Posten inne.«

»Verstehe.« Nuria kapiert nur einen winzigen Aspekt des Ganzen. »Dann musste ich also nach St. Aloisia zurück, weil Generaloberin Hymer fürchtete, Sie würden erneut nachforschen und der alte Skandal würde wieder für Aufsehen sorgen.«

Frau Bengele schnauft. »Eine schreckliche Sache. Aber wir hatten keine Beweise.«

»Wie sind die Opfer denn umgekommen?«

»Auch das weiß man nicht.« Herr Bengele wieder. »Vermutlich starben sie an der Pest. In der Sammelunterkunft haben Wissenschaftler mit Pest-Erregern experimentiert.«

Frau Bengele: »Oder man hat sie verhungern lassen. Wie auch immer. Der Fall beweist, dass der Antisemitismus nach 1945 nicht besiegt war. Das Morden ging weiter. Und das nicht nur in unserem schönen LÄND.«

Nuria ist sich nicht sicher, was sie davon halten soll. Sind das Verschwörungstheorien? Ausgeburten des Fanatismus? Sind die beiden Leidtragende ihrer gemeinsamen geistigen Verblendung? Mitunter neigen alte Leute dazu, ihr Leben mit fatalen Vorkommnissen auszuschmücken, die ihm mehr Bedeutung verleihen. Nuria will keine Zweifel anmelden und beißt sich auf die Lippen. Da fallen ihr die Worte der Maklerin ein, Sonja Franz: »Die Kinder sind ja alle längst bestattet. Da ist Gras über die Sache gewachsen. Aber ich verstehe Sie, etwas bleibt doch hängen. Etwas Ungutes, mit dem man fertigwerden muss.«

»Mal eine ganz andere Frage. Was wissen Sie über meine Adoptiveltern?« Bevor sie aufbricht, traut sich Nuria endlich, dieses heikle Thema anzuschneiden.

Herr Bengele schweigt.

Frau Bengele seufzt. »Das war ein Tabu. Das Heim gab keine Auskunft, die Behörde auch nicht. Sie waren ja beide tot. Aber dein Vater war bei der Polizei, und deine Mutter war Ärztin.«

»Ich dachte, sie ist Hausfrau gewesen.«

»Nein, sie war Frauenärztin. Ich bin mir ganz sicher. Sagen Sie – wie war Ihr Name?«

»Haidrun!«, ruft Herr Bengele. »Menschenskind, das ist Nuria!«

Als Nuria aufsteht, ist ihr schwindlig. Und schlecht von dem vielen Kaffee. Sie hat einen bitteren Geschmack auf der Zunge und muss pinkeln.

Auf der Toilette starrt ihr ein Gesicht entgegen, das sie erst nach einer Weile als ihr eigenes erkennt.

Halb vier. Heike Seidel hat mehrere SMS geschickt. Sie erwartet Nuria auf dem Karlsplatz. Sie steht vor der Treppe, die zum Reiterstandbild von Kaiser Wilhelm I. hinaufführt, und raucht eine Zigarette.

»Nein«, sagt Nuria statt einer Begrüßung. »Nein, ich habe nichts herausgefunden. Gar nichts.«

»Ich will einfach nur, dass es meinem Kind gut geht.«

»Wir könnten zur Ballettschule fahren und uns dort ein wenig umsehen.«

»Ich nehme an, die hat heute geschlossen. Man wird nach Olgas Ableben wohl kaum zur Tagesordnung übergehen.«

»Und wenn wir im Internat rumfragen? Vielleicht weiß jemand, wo Selina ist.«

»Wir nehmen die Stadtbahn. Damit sind wir schneller als mit dem Auto.«

Am Charlottenplatz steigen sie ein. Nuria kämpft sich durch das Gedrängel.

»Wo du kommen her?«, fragt ein Mann mittleren Alters, der in der Bahn neben ihr steht.

»Aus Stuttgart.« Obwohl Nuria ihre Maske trägt, ist ihr exotisches Äußeres dahinter nicht ganz verschwunden.

»Nein, nicht jetzt. Wo du kommen wirklich her?«

»Von hier. Ich bin hier geboren.«

Das stimmt nicht ganz. Nuria weiß nicht, wo sie geboren ist. Sie wurde in Stuttgart gefunden.

Mit Heike Seidel steigt sie um. Sie haben sofort Anschluss.

Kurz darauf stehen sie vor der Nurejew-Schule. Der Eingang zum Internat ist offen. Im Gemeinschaftsraum sitzen drei Jungs und zwei Mädchen. Sie sind alle jünger als Selina und sehen sehr ungewöhnlich aus. Alle fünf folgen dem gleichen Modediktat. Über ihren schwarzen Ballettanzügen tragen sie teure Kapuzenpullover in grellen Farben, die ihre mageren, muskulösen Körper verhüllen. Dazu Stulpen und selbst gestrickte Strümpfe. Vier von ihnen starren auf ihre Handys, einer liest »Jenseits von Gut und Böse. Vorspiel einer Philosophie der Zukunft« von Friedrich Nietzsche.

Nuria fragt: »Kennt ihr Selina?«

Darauf das Mädchen mit dem krausen Zwiebeldutt: »Klar, sie ist eine Klasse über uns. Ist noch nicht so arg lang da. Eine Art Quereinstieg oder so. Ist was mit ihr?«

Heike Seidel steht da wie angenagelt und schweigt.

Nuria: »Nicht wirklich. Wie lange gibt es die Schule denn schon?«

»Ein paar Jahre? Vorher existierte sie aber auch schon. Da hieß sie nur anders.«

»Echt?«

»Ja, meine Mutter war nämlich auch hier. Also, in der Schule, die Olga vor über 30 Jahren eröffnet hat. Dort hat Mama ihre Ausbildung absolviert. Was wollen Sie von uns?«

»Kriminalpolizei«, sagt Nuria und zeigt blitzgeschwind ihren Organspendeausweis. »Wir hätten ein paar Fragen. Außer euch ist offenbar niemand da.«

Das andere Mädchen hat einen rasierten Schädel, Rehaugen und einen Kirschmund. Sie spricht mit einem schönen schwäbischen Akzent. »Wir sind Externe. Wir essen hier, aber wir wohnen hier nicht. Wir wollten eigentlich zum Unterricht, und weil wir spät dran waren, haben wir uns vorne schnell umgezogen. Die Olga ist sehr streng … Dann erst haben wir festgestellt, dass das Internat geräumt ist. Das ganze Haus ist leer, die Schule geschlossen. Hinten wurde alles abgesperrt. Stimmt es, dass die Olga tot ist?«

Nuria zuckt die Schultern. Heike Seidel sagt immer noch keinen Ton. Die drei Jungen sind ebenfalls still.

»Sie sind doch von der Polizei«, wendet die Kahlköpfige ein.

»Ich hab Selina gestern Abend noch gesehen«, meint die mit dem Zwiebeldutt. »Sie muss einen Unfall gehabt haben, denn sie ging an Krücken.«

»Wo war das?« Wenn sie Irina »Olga« Iwanowa erschlagen hätte, dann hätte Selina dazu die Krücken benutzt und nicht die Stange. Ob sie auch Linkshänderin ist wie ihre Mutter? Vielleicht hat Olga die Ballettstange aus der Halterung gerissen, um sich zu verteidigen.

»Vor der Toilette. Ich glaube, sie ist kurz davor hingefallen, denn sie hat geblutet. Seitlich am Kopf.«

»Wann hast du sie getroffen?« Nuria wird es ganz heiß.

»Hm. So um drei viertel sieben?«

»Hat sie was gesagt?«

»Nein. Sie redet ja nicht mit uns.«

»Wie, was soll das heißen?«

»Sie ist schrecklich eingebildet. Eine olle Zicke.«

Nuria fällt auf, dass dieses Schimpfwort eher aus ihrer Generation kommt, dass das Mädchen also was nachbetet, das sie von Erwachsenen gehört hat. »Wie heißt du? Ich darf doch Du sagen?«

»Tabea Rosenkranz.«

»Rosenkrantz mit ›tz‹?«

»Nein. Meine Oma schreibt sich mit ›tz‹. Aber meine Mutter hat das ändern lassen.«

11

Das Amt war ein Begriff, mit dem Nuria aufwuchs. Sie hatte keine klaren Vorstellungen davon, was dort passierte, es konnte alles sein. Frau Rosenkrantz kam vom Amt, und sie war zuständig für Nurias Wohlergehen und die Orte, an denen sie lebte. Die Bengeles arbeiteten auch beim Amt, aber es konnte kaum das gleiche Amt sein, denn sie hatten keinen Einfluss auf Nurias Schicksal. Anscheinend war es so, dass Frau Rosenkrantz mehr Macht besaß, dass ihr Amt stärker war. Sie konnte Nuria den Bengeles wieder wegnehmen. Hinter allem steckte die Generaloberin, die kein Amt innehatte, sondern einen Orden hinter sich.

Die Welt, die sich Nuria als Kind offenbarte, war verworren. Sie hatte keine Eltern, keine Herkunft und keinen eigenen Geburtstag. Niemand wusste, wo sie geboren war und woher ihre Eltern stammten. Sie besaß nur einen Vornamen, der mit rosaroten Kreuzstichen auf ein weißes Bändchen gestickt war.

Beizeiten hatte Nuria das Gefühl, dass man ihr etwas verheimlichte. Dass hinter ihrem Rücken getuschelt wurde. Dass die Stimmen verstummten, sobald sie das Zimmer betrat. Aber sie konnte sich irren. Vielleicht wussten die anderen ebenso wenig wie sie.

Und nun plötzlich diese abartigen Zweifel. Das karierte Kleid, das hinter der Mutter herzipfelt, als sie in Zeitlupe aus dem Auto fällt. Oder vor das Auto? Hat der Adoptivvater den Wagen gefahren? Hat sie draußen gestanden, vor den Mülltonnen? Hat er sich hinterher das Leben genommen, nicht vorher? Oder woran ist er gestorben? Wenn überhaupt? Hat man Nuria belogen? Hat Claudius Haas weitergelebt und ist für seine Tat verurteilt worden? Ist er ins Gefängnis gekommen? Lebenslänglich? Wieso hat das Amt Nuria das dann nie mitgeteilt? Lebt er noch? Wo wohnt er dann heute? Warum meldet er sich nicht? Sie kommt von diesen verdammten Fragen nicht los. Und sie kommt keinen Schritt weiter. Nuria verliert langsam den Boden unter den Füßen.

»Nuria Haas.«

»Sie schon wieder. Was wollen Sie denn noch?« Frau Rosenkrantz klingt nicht erfreut darüber, dass Nuria sie erneut anruft.

»Ihre Enkelin ist in der Nurejew-Ballettschule? Und Ihre Tochter war da auch, bevor die Schule ihren heutigen Namen bekam? Sie wurde von Irina ›Olga‹ Iwanowa ausgebildet?«

»Was geht Sie das an?«

»Hat Olga ihre Schulklassen schikaniert? Hat sie einzelne Leute drangsaliert, wurden welche gemobbt?«

»Wäre Tabea dann dort?«

»Ich frage nur, weil ich nach einer jungen Klientin suche, einer Ballettschülerin, die darüber geklagt hat. Sie ist von zu Hause abgehauen.« Nuria sagt nicht, dass Olga erschlagen wurde. Frau Rosenkrantz hat davon wohl noch nichts gehört. Stand es denn schon in der Zeitung? Oder kam es bereits im Radio?

»Ah ja. Was wollen Sie von mir?«

»Es ist wohl ein Zufall, dass ich über die Ballettschule wieder auf Sie stoße.«

»Ja, und?«

»Ich frage mich, ob Sie sich wirklich nicht an mich erinnern. Nuria Haas. Das kann doch nicht alles weg sein! An was entsinnen Sie sich?«

»Das sagte ich bereits. An nichts.«

»Sie schafften 1987 beim Jugendamt. Sie haben mich bei der Polizei abgeholt, als ich stundenlang ganz allein dort warten musste. Sie haben mich in St. Aloisia besucht. Sie haben mich zu den Bengeles gebracht. Und Sie haben verhindert, dass ich bei ihnen bleiben konnte.«

»So, hab ich das?«

»Was ist mit meinen Eltern passiert? Mit meinen Adoptiveltern?«

»Mit Ihren Adoptiveltern?«

»Meine Mutter starb bei einem Autounfall. Am 13. März, vor 35 Jahren. An einem Freitag, wie heute.«

»Heute ist der 18. März.«

»Was mit meinem Vater war, weiß ich nicht; meine Eltern waren geschieden. Sie hatten sich getrennt, als ich sieben war. Ich sah meinen Vater nicht oft. Man sagte mir, er sei schon tot gewesen, als die Mutter starb.«

»Was kann ich denn nun für Sie tun?«

»Es geht um die Wahrheit. Ist die Mutter gefahren? Oder saß der Vater am Steuer?«

»Wie kommen Sie darauf?«

»Das ist mir selber schleierhaft. Seit ein paar Tagen zweifle ich an der Version, an die ich drei Dutzend Jahre lang fest geglaubt habe. Möglicherweise hat das mit meinen Erlebnissen in der Nurejew-Ballettschule zu tun. Das hat irgendetwas angestoßen …«

»Ich kann Ihnen da nicht weiterhelfen.«

Freitagmorgen. Gleich halb neun. Rosalie hat bei Archie übernachtet. Nuria genießt ihren Kaffee. Es ist still in der Wohnung. Sie schlüpft in ihre Schuhe. Sorgsam zieht sie die Tür hinter sich zu. Leise läuft sie die Stiegen hinunter. Die Eingangstür fällt sanft hinter ihr ins Schloss. Im Vorgarten blühen die Krokusse. Die letzten Schneeglöckchen. Die ersten Osterglocken. Der Himmel schimmert seidig blau. Die Luft ist windstill und kalt. Immer wieder muss Nuria an die Maklerin denken. Frau Franz, Sonja Franz. Die ihr die Villa am Max-Eyth-See für eine Privatklinik verscherbeln wollte. Franz – Kranz – Rosenkrantz. Ich werde langsam verrückt! Nuria geht schneller.

Hat das tragische Ende der Displaced Persons in der Sammelunterkunft etwas mit dem Mädchenheim St. Aloisia und der Nurejew-Ballettschule zu tun, und wenn ja, was? Nuria ist sich sicher, dass Selina nicht aus freien Stücken zu ihr gekommen ist. Nuria ist ihr nicht nur von irgendwem empfohlen, sie ist ihr zielgerichtet aufgedrängt worden. Von wem? Mit welchen Hintergedanken? Hatte Selina einen Auftrag zu erfüllen? Und wo ist sie jetzt?

»Du machst einen gefledderten Eindruck.«

»Gefleddert? Was meinst du damit?«

Erdmute ist schon da, sie kommt aus der Küche und streckt ihr eine Tasse Tee entgegen. Nuria steht im Flur und nippt daran. Er schmeckt bitter. Sie zieht die Schuhe aus und betritt auf Strümpfen ihr Therapiezimmer. Das karierte Kleid. Wo kommt das klein karierte Kleid mit dem Pepitamuster plötzlich her? Oder war es ein Hahnentrittmuster? Auf alle Fälle war es schwarz-weiß.

»Ist dir schlecht?« Erdmute steht in der Tür und lacht. »Eigentlich müsste es mir doch übel sein.«

Nuria plagt ein schlechtes Gewissen, weil sie sich für Erdmutes Schwangerschaft kein bisschen interessiert. Überhaupt nehmen andere mehr Anteil an ihr als sie an ihnen. Das ist in ihrem Beruf kontraproduktiv, sogar peinlich. Aber Nuria ist nur noch mit sich beschäftigt, sie kreist um sich selber. Und sie ermittelt gegen sich selbst, wie sie erschreckt feststellt, in einem Anflug von Panik, der ihr Gesichtsfeld verengt und sie schwanken lässt. Erdmute eilt herbei und stützt sie.

Ihre Mutter hat einen Mantel angehabt, einen beigefarbenen Trenchcoat, der glänzte wie Hasenfell. Wo kommt auf einmal dieses schwarz-weiß gemusterte Kleid her? Vielleicht hat sie das Kleid unter dem Mantel getragen? Aber der Mantel taucht in Nurias Erinnerung jetzt nicht mehr auf. Auch das Blut ist weg, das dünne Rinnsal, das aus Mutters rechtem Ohr floss und auf dem Asphalt eine kleine Lache bildete. Nuria merkt, dass sie sich ganz nah an der Wahrheit befindet, an einer Wahrheit, die sie umhauen würde.

Es klingelt. Die erste Klientin. Nuria muss arbeiten.

Die Sonne scheint, und am Mittag ist die Stadt gestopft voll. Nuria ist unterwegs in die Königstraße, um beim Thai-Imbiss eine Suppe zu essen. Obwohl es eine Pandemie gibt und einen Krieg in Europa, obwohl die Sicherheiten, die bis vor Kurzem als garantiert galten, allesamt dahingeschmolzen sind, geben sich die Leute sorglos. Sie tun so, als sei alles geregelt. Sie leben in den Tag hinein, denn es fehlt ihnen an Fantasie, um sich vorzustellen, was der Weltzustand für sie und die Menschheit bedeutet. Niemand möchte sich ausmalen, wie nichtig das Glück des Augenblicks ist und wie verlogen der Moment. Man jagt einem Buch hinterher und ein Paar Sneakers, das Kind quengelt, die Oma ruft an. Nuria sieht lauter dicke Körper, schwimmende Umrisse, die alles einverleiben und in sich hineinstopfen und dennoch immer noch tanzen dabei. Um sie her herrscht blindes Treiben, hinter ihr und vor ihr lauert der Tod, und sie muss aufpassen, dass sie keinen anrempelt. Die entgegenkommenden Passanten weichen ihr nicht aus. Ein unberechenbarer Strom von entfesselten Leibern schiebt sich eng an ihr vorbei. Stimmen zerreißen die Luft, unbezähmbar und wild, in herrischen Sprachen. Krähende Kleinkinder signalisieren, dass sie königlich sein werden, dass sie Diktaturen errichten. Dass sie, wenn es sein muss, ihre despotischen Eltern enthaupten. Diese wiederum sind zu allem bereit, sie lügen, töten willfährig und rauchen ihrem Gegenüber ins Gesicht. Dazwischen springen immer wieder gute Menschen; Leute, die ihr Herz auf der Zunge tragen, denen man ansieht, dass sie noch nie gestohlen oder jemanden absichtlich verletzt haben. Zumindest glauben sie das, und sie vertrauen den Inhalten ihrer Jutetaschen, ihrer Baumwollbeutel, Hanfguggen und Recyclingrucksäcken. Sie haben immer ein homöopathisches Hausmittel und eine Fahrradpumpe mit, um den Hund zu vergiften und der Nachbarin das Hirn auszublasen. Sie tun es aber natürlich nicht.

Nuria kneift die Augen zusammen. Sie versucht, tief durchzuatmen. Gesichtsfeldkorrektur. Atemkontrolle. Freund und Feindin verschmelzen und werden eins. Nuria erwacht, sie spürt sich wieder und erlebt sich als Teil eines gefährlichen Kuddelmuddels. Die Meute gerät außer Rand und Band. Sie bereut bereits, dass sie in die Königstraße gefahren ist wie ein touristischer Trottel, nur weil sie diese Monatskarte hat. Der Asia-Imbiss in der Marienstraße ist viel näher und besser, und es ist weit weniger los. Andererseits weitet die Masse den Blick, wenn man es zulässt. Nach Minuten der Panik nimmt Nuria fremde Schicksale wahr, und das, ohne dass sie helfend eingreifen muss. Außerdem ist sie abgelenkt von ihrem inneren Wirrwarr. Es geht also. Aber schon wieder thailändisch?

Zögerlich stellt sich Nuria in die Schlange und wartet. Es riecht nach Frühlingszwiebeln, Aftershave und Koriander. Nuria niest in ihre Armbeuge. An einem Bistrostehtisch mitten in der Fußgängerzone löffelt sie langsam ihre Tom-Kha-Gai-Suppe. Sie denkt an Archie und an das gemeinsame Gemüse-Curry. Sie denkt an Rosalie, mit der sie am Abend ins Kino gehen wird. Rosalie hat sich noch nicht gemeldet, was ungewöhnlich ist. In dem Moment klingelt Nurias Handy, ihre Tochter ruft an. Nuria ist dankbar für Rituale, sie sucht Halt.

Um Viertel nach acht beginnt »Parallele Mütter« von Pedro Almodóvar im Atelier am Bollwerk. Sie haben sich direkt am Rotebühlplatz getroffen, draußen vor der Volkshochschule, weil Rosalie nach dem Unterricht wieder zu Archie ging und ihm geholfen hat, vegane Teigtaschen mit Räuchertofu, Spinat und Petersilie zu füllen. Nuria war zu früh dran und wartete in der Kälte. Nachdem die Sonne untergegangen war, wurde es schnell frisch. Rosalie kam wie immer pünktlich.

Nun sitzen sie in Reihe 17 am rechten Rand, weil Rosalie nicht in der Mitte sitzen kann. Der linke Rand wäre geschickter gewesen, weil dort der Notausgang liegt und Rosalie eine Fluchtmöglichkeit braucht. Doch Nuria hat falsch gebucht, spiegelverkehrt zu dem, was sie eigentlich wollte. Es wäre eh nicht nötig gewesen. Die Plätze vor ihnen sind leer. Die Beschränkungen sind weitgehend aufgehoben, aber das Publikum kehrt nicht wieder. Im Freien drängeln sich die Menschenknäuel, pusten und prusten einander zu, doch das Kino, wo man ruhig verschnaufen kann, ist out. Vorbei die Epoche, in der einem gewaltige Sitzriesen die Sicht versperren. Wenn es so weitergeht, werden die Arthaus-Kinos bald dichtmachen. Nuria seufzt. Rosalie nimmt ihre Hand, weil sie gelernt hat, dass man das dann tut.

Die Lampen werden gedimmt. Ziemlich lang laufen die Trailer zu den nächsten Filmstarts, die Rosalie nicht genießen kann, weil sie synchronisiert sind. Sie erträgt es nicht, wenn die Lippenbewegungen nicht mit dem Gesagten übereinstimmen. Deshalb sind sie in den Originalfilm mit Untertiteln gegangen. Leider kann Rosalie genug Spanisch, um die Lücken und Fehler bei der Untertitelung zu verfolgen, die bisweilen nicht einmal simultan stattfindet. Und das nervt sie auch.

»Madres paralelas« ist fantastisch. Penélope Cruz und Milena Smit spielen zwei Frauen, die ungeplant schwanger werden, eine Minderjährige und eine Spätgebärende, und damit nimmt das Drama seinen Lauf. Die Babys werden vertauscht, eines stirbt den plötzlichen Kindstod, die Mütter verlieben sich ineinander, dann kommt wieder einer der Väter ins Spiel. Die Rahmenhandlung bildet der Spanische Bürgerkrieg; es endet damit, dass exhumierte männliche Skelette parallel in einem Massengrab liegen. Dass sie endlich würdig bestattet werden können, beschreibt eine Geste der Versöhnung. Die Besetzung ist charismatisch. Almodóvar gelingen gewagte Wendungen, er schafft es, mit einem Augenaufschlag der Pfirsichlider von Rossy de Palma eine Lebenslandschaft auszubreiten und im Bruchteil einer Szene ganze Biografien aufzublättern. Nuria ahnt nicht, was Rosalie sieht und was sie begreift, aber sie erkennt, dass Rosalie das Geschehen auf der Leinwand aufmerksam verfolgt und genießt.

Hinterher kann Rosalie über den Film nicht sprechen. Sie gehen zu Fuß nach Hause durch die Nacht, um einen klaren Kopf zu bekommen, und Nuria deutet das Schweigen so, dass Rosalie überwältigt ist. Wie so oft wünscht sie sich, in ihre Tochter hineinhorchen zu können, und sie fragt sich, ob ihre Mutter, ihre Adoptivmutter, in sie hineinhören konnte. Wenigstens ein ganz kleines bisschen. Ob ihre Mutter das, was in ihr vorging, auch nur ansatzweise begreifen durfte. Vielleicht war ihre Mutter insgeheim ebenso hilflos und stand isoliert neben ihrer Adoptivtochter. Obwohl bei Nuria nicht das Asperger-Syndrom festgestellt worden war. Aber es gibt auch ohne das Formen von Fremdheit. Nuria überlegt, ob sie ebenfalls vertauscht worden ist. Womöglich sollte das Schicksal, das sie ereilt hat, ein anderes Kind treffen. Oder, eine wahrscheinlichere Variante, vielleicht hat Mechthild Haas ihre Mutter gekannt, ihre leibliche Mutter. Und die beiden steckten unter einer Decke. Verfolgten gemeinsam einen Plan. War das Ganze bloß Theater? Sie als Findelkind auf den Stufen der Eberhardskirche eine Inszenierung, die dazu diente, die Adoption zu ermöglichen? Damit Mechthild Haas das Baby bekam, das Nurias leibliche Mutter nicht wollte?

Nuria fragt sich, warum sich ihre Geschichte über all die Jahre hinweg immer mehr verfestigt hat, bis sie quasi zementiert war. Und jetzt kommt sie plötzlich in Fluss.

Wieso gerade jetzt? Wahrscheinlich, weil es einen Auslöser gibt. Alles gerät aus den Fugen, und plötzlich tun sich mehrere Varianten auf.

»Die Mutter hat nicht in den Film gepasst«, sagt Rosalie, als sie die Rötestraße hochgehen und sich im tumben Licht einer Funzel langsam der Hasenbergsteige nähern.

»Welche Mutter?«

»Die Mutter von Ana, die Schauspielerin. Die kam aus einem anderen Film.«

Rosalie spricht von Teresa, dargestellt von Aitana Sánchez-Gijón, die beichtet, dass sie nie eine gute Mutter gewesen sei, weil das Theater bei ihr an erster Stelle stand.

»Aber wieso? Der Film verurteilt sie nicht. Teresa bereut nichts. Trotzdem wird ihr vergeben, sie findet Verständnis für ihre Fehler und den Egoismus. Das ist ja das Schöne bei Almodóvar, dass er seine Frauenfiguren liebt.«

»Die hat nicht gestimmt«, beharrt Rosalie und hüpft auf einem Bein die Stäffele hoch. »Etwas war nicht richtig mit der.«

Weil sich Teresa nicht schämt. Nuria fragt sich, was ihre leibliche Mutter bewogen hat, sie wegzugeben. War sie zu jung, zu alt, zu arm, zu katholisch? Lebte sie für die Kunst?

»Teresa«, sagt Rosalie, »ist so wie Heike Seidel. Die passt auch nicht.«

»Heike Seidel? Woher kennst du Heike Seidel?«

Achselzucken. Dunkelstes Schweigen.

12

Als Ruth Rosenkranz am 18. März 1946 in Stuttgart eintraf, schien die Sonne. Sie war aus einem Dorf nahe Czernowitz in der Bukowina geflüchtet und einen großen Teil des Weges zu Fuß gegangen. Da sie keine Papiere besaß, wurde sie von der Alliierten Militärverwaltung in der oberen Reinsburgstraße in ein Lager für Displaced Persons einquartiert. Insgesamt 1.600 jüdische Überlebende, größtenteils aus Polen, kamen in zwangsgeräumten Wohnungen im Stuttgarter Westen unter. Die meisten waren Überlebende der Konzentrations- und Vernichtungslager sowie der Todesmärsche. Ruth Rosenkranz hingegen stammte aus der ehemaligen Habsburgermonarchie, aus Rumänien. Als Czernowitz 1940 von der Sowjetunion besetzt wurde, entging sie nur knapp der Verbringung »Heim ins Reich«. Ruth versteckte sich in einem Ziegenstall. Sie wurde von einer Bauernfamilie als Dienstmagd versorgt, bis die Rote Armee am 29. März 1944 Czernowitz erneut einnahm und die Ukrainische Sozialistische Sowjetrepublik ausrief. Nun wurden die letzten Deutschsprachigen vertrieben, auch ein Großteil der rumänischsprachigen Bevölkerung verließ die Stadt. Tausende Ukrainer und Russen siedelten sich dort an. Die bis dahin dominante deutschsprachige Kultur verschwand fast vollständig.

Ruth Rosenkranz war 24 Jahre alt und von Beruf Verlagsbuchhändlerin. Sie sprach Hebräisch, Jiddisch, Ukrainisch, Rumänisch und Russisch. Ihre Muttersprache war

Deutsch. Sie war nach Stuttgart gekommen, weil es dort einen bedeutenden Verlag gab, dem die Militärregierung eine Drucklizenz gewährt hatte. In diesem Verlag sollte auch Lyrik eine wichtige Rolle spielen. Davon hatte sie in Wien erfahren, wo sich für Ruth keine Bleibe gefunden hatte. Die Intellektuellen hatten Hunger gelitten und sie ignoriert. Wien war von den Besatzungsmächten in vier Sektoren aufgeteilt; überall waren Schieber herumgewuselt, ein gigantischer Schwarzmarkt. Dauernd war sie von zwielichtigen Gestalten angesprochen worden. Ruth war davon angewidert gewesen. Das kriminelle Treiben hatte ihr Angst eingeflößt. Sie träumte davon, wieder ins Verlagsgeschäft einzusteigen, sah aber weder in der Heimat noch in Wien eine Möglichkeit. Die deutschsprachige Intelligenz in Czernowitz war ausgelöscht und vertrieben worden, die letzten Überlebenden in alle Winde zerstreut. In Wien hatte sich Ruth in einem Zirkel von jungen Menschen bewegt, die Gedichte geschrieben hatten, durch sie war sie auf Stuttgart gestoßen. In Stuttgart hatte sie zu keinem aus Czernowitz mehr Kontakt, viele waren ermordet worden.

Am 29. März 1946, einem Freitag, genau zwei Jahre nach der sowjetischen Besetzung von Czernowitz, führte die deutsche Polizei frühmorgens im Stadtteil Stuttgart-Hasenberg eine Razzia durch. 130 Schutzpolizisten und 80 Beamte der Stuttgarter Kriminalpolizei sperrten das Lager ab. Mit Gewehren und Pistolen bewaffnet suchten sie nach Schwarzmarktwaren. Als es auf der Straße zu Zusammenstößen kam, eskalierte die Situation. Es entstand ein Krawall. Dabei gab es drei Verletzte, der 36-jährige Samuel Danziger wurde von der Polizei erschossen. Wer der Todesschütze war, wurde nicht bekannt.

Ruth war nicht dabei, als es passierte, sie befand sich auf einem Streifzug durch Wiesen und Wald, um Bärlauch und Löwenzahn zu sammeln. Aber sie sah den Tumult und erkannte die Gefahr von Weitem. Und kehrte daraufhin nicht in das Lager zurück.

»Das ist im Wesentlichen die Geschichte meiner Großmutter. Es ist das, was sie uns erzählt hat. Und was ich nach ihrem Tod recherchieren konnte.«

Samstagvormittag. Nuria sitzt Sonja Franz im Immobilienbüro Reinschmidt & Kaiser in der Weißenburgstraße im Heusteigviertel gegenüber und hört bereitwillig zu. Ihre innere Unruhe hat sie hierhergeführt, und trotz des Wochenendes hat sie Sonja Franz am Schreibtisch angetroffen. Nuria hat ihr gestanden, nicht die Kaufinteressentin zu sein, für die sie sie neulich gehalten hat, sondern selbst einmal in dem Heim gelebt zu haben. Sie erzählte ihr, dass sie als Psychotherapeutin arbeite und momentan auf der Suche nach einer verschwundenen Ballettschülerin sei.

Sofort kam Sonja Franz auf Olga und deren Tod zu sprechen. Und fragte Nuria, ob sie wisse, wie Olga ums Leben kam.

Nuria stellte eine Gegenfrage: Woher sie die Leiterin der Nurejew-Schule kenne?

Und Sonja Franz begann bei ihrer Großmutter Ruth Rosenkranz.

Jetzt ist Nuria noch verwirrter. Noch während sie überlegt, erzählt Frau Franz weiter. Nuria kommt aus dem Staunen nicht heraus.

Sonja Franz verfügt über eine schillernde Vergangenheit. Ihre schlanke Figur und die tadellose Haltung verdankt sie dem Umstand, dass sie von Beruf Balletttänzerin ist. Wie ihr Mann, Abdoul Sow, der seine Wurzeln im Senegal hat. Doch während er Weltkarriere machte, hat sie die Bühne verlassen und makelt. Aus Sonja Rosenkranz wurde Sonja Franz.

»Ich nenne mich nur beruflich so. Der Name Rosenkranz war nicht gut fürs Immobiliengeschäft. Wenn eine Sache schieflief, wurde ich öfter beschimpft. Man hat mich nicht nur mit den schrecklichsten Vorurteilen konfrontiert, sondern auch offen beleidigt.«

»Wieso sind Sie überhaupt in diese Branche gewechselt?«

»Unsere Tochter Tabea tanzt seit ihrem dritten Lebensjahr. Sie hat das im Blut, es ist ihre Bestimmung. Drei Ballettgrößen verkraftet eine Familie nicht. Eine musste zurücktreten.«

Es stimmt also, das Mädchen mit dem Zwiebeldutt, das Nuria vorgestern an der Nurejew-Schule kennengelernt hat, ist die Enkelin von Frau Rosenkrantz aus dem Jugendamt, und demzufolge ist Sonja Franz deren Tochter. Dann muss Ruth, von der Frau Franz gerade erzählt hat, die Mutter von Frau Rosenkrantz sein, überlegt Nuria. Da Frau Franz nicht weiterspricht, nimmt sie den Faden auf. »Das war bestimmt schmerzhaft.«

»Es ging. Mein Lebensentwurf hing nicht ausschließlich am Ballett.«

»War es Ihnen wichtiger, ein Kind zu bekommen? Bestimmt lässt sich Profiballett und Mutterschaft kaum vereinen. Schon aus rein körperlichen Gründen …«

»Wie meinen Sie das?« Sonja Franz korrigiert ihre Haltung. Sie sitzt nun sehr aufrecht. Die Anspannung liegt spürbar zwischen ihnen.

»Na ja, um schwanger zu werden, brauchen Sie ein paar hormonelle Ressourcen. Wenn Sie nur Muskeln trainieren und Mohrrüben futtern, wird das nichts. Und nach der Geburt wird es schwer sein, alles wieder runterzuhungern. Und es dauert, bis das Gewebe wieder fest ist, der Bauch verschwindet. Dann muss das Baby gestillt werden. Und versorgt. Die Sorge hört ja gar nicht mehr auf! Im Gegenteil, sie wird immer größer, je älter das Kind wird. Ich nehme an, Ihrer Entscheidung, den Kürzeren zu ziehen, ging eine schwere Lebenskrise und auch Enttäuschung voraus.«

»Sie müssen es ja wissen.«

»Wie sind Sie denn zum Tanzen gekommen?«

»Durch meine Mutter. Sie hat selber nie Unterricht gehabt, aber Ballett ist ihre große Leidenschaft.«

»Also verwirklicht Ihre Tochter Tabea gerade den Mädchentraum Ihrer Mutter?«

»Es ist keine Bringschuld, wenn Sie das meinen. Es liegt einfach in der Familie.«

»Natürlich. Systemisch gesehen auf jeden Fall.« Nuria bemüht sich, nicht sarkastisch zu klingen. Oftmals äußern Menschen ganz unverblümt, was sie fühlen und denken. Bis zu einem gewissen Punkt zumindest, wenn sie anfangen, die offen zutage tretende Wahrheit zu begreifen. Dann verstocken sie, denn sie dürfen nicht verstehen, was sie im Innersten umtreibt, weil es ihr Selbstbild bedroht. Also wehren sie alles ab, das dem recht gibt, was sie eben noch freimütig geäußert haben. Und dann machen sie genauso weiter wie vorher.

»Mama war von jeher besessen vom Ballett. In der Ära Cranko sah sie sich jede Inszenierung an, schon als Kind. Crankos weitschweifiges Handlungsballett war Dramatik pur. ›Romeo und Julia‹, ›Onegin‹, ›Der Widerspenstigen Zähmung‹ – ein einziger Krimi. Tanztechnisch der schiere Wahnsinn, Riesenensemble, skandalöse Szenen, wildromantische Pas de deux – so wurden spannende Geschichten erzählt. Sie hat so oft davon geschwärmt, und mir ist noch heute, als wäre ich selbst dabei gewesen. Alles war zugleich fest und im Fluss, alles zahnte perfekt ineinander: Handlung, Dramaturgie, Figurencharakteristik, Musik. Sergej Prokofjews ›Romeo und Julia‹ eröffnete 1962 die große epische Bühne. Cranko bewies dabei nicht nur Talent, sondern auch Charisma und einen gewissen Leichtsinn. Es kam ihm weniger auf Perfektion an als auf die große erzählerische Geste, den darstellerischen Ausdruck. Alexander Puschkins Versroman ›Onegin‹ galt bis dahin als untanzbar. Fünf Jahre später wurde das Stück zu einem Schlüsselwerk des 20. Jahrhunderts. Seinen internationalen Siegeszug trat ›Onegin‹ 1969 an, meine Mama ist darin aufgegangen. Besonders verehrt hat sie die brasilianische Tänzerin Marcia Haydée. Die kam bereits 1961 zum Stuttgarter Ballett, wurde unter der Leitung von John Cranko Primaballerina und stand in jedem der bedeutenden Stücke im Mittelpunkt. Drei Jahre nach Crankos überraschendem Tod wurde sie 1976 zur Ballettdirektorin ernannt. Meine Mutter hat sich nie an sie herangetraut, blieb immer vorsichtig auf Abstand, vielleicht mal auf ein Glas Sekt oder Sprudel in der ›Widmerin‹. Aber später hat sie sich mit Irina ›Olga‹ Iwanowa angefreundet. Wie tragisch, dass die jetzt tödlich verunglückt ist.«

Tödlich verunglückt? Ist es das, was man den Kids und den Studierenden in der Ballettschule auftischt? Oder glaubt es die Polizei etwa selbst? Und wie schnell Sonja

Franz nach ihrem schier endlos langen, sprudelnden Vortrag thematisch die Kurve gekratzt hat. Und zum Punkt gekommen ist. Als habe dieses harte Ende von Anbeginn herausmüssen.

»Warum erzählen Sie mir das alles? Wenn Sie doch nur wissen wollen, wie Olga ums Leben kam.«

»Sie haben mich danach gefragt.«

»Habe ich das?« Nuria überlegt. »Wie auch immer, es geht mir um Ihre Motivation. Sie berichten bildhaft und wortreich über Dinge, die Sie selbst nicht erlebt haben. Haben Sie kein eigenes Leben?«

»O doch.« Frau Franz spricht mit erhobener Stimme. Ihre Muskulatur ist angespannt, der Brustkorb verengt. »Meine Mutter ist diejenige, die kein eigenes Leben hatte.«

»Und jetzt hat sie eins?«

»Wie meinen Sie das?«

»Na ja, sie lebt ja noch. Da kann sie manches aufholen.«

»Das tut sie auch, seit sie im Ruhestand ist. Sie hat immer unter ihrem Beruf im Jugendamt gelitten. Sie hat Sozialpädagogik studiert, in Tübingen, Mitte/Ende der 1970er-Jahre. Da war sie ultralinks und in Sympathisantenkreisen der RAF unterwegs. Sie wollte Sozialarbeiterin werden und in die Resozialisierung. Dann ist sie im Stuttgarter Jugendamt gelandet. Trotz Radikalenerlass und so. Sie hatte immer noch Kontakt zu Terroristen. Komischerweise hat das keinen gekümmert. Man sah einfach nicht hin. Außerdem ist sie Jüdin und wurde deshalb häufig beleidigt. Und öfter mal bedroht. Das wurde ebenfalls ignoriert. Niemand kam ihr zu Hilfe. Kein Mensch gab ihr Rückhalt. Das war der Vollschock für sie. Die Strukturen waren so was von konservativ. Meine Mutter hat versucht, allein klarzukommen. Sie hat sogar ihren

Nachnamen ändern lassen in ›Rosenkrantz‹ mit ›tz‹, um das Jüdische abzustreifen. Sie machte etwas Skandinavisches daraus und erfand ein paar Vorfahren dafür.«

Nuria versucht, die Bilder, die sie von Frau Rosenkrantz hat, zusammenzubringen. Die junge Frau mit dem Pepitakostüm, dem beigen Popelinhut und den pinkfarbenen Haaren. Die Fahrerin des rostbraunen Opel Kadetts. Die resolute Rentnerin, die sie am Telefon abwimmelte.

»Und Sie haben das rückgängig gemacht und schreiben sich wieder mit einfachem ›z‹?«

»Ja. Mutter heißt Rose mit Vornamen, Rose Rosenkranz. Ein poetischer Name, finden Sie nicht? Sie hat mich Sonja getauft, die Träumerin, ein russischer Vorname, kein jüdischer. Aber was soll's, unser Familienname bleibt uns erhalten. Meine Oma hat meine Mutter unehelich bekommen, und meine Mutter mich. Das hat Tradition, und deshalb heißt Tabea auch Rosenkranz, nicht Sow.«

Nuria nickt. »Ich würde gerne noch mal auf das Kinderheim zurückkommen.« Sie gibt wieder, was die Bengeles ihr über die Toten berichtet haben.

»Ich bezweifle, dass das wahr ist. Die Geschichte mit den toten jüdischen Kindern stimmt so nicht.«

»Wie kommen Sie darauf?«

»Ganz einfach. Weil es in der Villa am Max-Eyth-See keine Sammelunterkunft für Displaced Persons gab. Das hätte mir meine Oma erzählt, und wir könnten das googeln.«

»Wieso soll Herr Bengele ein derart scheußliches Verbrechen erfinden?«

»Nicht aus böser Absicht vermutlich. Er ist senil und ein bisschen dement. Er bringt die Dinge halt durcheinander. Er vermischt Fakten, mit denen er im Job zu tun hatte, und setzt die Akten neu zusammen. Seine Frau hilft ihm dabei, wie sie ihm immer geholfen hat.«

»Sie unterstützt seinen Wahnsinn? Verrückt! Er hat auf mich absolut keinen dementen Eindruck gemacht. Sie dagegen schon.«

Sonja Franz lacht. »Verrückt? I wo. Das machen wir doch alle. Wir manipulieren, erfinden, verdrängen, was das Zeug hält. Und halten einander den Steigbügel dabei. Es ist bloß gemeinhin nicht so augenfällig. Vielleicht wollen die beiden auch von etwas ablenken.«

»Von was denn?«

»Das weiß ich doch nicht. Von sich?«

»Was ist dann in diesem Haus passiert, das den Wert der Immobilie drosselt?«

»Na das, was Sie eben referiert haben. Man hat mehrere Leichen gefunden. Es waren die Skelette von Kindern. Oben auf der Bühne, dem Dachboden. Das stimmt. Aber die lagen da schon länger. Wie die zu Tode kamen? Keine Ahnung. Die Sache wurde bislang nicht aufgeklärt.«

»Gab es denn diese Funde im Garten?«

»Nicht dass ich wüsste.«

»Und wieso reduziert die Sache nach all der Zeit noch den Preis? Das ist doch 70 Jahre her.«

»Nein, gefunden hat man sie erst letzten Herbst. Es stand in keiner Zeitung, aus ermittlungstaktischen Gründen. Auch wenn das Verbrechen Jahrzehnte her ist, läuft der oder laufen die Täter womöglich immer noch frei herum.«

Oder die Täterinnen.

Sonja Franz lächelt dünn. »Wir sind gleich zur Polizei, also mein Chef und ich. Doch dort hielten sie sich bedeckt. Mein Gott, wie furchtbar! Sechs Kinder wurden umgebracht!«

»Es kann auch ganz anders gewesen sein. Vielleicht sind sie an Unterernährung gestorben, an Entkräftung, an irgendeiner Krankheit.«

»Macht es das besser?«

»Eventuell trifft niemanden eine direkte Schuld.«

»Aber wieso wurden sie nicht bestattet? Und wieso hat sie keiner wirklich gesucht? Weil es Waisenkinder waren?«

Sie saß am Steuer. Sie trug das rote, weiß getupfte Kleid, und ihre nackten Schenkel klebten auf dem Plastikpolster. Es zog ein wenig, wenn sie die Schenkel lupfte, aber es tat nicht weh, es war bloß ein wohliger Schauer. Sie hatte weiße Kniestrümpfe an, ein bisschen ausgeleiert und oben gelb geringelt. Auch Ferse und Spitze waren gelb. Dazu dunkelblau-weiß-rote Lacksandalen, die waren neu und noch etwas steif. Sie besaßen einen kleinen breiten Absatz, den Nuria der Mutter abgetrotzt hatte. Mama fand, Nuria sei noch zu klein für Damenschuhe, dabei hatte sie fast Größe 36. Nuria war überhaupt nicht mehr klein, und sie konnte schon eine ganze Menge.

Der Autositz war ein wenig feucht, weil Nuria schwitzte. Das Kleid war am Rücken nass, auch die Unterwäsche war nass. Es war sommerlich warm, dabei hatte man noch nicht einmal Ostern. Nuria wurde es wahnsinnig heiß, immer ärger brach ihr der Schweiß aus. Sie hatte sich auf den Fahrersitz gesetzt. Sie wusste, dass sie das nicht durfte. Es war verboten. Sie griff nach dem Lenkrad und rutschte nach vorn. Ihre Füße reichten bis auf den Boden, und wenn sie sich streckte, konnte sie auf die Kupplung und die Bremse treten. Und auf das Gaspedal. Der Zündschlüssel steckte, der Motor lief. Die Mutter, die noch schnell etwas geholt hatte, kam aus dem Haus, sprang geschwind ums Eck, ging an den Mülltonnen vorbei und trat vor das Auto.

Weiter kann Nuria nicht denken. Sie sitzt am Marienplatz, draußen vor einem mäßig belebten Café, führt einen Löffel Milchschaum zum Mund und wartet auf Rosalie. Wolken ziehen vorüber, das Eck ist zugig, es luftet. Sie hat den Gürtel ihres Trenchcoats fest um die Hüfte geknotet und den Kragen hochgeschlagen. Es ist kein Trenchcoat, wie ihn die Mutter trug – falls sie einen getragen hat. Er schimmert nicht wie beiges Hasenfell, er ist von einem eierschalenfarbenen, kalkigen Weiß; ein stumpfer Stoff, an den Rändern fadenscheinig und zerschlissen. Nuria hat das Gefühl, am Ende jener Ermittlungen angekommen zu sein, die sie gegen sich selber führt.

Von hier aus geht kein Weg mehr weiter, es ist eine Sackgasse. Das Vorhaben endet ohne Ergebnis, weil das Eigentliche nicht erinnert werden kann. Das, worum es geht, liegt hinter einer schwarzen Wand verborgen. Oder irrt sie sich? Ist die Wand in Wahrheit nichts als ein durchsichtiger Schleier? Fehlt ihr nur der Mut, hindurchzublicken oder ihn zu lüften?

Einerseits möchte Nuria das, was hinter ihr liegt, begreifen, andererseits fürchtet sie sich davor. Aus diesem Zwiespalt heraus fühlt sie sich wie gelähmt. Obwohl sie das analysieren kann, bringt es sie nicht weiter. Sie muss Geduld haben mit sich. Und auf ihre Intuition vertrauen. Denn alles hängt mit allem zusammen. Und ergäbe am Ende sogar Sinn, wenn man es verstünde.

Doch das Leben ist ein großes Geheimnis, das ein einzelner Mensch nicht entschlüsseln kann.

Nuria wird mit Rosalie ein paar Lebensmittel einkaufen und dann zurück nach Hause gehen. Sie wird mit ihrer Tochter ein unkompliziertes Wochenende erleben, ein paar Kleinigkeiten erledigen, fein kochen, nette, bedeutungslose Dinge unternehmen. Kino oder Figurentheater. Im Fitz im Tagblattturm hatte vor zwei Wochen ein Stück Premiere, das Nuria mit Erdmute besucht hat: »D.D. Rabbit« von Marius Alsleben. Ein junger Puppenspieler performt mit Hasengestalten eine Vater-Sohn-Beziehung. Etliche Einlagen sind ziemlich akrobatisch, ein Rennrad wird bespielt, und es gibt magische Momente. Etwa da, wo plötzlich das Bierglas schmilzt. Wie geht das? Rosalie steht auf die Enthüllung solcher Rätsel, und sie wird vermutlich erklären, dass das Glas aus Zucker ist. Jedenfalls könnte die Performance was für sie sein. Vielleicht wird sie noch einmal aufgeführt.

Ein Schatten fällt auf den Tisch, aber es ist nicht Rosalie, es ist Selina Seidel.

Nuria zuckt zusammen. Selina lächelt. Sie trägt einen Pferdeschwanz und schwarze Trainingsklamotten, die zu dünn sind für die frische Temperatur. Behände humpelt sie um den Tisch herum und lässt sich auf den freien Stuhl fallen. Mit der linken Hand stellt sie ihre Krücken an die Armlehne. Wortlos schaut sie Nuria an. Ihre schrägen Huskyaugen blinken eisig blassblau wie zwei benachbarte Gletscher.

»Was ich sehe, fragst du dich? Du bist Linkshänderin. Du wirkst selbstzufrieden und unfroh.« Nuria erinnert sich nicht, ob sie schon beim Du angekommen waren, aber jetzt sind sie es jedenfalls. »Und deine Mutter sucht dich. Was willst du von mir? Was hast du hier verloren?«

»Oh, man macht sich also Sorgen.« Selina lacht auf. Es klingt gekünstelt und so, als würde ihre Fassade gleich in sich zusammenfallen. »Dabei ist das ganz unnötig. Ich verschwinde nur ein paar Tage von der Bildfläche, weil ich keine Lust habe, mit der Polizei zu reden.«

»Und warum nicht?«

»Die würde mir nicht glauben.«

Die Servicekraft kommt, und Selina bestellt eine Bionade.

»Was nicht glauben?«

Selina mustert Nuria mit einem undeutbaren Blick. »Warum haben Sie Olga umgebracht?«

Nuria springt auf. »Jetzt langt's aber! Das ist doch absurd!«

Selina blickt zu ihr hoch. »Ich habe gesehen, wie Sie Irina ›Olga‹ Iwanowa mit der Stange erschlagen haben. Ich war Zeugin. Aber keine Bange, ich verpetze Sie nicht. Ich konnte Olga nämlich nicht ausstehen. Sie hat mir meine ganze Karriere vermasselt.«

Ruhig bleiben, sagt sich Nuria. »Ich dachte, du vergötterst sie?«

»Quatsch. Wer sagt das denn? Meine Mutter?«

»Ich denke, Olga hat dich in ihrer Ballettschule aufgenommen, nachdem du für andere Schulen zu schlecht warst und bei der Aufnahmeprüfung versagt hast?«

»Das auch, ja.« Selina seufzt. »Sie hat mir eine Chance gegeben. Scheinbar zumindest. In Wirklichkeit wollte sie mich eher entsorgen.«

»Wie bitte?«

»Ja. Ich fürchte, sie war vom Wahn besessen, Leute, die in ihren Augen das Zeug nicht haben, fertigzumachen.«

Das wäre zumindest ein Motiv, warum sich Olga mit Rosalie beschäftigen wollte. Zuwendung mit dem Ziel zu vernichten. Gar nicht mal so selten in der Pädagogik. Nuria setzt sich wieder.

»Ich *kann* tanzen. Oder ich konnte.« Selina deutet auf ihr Bein. »Ich habe oder hatte nur diese entsetzliche Angst zu fallen. Olga wusste das. Und hat es ausgenutzt.«

Nuria hat Selinas Zustand fehlinterpretiert. Ihre Fassade sitzt, sie ist nur ein klein wenig brüchig.

»Du meinst also, deine Lehrerin ist schuld daran, dass du den Unfall hattest?«

»Ich bin nicht gestürzt. Sie hat mich gestoßen. Sie hat mich so geführt, dass mir gar nichts anderes übrig blieb als hinzufallen.«

»Dann hattest du einen Grund, sie zu hassen.«

»Das sage ich ja. Aber das heißt noch lange nicht, dass ich sie totgeschlagen habe. Die Polizei könnte das jedoch annehmen.«

»Und jetzt denkst du, du hast mich in der Hand.«

»Das denk ich nicht nur, das habe ich.«

»Du weißt schon, dass du lügst?« Nuria versucht, nicht mit erhobener Stimme zu sprechen. Nicht zu schreien. Sie will schreien, jetzt. »Woher weißt du überhaupt, dass Olga erschlagen wurde? Das kannst du nur wissen, wenn du es getan hast.«

»Oder wenn ich es gesehen habe.«

»Wer hat dich zu mir geschickt?«

Glaziales Schweigen.

13

Die Kripo hat sie noch einmal vernommen, alles sehr oberflächlich, reine Routine. Nuria erkundigte sich, ob es eine Rolle spiele, wenn der Täter oder die Täterin Linkshänder sei. Darauf bekam sie keine schlüssige Auskunft. Nuria gab sich gelassen. Entspannt ging sie auf die Fragen der Beamtin ein. Der Beamte bohrte nirgendwo nach. Nuria fragte nichts mehr. Sie versuchte nicht einmal herauszufinden, ob Selina Seidel bei der Polizei gegen sie ausgesagt hat. Es gab dafür keinen Grund, denn das Ermittlerduo machte keinerlei Anspielung.

Das war schon alles. Sonst hat sich kein Mensch mehr gemeldet, weder die Seidels noch die Bengeles noch Familie Rosenkran(t)z.

Die erste Aprilhälfte vergeht auf eine einschläfernde Weise ereignisarm. Dass es Nuria so empfindet, ist nur schwer zu begreifen. Denn die Pandemie verstummt zwar, west aber weiter. Die Menschen nehmen die Maske ab und zeigen ihr bleiches Gesicht, gleichgültig allem gegenüber, was auf sie zukommt. Es gibt keinerlei Anlass, erleichtert und fröhlich in die Zukunft zu blicken. Die Welt steht kopf, die Missstände mehren sich, das Unrecht schreit zum Himmel. Die Gewalt greift um sich, Elend breitet sich aus, allenthalben Not, aber die drohende Katastrophe wird verdrängt. Auch dringt nichts davon in Nurias Bewusstsein. Sie fühlt sich stumpf. Trotzdem funktioniert sie. Sie hat zu vielem eine Meinung und ergreift Partei. Sie spendet für die Ausrüstung von Freien, die aus Kriegsgebieten berichten. Sie schaut sich Bilder von getöteten Zivilisten an, die eine ihr persönlich bekannte junge Fotografin gemacht hat. Sie registriert den Alltag. Die Osterglocken blühen, die Tulpen, bald schon die Kastanien. Saharastaub auf den Fenstern. Sie müssen dringend geputzt werden. Am Gründonnerstagmorgen übergibt sich Erdmute auf der Toilette.

Die Osterferien verbringt Rosalie mit ihrem Vater in Ägypten, und Nuria fragt sich, ob es wirklich sein muss, dass sie eine Flugreise buchen. Ein Pauschalangebot, sieben Tage Hotel mit Meerblick und Halbpension. Nuria hätte Archie mehr Verstand zugetraut, aber sie freut sich, dass er sich um Rosalie kümmert. Das war nicht immer so. Es hat ein wenig gedauert, bis er sich an ihre Besonderheit gewöhnen konnte. Er war lange einfach überfordert. Vielleicht hat das, neben vielem anderen, auch zur Trennung geführt. Nuria hat aufgehört, darüber nachzudenken.

Ihr fällt ein, dass »Nuria« »die Lichttragende« heißt, und sie sucht nach der Bedeutung von »Selina«. Es ist »der Himmel« und »das Licht«. Beide Namen kommen möglicherweise aus dem Spanischen. Ein Zufall oder eine Koinzidenz? Ein Zeitvertreib, eine schöne Spielerei. Einen kausalen Zusammenhang gibt es nicht, und schlussfolgern lässt sich daraus gar nichts.

Die Praxis bleibt ab Karfreitag die ganze Osterwoche geschlossen. Nuria hat keinerlei Verpflichtungen, sie hat Muße, ihr ist langweilig, und mit einem Mal stellt sie fest, dass sie auch kaum noch Freundschaften pflegt. Normalerweise ist sie so eingespannt, dass sie das nicht bemerkt. Der tägliche Austausch mit Rosalie, Archie und Erdmute langt ihr an Kommunikation, und das Kümmern um die Klientel fordert alle Aufmerksamkeit. Die Arbeit beansprucht einen Großteil ihrer Zeit, und die Therapiesitzungen sind kräftezehrend. Mehr Energie kann Nuria nicht aufbringen; sie reicht oft nicht mal für sie selbst. Abends ist sie häufig so erschöpft, dass sie noch vor Rosalie ins Bett geht. Oder sie schläft auf dem Sofa über ihrem Buch ein, das sie liest, um ein Vorbild zu sein und nicht fernzusehen.

Nun herrscht strahlendes Frühlingswetter, die Sonne lockt, die Natur ruft, und Nuria liest einen Roman von Peter Stamm, der in den Glarner Alpen mit der Aufzählung der Namen einiger Berge endet: der Mürtschenstock mit seinen drei Gipfeln, das Vrenelisgärtli, dann der höchste Berg, der Tödi, ein Solitär mit breitem Felsband, ferner das Schärhorn, die Windgällen, die pyramidenförmige Rigi, der große und der kleine Mythen. Am Horizont zu erahnen: Eiger, Mönch und Jungfrau. Aus dem Kopf sagt Nuria die Namen laut auf. Und sie überlegt, in die Glarner Alpen zu fahren und dort ein paar Tage wandern zu gehen. Man könnte aufsteigen und in einer sonnigen Hütte Rösti essen.

Aber sie verwirft den Gedanken und liest stattdessen einen Roman von Arnold Stadler, »Am siebten Tag flog ich zurück«. Der führt sie wieder auf einen Berg, zum Kilimandscharo. Da will sie bestimmt nicht hin, doch vielleicht fährt sie nach Rast, nach »Schwäbisch Mesopotamien«, wie es im Buch heißt, und nächtigt im Landgasthof Löwen.

Am Ostermontag erwacht Nuria mit dem dringenden Wunsch, dass etwas geschehen möge. Dennoch will sie nichts überstürzen. Sie hat noch tagelang Zeit, etwas voranzubringen. Rosalie kommt erst am Wochenende wieder.

Nuria wünscht sich endlich Klarheit im Hinblick auf ihre Existenz. Wo anfangen? Ganz vorn? Bei der Geburt?

Mit der Espressotasse in der Hand geht sie barfuß durch die Wohnung. In der untersten Schreibtischschublade findet sie das weiße Baumwollband, auf das mit verblassten rosaroten Kreuzstichen ihr Name eingestickt ist: »Nuria«. Und wenn »Nuria« doch etwas mit »Nurejew« zu tun hat? Womöglich hat sie sich geirrt, und es ist eben kein Zufall. Vielleicht hat ihre Mutter sie so genannt, weil der Ballettstar ihr etwas bedeutet hat?

Im Internet recherchiert Nuria, was Rudolf Nurejew zum Zeitpunkt ihrer Geburt gemacht haben könnte. Vermutlich befand er sich in Wien, wo er als Tänzer und Choreograf beim Staatsopernballett engagiert war. Sein Lebensgefährte war sein Kollege Erik Bruhn. Mitte Oktober 1977 trat Nurejew als Gaststar in der Muppet Show auf, die Folge wurde in den USA aber erst am 5. Dezember und in Deutschland am 25. November 1978 ausgestrahlt. Nuria findet mehrere Magazine vom September 1977, in denen Nurejew groß herauskam, es gibt viele Fotos und einen Film. Dann stößt sie auf einen Satz, der sie stutzig macht: »Rudolf Nurejew war für das Ballett das, was Maria Callas für die Oper war.«

Es gibt also möglicherweise einen Zusammenhang zwischen ihrem Vornamen und dem Geburtsdatum, das ihre Adoptivmutter für sie ausgewählt hatte, dem Todestag der Callas. Das hieße, dass ihre leibliche Mutter und Mechthild Haas sich gekannt haben. Oder ist das zu weit hergeholt? Spinne ich jetzt, fragt sich Nuria. Aber selbst wenn es nur eine vage These ist, die auf eine gewagte

Intuition gründet, beinhaltet sie eine Koinzidenz. Sollte Nuria nach Nurejew benannt sein, teilten beide Frauen eine Leidenschaft für Legenden. Mechthild Haas sang immerhin Sopran im Kirchenchor. Ob die leibliche Mutter selbst getanzt hat? Das könnte ein Grund dafür sein, dass sie Nuria auf den Stufen vor der Eberhardskirche ausgesetzt hat. Falls sie Tänzerin war oder werden wollte, konnte sie kein Kind brauchen.

Nuria könnte versuchen herauszufinden, welche Tänzerinnen Mitte der 1970er-Jahre zum Stuttgarter Ballett zählten. Die Ballettcompagnie der Staatstheater Stuttgart, die John Cranko leitete, genoss damals bereits Weltruhm. Die Ausbildungsstätte für den Nachwuchs war seine Idee. Die Staatliche Ballettakademie als Berufsfachschule war einmalig in Westdeutschland: Damit wurde erstmals eine Ausbildung in klassischem Tanz mit staatlichem Diplom ermöglicht. Nachdem John Cranko 1973 verstorben war, wurde die Schule nach ihrem Gründer benannt.

Nuria könnte um eine Liste der Schülerinnen bitten, die in den 1970er-Jahren auf der John Cranko Schule waren. Allerdings zweifelt sie daran, ob eine solche Liste überhaupt noch existiert. Und sie kann unmöglich alle Namen überprüfen. Wenn eine ehemalige Schülerin geheiratet und einen anderen Namen angenommen hat, wird es zusätzlich schwierig. Außerdem gibt es ja noch Menschen, die im Netz keine Spuren hinterlassen. Nuria könnte bei Marcia Haydée anfragen, die ab 1961 ebenfalls in Stuttgart arbeitete und unter der Leitung von John Cranko eine berühmte Primaballerina wurde. 1976 wurde sie zur Ballettdirektorin ernannt, sie war als Choreografin tätig und förderte leidenschaftlich den Nachwuchs. Davon profitierte unter anderem Olga, die bereits einen kleinen

Namen hatte, wie Heike Seidel ausführlich erzählt hat. Nuria könnte sich bei Marcia Haydée erkundigen, ob sie sich an eine junge Kollegin oder Schülerin erinnert, die Ende 1976, Anfang 1977 schwanger geworden war. Und die dann versuchte, ihre Karriere fortzuführen. Aber wo lebt die charismatische Tänzerin heute, mit Mitte 80? Sie hat Stuttgart 1996 verlassen.

So viel zur leiblichen Mutter. Nun zu den Adoptiveltern. Nuria geht systematisch vor. Ein Schritt folgt auf den anderen. Sie ist überzeugt: Mechthild Haas hat sie vor der Kirche nicht zufällig gefunden. Nuria ist kein Findelkind. Das Ganze war eine verabredete Inszenierung. Nurias leibliche Mutter und ihre Adoptivmutter waren Freundinnen. Zumindest haben sie einander gekannt. Und sie hatten eine Wesensähnlichkeit – sie schwärmten für die Kunst, sie verehrten große Stars und vergötterten ihre Idole. Vielleicht hatten sie sich darüber gefunden, als junge Frauen, oder schon viel früher, in der Kindheit. Mechthild tat nicht nur Nurias leiblicher Mutter einen Gefallen, sie verwirklichte damit auch ihren eigenen Lebenstraum: Mit Nuria bekam sie eine eigene Tochter.

Nuria sinniert darüber nach, ob Claudius Haas in den Plan eingeweiht war, sie mithilfe einer ausgeklügelten Strategie zu adoptieren. Oder ob er an die Story mit dem Findelkind glaubte. Vielleicht konnten Mechthild und er keine Kinder bekommen. Zumindest kriegte Nuria keine Geschwister.

Dann, als sie sieben war, die Trennung. Was war dem vorangegangen? Welche Konflikte hatten dazu geführt? Nuria weiß nicht, wer die 19-Jährige war, die ein Kind von Claudius erwartete und die er dann heiratete. Gab es sie überhaupt? Oder hatte die Mutter sie aus Rache erfunden? Nuria kann sich einfach nicht daran entsinnen, wann und wie ihr Vater zwei Jahre später gestorben war. Ob er in Wirklichkeit nur den Kontakt zur Familie abgebrochen hatte? Aber warum verschwieg man ihr das weiterhin, nachdem die Mutter verunglückt war? Damit sie ein neues Leben bei neuen Pflegeeltern anfangen konnte? Hat Frau Rosenkrantz vom Amt versucht, ihren Vater zu finden?

All diese Fragen fangen erneut an, in Nurias Kopf zu kreisen. Sie stellt sich mal das vor, dann wieder jenes. Es gibt keine Gewissheiten mehr und schon gar keine Wahrheit. Was bleibt, sind nur haltlose Mutmaßungen. Und ein Gestrüpp aus unauflöslichen Widersprüchen.

Nuria sitzt auf dem Schreibtischstuhl und starrt auf das gestickte Bändchen. Was, wenn die Kreuzstiche gar nicht von ihrer leiblichen Mutter stammen? Wenn Mechthild das gestickt hat? Oder eine andere Frau, die wollte, dass Nuria glaubt, es sei ihr richtiger Name? Wie auch immer.

»Nuria« rückwärts gelesen ergibt »Airun«. Laut Google ein sehr seltener weiblicher Vorname. Vielleicht sollte Nuria da ansetzen. Frau Bengele heißt mit Vornamen zwar nicht Airun, aber Haidrun, Haidrun mit »ai«.

Nuria holt ihre Reisetasche und packt ein paar Sachen zusammen. Sie muss jetzt einen kühlen Kopf bewahren und gut überlegen, was zu tun ist. Es wird schwierig sein, von den Bengeles zu erfahren, ob und wie sie in Mechthilds Schauspiel mit dem Findelkind verstrickt waren. Und was nach deren Tod vor 35 Jahren das Problem darstellte. Wieso Nuria ihren Pflegeeltern wieder weggenommen wurde, weil sie sich bei ihnen angeblich in keiner guten Obhut befand. Und wie das alles mit Olga zusammenhing, mit Frau Rosenkrantz und den Kinderleichen in St. Aloisia. Und mit Selina Seidel. Möglicherweise sind das mehrere Geschichten, die nichts miteinander zu schaffen haben. Aber dennoch hat alles mit allem zu tun, weil es als Gesamtpaket das Chaos entfacht hat, in dem Nuria sich nun befindet. Seit Selinas Auftauchen ist sämtliches ins Rutschen geraten, an das Nuria bis dahin geglaubt hat.

Sie schließt die Wohnungstür zweimal ab und klopft dann dagegen. Im Treppenhaus riecht es nach Bratensoße und Lamm. Nichts wie weg. Nuria schultert den Rucksack, schnappt sich die Reisetasche, springt die Stiegen hinunter und reißt die Haustür auf.

»Passen Sie doch auf!« Frau Häberle steht draußen neben dem Eingang im Freien und gießt auf dem Fenstersims die Primeln. Sie hält inne und verzieht das Gesicht. »Sie haben mich ganz schön verschreckt.«

»Das tut mir leid.« Nuria stellt die Tasche ab. Ihr kommt eine spontane Eingebung. »Apropos verschreckt: Haben Sie hier ums Haus rum in letzter Zeit komische Gestalten gesehen, die da nicht hingehören?«

Frau Häberle betrachtet nachdenklich die Gießkanne und sieht dann rüber zur Straße. »Lassen Sie mich überlegen. Da war mal was. Wie kommen Sie drauf?«

»Rosalie ist in den Ferien. Ich fahr für ein paar Tage aufs Land und wollte mich vergewissern, dass alles mit rechten Dingen zugeht. Bei mir wurde nämlich öfter geklingelt, aber an der Gegensprechanlage ist kein Mensch rangegangen.«

»Einbrecher.« Frau Häberle nickt. »Jetzt pass auf. Da

war dieser alte Opel. So ein brauner Opel Kadett. Ist schon ein wenig her. Der ist die Hasenbergsteige rauf, kann er ja machen. Aber wo der Blaue Weg abzweigt, ist es nur für Anlieger frei. Das war kein Anwohner, das wüsste ich.«

»Kennzeichen?«

»Stuttgart. Und dann steht der da, mitten auf der Straße, eine geschlagene halbe Stunde lang.«

»Und wer saß drin?«

»Vier Männer. Vier fette junge Kerle mit Nazifrisuren, unten Glatze. Allesamt Ausländer. Die haben da ebbes ausgekundschaftet. Ich sag doch, Einbrecher. Aber wir passen auf, mein Mann und ich, wir wehren uns schon gegen diese Türken.«

Was für eine blöde Kuh, diese Nachbarin, mit ihrem saudummen Geschwätz. Dass man mit so jemandem in einem Haus wohnen muss! »Wieso Türken?«

Frau Häberle fuchtelt mit dem Finger. »Ha, die haben ausgesehen wie die dort drunten bei dem Friseur. Das sind doch Türken, oder Russen?«

Nuria fühlt eine Wut in sich aufsteigen, eine unbändige Wut, noch roher und rabiater als die Wut eines Kindes, das plötzlich keine Eltern mehr hat. Gleichzeitig spürt sie eine abgrundtiefe Ohnmacht, der sie ausgeliefert ist und die sie noch weiter in diese Wut hineintreibt. Sie ist kurz davor, auf Frau Häberle loszugehen, die in ihrem österlichen Spitzenkleid vor ihr steht, in Taubenblau, das sie schon in der Kirche getragen hat und beim Mittagessen mit dem Mann, den Kindern und Enkeln. Das Menü, das sie nicht in einer gutbürgerlichen Wirtschaft eingenommen haben, sondern bei sich daheim. Es gab Lamm, 14 Verwandte an zwei Tischen in der Stube. Um sich vor Wasserspritzern zu schützen, hat Frau Häberle eine karierte Schürze umgebunden.

Nuria, der das alles in Sekundenschnelle wie ein Film durch den Kopf geht, hätte gute Lust, ihr die Kanne aus der Hand zu reißen und sie damit zu traktieren. Sie hätte ihr die Kanne bis zum Oberschenkelhalsbruch auf die Hüfte hauen können. Doch die Gießkanne ist aus Plastik, aus grellgrünem Plastik, das tut in den Augen weh, und das bringt Nuria langsam wieder runter. Sie begreift zwar nicht, was das Beruhigendes an sich hat, aber die Farbe sediert sie. Sie lässt die Schultern hängen und atmet tief durch. Dann nimmt sie ihre Tasche, schwingt sie über die Schulter und geht davon.

14

Haidrun Bengele verließ die Stuttgarter Frauenklinik mit einem Gefühl der Erleichterung. Alles würde sich fügen. Man würde einen Platz für das Kind finden. Wenn es vollends auf der Welt war. Noch war es dabei, geboren zu werden, eben hatten die Wehen eingesetzt. Haidrun war keine Spezialistin auf diesem Gebiet, doch wozu gab es Beziehungen? Der Fall war brenzlig, denn das Kind konnte nicht lange bei der Mutter bleiben. Maximal die ersten vier Wochen. Das hatte Haidrun Olga versprochen. Und deshalb ließ es sich wohl nicht vermeiden, dass sie ihr helfen musste, das Baby anständig irgendwo unterzubringen.

Sie hatten Olga im Osten als Lockvogel verbrannt. Und ihr dann im Westen diese Chance gegeben. Olga wollte tanzen. Nicht irgendwo in der Provinz, sondern auf einer Bühne von Weltrang. Ob sie das Zeug dazu hatte, musste sie noch beweisen. Aber sie brauchte wenigstens die Chance dazu. Wie sie letztlich beim Stuttgarter Ballett gelandet war, würde sich nie klären lassen. Sie sei, sagte sie selbst, mit offenen Armen empfangen worden. Möglicherweise hatte Geld dabei eine Rolle gespielt, vielleicht auch nicht. Nicht alles auf der Welt ließ sich mit Geld lösen. Auch nicht mit Sex und Gewalt. Das Böse wurde gehörig überschätzt. Manchmal reichte ein Lächeln, eine ausgestreckte Hand.

Das Amt sah es nicht gern, dass Haidrun Bengele ihren Kollegen Ernst geheiratet und seinen Namen angenommen hatte. Der baden-württembergische Verfassungsschutz bevorzugte in den 1970er-Jahren Beamtinnen und Beamte, die keinerlei sichtbares Privatleben aufwiesen. Schablonen, die nichts vorzuzeigen hatten. Das galt vor allem für den gehobenen Dienst, selbst wenn es sich beim Tätigkeitsbereich um Bürosachbearbeitung handelte. Dass die Bengeles sich zusammengetan hatten, lag daran, dass beide gleichgeschlechtlich orientiert waren. Das durfte nicht herauskommen. Dies galt vor allem für Ernst. Zwar war Homosexualität in der Bundesrepublik seit 1969 für Erwachsene straffrei – der Paragraf 175 galt nur noch für Jugendliche –, doch nach wie vor legte die Polizei die berüchtigten Rosa Listen mit verdächtigen Männern an. Homosexuellenkarteien galten als notwendige polizeiliche Sicherungsaufgaben.

Haidruns Begehren, das sich auf Frauen richtete, wurde hingegen von der Gesellschaft nicht ernst genommen. Hätte sie sich geoutet, wäre sie vom Amt allenfalls belächelt worden. Ihr drohte dennoch Diskriminierung, weil die Lesbenszene eng mit der Frauenbewegung vernetzt war, und die stand in den Augen der Polizei und der Mehrheit der Menschen dem Terrorismus nahe. Haidruns junge Freundin Rose Rosenkrantz war das beste Beispiel. Eine linke Emanze konnte man im Amt nicht brauchen. Hier herrschten wie überall in den Behörden konservative Vorstellungen, die sich am allzu Bewährten orientierten. Ministerpräsident Filbinger fand dafür klare Worte, er gab den Takt vor. Das galt nicht nur im Hinblick auf die Proteste gegen das Kernkraftwerk Wyhl, sondern auch auf die Rote Armee Fraktion, auf Stammheim und auf die gesamte Linke. Zur Homosexualität hatte sich Hans Filbinger nicht ausdrücklich geäußert, zumindest war nichts davon überliefert, aber es stand außer Zweifel, was er davon hielt. Garantiert handelte es sich bei der gleichgeschlechtlichen Liebe um ein hohes Maß an »Gesinnungsverfall«, um die »Zersetzung der Manneszucht«.

Der Aufbruch ließ auf sich warten. Die Politik schürte die Angst der Bevölkerung. Die Atmosphäre war unaufgeklärt und reaktionär. Im Amt herrschte dennoch keine gedrückte Stimmung, weil ein Kitzel in der Luft lag bei all diesen Unruhen und bürgerkriegsartigen Guerilla-Aktionen. Man konnte sich schon ein bisschen wichtig vorkommen. Freilich tat man nicht immer das, was Filbinger wollte. Die Weltlage war zu komplex, um eindeutig zu entscheiden. Man sagte A und machte B, stets im Einklang mit sich selbst, den Erfordernissen und der Gesetzeslage. Das heißt, man musste den Feind, den man bekämpfte, insgeheim auch ein bisschen unterstützen. Unterwandern. Lieben. Indem man ihm revolutionäre Parolen lieferte, Ideologien, Waffen.

Haidrun Bengele war ein kleines Rädchen in einem riesigen Räderwerk, das sie nicht überblickte. Aber sie sorgte dafür, dass es dort, wo sie wirkte, licht und warm war.

Als Olgas Schwangerschaft sichtbar wurde, half sie ihr, sich zu verstecken. Eine Abtreibung kam für Haidrun nicht in Betracht, sie war katholisch, und sie überzeugte Olga davon, dass es für sie besser war, wenn sie das Kind bekam. Sie würde psychisch leichter darüber hinwegkommen. Olga hatte bis zuletzt ihre Zweifel, sie übte eine Weile noch heimlich, zwang sich zum Spagat, bis Haidrun sie ertappte und ihr jedes Training verbot. Olga murrte, doch sie fügte sich und verbrachte die letzten drei Monate in einer konspirativen Wohnung, die das Amt angemietet hatte, aber nicht benötigte, da die anvisierten Terroristen alle unauffindbar waren oder in Haft saßen.

Offiziell war Olga beurlaubt und auf Tournee in Skandinavien. Wie sie es geschafft hatte, das der Ballettdirektorin plausibel zu machen und dafür eine Auszeit zu bekommen, blieb ihr Geheimnis. Sie bestand darauf, dass nichts von der Schwangerschaft durchsickern durfte, sie fürchtete um ihre Laufbahn. Immerhin ist Ballett der anspruchsvollste Leistungssport überhaupt! Ob Olgas

Furcht gerechtfertigt war, konnte Haidrun dennoch nicht einschätzen. Olga drohte jedenfalls damit, sich etwas anzutun, wenn es herauskam. Damit war eine Freigabe zur Adoption quasi unmöglich.

Haidrun empfand ihren Beruf oft als stressig, obwohl sie in Ernst einen belastbaren Partner hatte. Zum Ausgleich sang sie im Kirchenchor der Gemeinde St. Eberhard, und dort freundete sie sich mit Mechthild an, ihrer Nachbarin im ersten Sopran. Die war etwas älter, stammte aus Siebenbürgen und sprach ein ulkiges Sächsisch, sie kleidete sich altbacken und strickte, stickte und nähte alles selbst. Haidrun, die Handarbeiten hasste und lieber Kreuzworträtsel löste und Wortspielen nachhing, entwickelte für diese Leidenschaft wenig Verständnis. Selbst im Café holte Mechthild ihr Strickzeug heraus, damit keine Minute ungenutzt verging. Dafür war Mechthild eine ausdauernde, geduldige Zuhörerin. Und sie besaß Empathie und Mitgefühl. Mit Haidrun verband sie, dass sie an das Gute im Menschen glaubte. Dabei war sie völlig unpolitisch. Mechthild hatte keinen Schimmer davon, wo Haidrun arbeitete. Sie hielt sie für eine einfache Büroangestellte. Mechthild war Frauenärztin, sie schaffte in der Frauenklinik. Wollte aber selbst Mutter werden und freute sich auf eine Verschnaufpause als Hausfrau, weil sie sich den Spagat zwischen Berufstätigkeit und Muttersein nicht zutraute. Allerdings stellte sich die ersehnte Schwangerschaft nicht ein, worunter sie mit fast 40 Jahren zunehmend litt. Haidrun fand Mechthild zwar äußerlich unattraktiv, doch sie erkannte in ihr eine Seelenverwandte.

»Bist du meine Mutter?« Nuria schreit durch den Flur, und gleich tritt sie Frau Bengeles Tür ein.

Frau Bengele steht drinnen, es macht ihr nicht allzu viel aus, dass Nuria tobt. Sie hört schlecht, und sie hat eine geladene Pistole in der Hand. Eine Mauser P08, eine in den 1970er-Jahren von Mauser in Oberndorf am Neckar neu erzeugte Luger-Parabellum-Pistole. Frau Bengele hat damals vergessen, sie bei der RAF abzuliefern, und so hat die Waffe die letzten 35 Jahre in Mechthilds Nähkästchen verbracht, das Haidrun geerbt hat, nachdem die Freundin tödlich verunglückt war.

Frau Bengele ist ein klein wenig dement, das Kurzzeitgedächtnis tut es nicht mehr so, aber sie weiß noch, dass ihr Mann nach dem Mittagsschlaf das Haus verlassen hat, um sich die Füße zu vertreten. Ernst ist somit aus der Schusslinie. Das ist die Hauptsache, mit allem anderen kommt sie zurecht. Sie vergisst vieles, was am Tag passiert ist, doch sie ist keinesfalls reizbar. Und sie tut nichts Unüberlegtes, auch wenn sie dauernd ihre Brille, ihr Portemonnaie und ihren Schlüssel verlegt. Die Pistole hingegen hat sie sofort gefunden. Kunststück, sie lag ja 35 Jahre lang an ihrem Platz. Und sie hat sie sofort entsichert – sonst könnte es sein, dass sie in der Aufregung vergisst, wie das geht.

»Lass mich rein!«, brüllt Nuria und haut mit ihrer Reisetasche gegen die Tür. »Ich gehe von hier fort. Aber vorher muss ich mit dir reden.«

»Ich bin nicht die, für die du mich hältst«, widerspricht Frau Bengele. »Aber von mir aus, ich lass dich rein, wenn du guttust und mich nicht provozierst.«

Frau Bengele schließt die Tür auf und erzählt, die Waffe auf Nuria gerichtet, auf dem Designer-Stubensofa ihre Geschichte, auch die ihrer Zweckehe. Sie sitzt unter dem großformatigen Bild, das eine Tänzerin zeigt, die Olga ähnelt. Beim ersten Besuch ist das Nuria gar nicht aufgefallen. Als Frau Bengele fertig ist, hockt Nuria da wie vom Donner gerührt.

»Dann ist Olga also meine Mutter?« Deshalb hat sie der Probestunde mit Rosalie zugestimmt, denkt Nuria. Als ich bei unserem ersten Treffen meinen Namen genannt habe, war Olga sofort klar, dass ich ihre Tochter bin. Sie wollte ihre Enkelin kennenlernen.

»Genau.«

»Ich sehe ihr kein bisschen gleich.«

»Vielleicht kommst du nach dem Vater.«

»Weiß man, wer das ist?«

»Nein. Ich weiß es nicht.«

Nuria schluckt. »Und du hast mir also das Bändchen gestickt.«

»Nein, das hat Mechthild gemacht, aber ich habe dir den Namen ausgesucht, Nuria, das ist richtig. Und Olga hat er gefallen.«

»Wegen Nurejew?« Nuria schluckt. »Hatte sie denn keinen eigenen Namen für mich?«

»Nein. Aber sie hat sich über ein Mädchen gefreut. Sie hat sich im ersten Monat um dich gekümmert. Sie hat dich sogar gestillt. Dann habe ich dich abgeholt, und wir haben den Kontakt abgebrochen. Noch am Tag der Übergabe, mit der Auskunft, die Sache sei glattgelaufen. Wir haben nie weder etwas von Irina ›Olga‹ Iwanowa gehört. Das war Mechthilds Bedingung.«

»Wusste mein Adoptivvater davon? Ich meine, von der Inszenierung mit dem Findelkind?«

»Wo denkst du hin? Claudius hätte das nie gestattet. Er war Polizist!«

»Könnte es sein, dass er Ernst auf einer Rosa Liste

hatte? Dass ich euch deshalb wieder weggenommen wurde, weil Ernst schwul war?«

»Zu dem Zeitpunkt lebte Claudius schon nicht mehr.«

»Bist du dir sicher? Und was sagt das schon. Er kann die Liste doch vorher angelegt haben.«

Haidrun Bengele schweigt. Sie besitzt viel Erfahrung darin.

Nuria kommt auf Olga zu sprechen. Auf ihren gewaltsamen Tod. Und dass Nuria von Selina Seidel bezichtigt wurde, die Direktorin erschlagen zu haben. »Wieso hätte ich das tun sollen? Ich wusste gar nicht, wer sie ist.«

Haidrun dreht ihre Waffe hin und her. »Die ist übrigens scharf.«

Nuria winkt ab. »Mir gleich. Wisst ihr wirklich nichts über meinen leiblichen Vater?«

»Wir haben nicht die geringste Ahnung, Ernst und ich. Olga hat nie was erwähnt. Kein Detail, und schon gar keinen Namen. Nun, und manche Kinder gleichen ihren Eltern eben nicht. So etwas gibt es! Dann ähneln sie beispielsweise ihren Großeltern …«

»Du meinst, nur weil ich eher klein gewachsen bin und dunkel, sagt das nicht automatisch was aus über meine leiblichen Eltern? Auch wenn ich südländisch wirke, muss mein Vater noch lange kein Südseekönig sein?«

Haidrun lacht. Es klingt etwas scheppernd. Dann lässt sie ihre Pistole fallen. Und dann fällt sie selbst. Sie kippt langsam nach vorn und sackt auf den Teppich.

Als Ernst Bengele heimkommt, ist seine Frau wieder bei Bewusstsein; sie hockt zitternd auf dem Sofa und reibt sich die Unterarme. Sie friert. Auf seine drängenden Fragen schweigt sie beharrlich.

Nuria sieht die Szene vor sich, aber sie ist nicht mehr da, um etwas aufzuklären. Sie hat Erste Hilfe geleistet, ein Glas Wasser gebracht und danach die Wohnung verlassen, zusammen mit der Pistole. Nun sitzt sie in der Regionalbahn.

»Mit einem Buch in der Hand bist du niemals allein.« Das steht auf einem Kugelschreiber, der vor Nuria auf der Ablage liegt. Es klingt wie eine Drohung. Das Gleiche könnte für eine Waffe gelten. Nuria hat sie in der Wohnung der Bengeles vom Boden aufgehoben und sie in ihren Rucksack getan. Dort liegt sie nun zuunterst im Laptop-Fach, und Nuria nimmt den Kugelschreiber, den jemand vergessen hat, und steckt ihn ebenfalls ein.

Mit öffentlichen Verkehrsmitteln fährt sie von Stuttgart nach Tuttlingen. Die Fahrt dauert zweieinviertel Stunden. Mit dem Regional-Express kommt sie bis nach Sulz, dort steigt sie nach 40 Minuten Wartezeit um in den Bus nach Rottweil, und von da geht es weiter mit der Hohenzollerischen Landesbahn.

Als Nuria in Tuttlingen anlangt, geht es gegen sieben. Obwohl es Mitte April schon lange hell ist, wird sie Rast, einen Ortsteil von Sauldorf, erst in der Dunkelheit erreichen. Denn es sind noch über 30 Kilometer dorthin, und es gibt offenbar keine Verkehrsverbindung. Also muss sie trampen oder zu Fuß gehen. Als Erste steigt sie aus dem Zug, gefolgt von geschmacklos gestylten, leicht bekleideten Jugendlichen, die rauchend Burger-Beutel, Getränkedosen und Flaschen vor sich hertragen.

Der Bahnhof ist riesig und steht, wie auf einer Tafel vermerkt, halb in Baden, halb in Württemberg. Das Bahngleis wirkt verwahrlost, die Halle ist verdreckt, Boden und Wände sind schmutzig, an den Glastüren ziehen sich

Schlieren entlang. Nuria muss pinkeln, im Zug war das WC verstopft. Sie benutzt die verschmierte Toilette und vermeidet jede Berührung.

Dann tritt sie auf den Vorplatz und blickt sich um. Das dreistöckige Empfangsgebäude erscheint dermaßen überdimensioniert für eine randständige Kleinstadt und so sehr aufgegeben und verloren, dass es etwas Unwirkliches hat. Obwohl das Flachdach an die moderne Bauweise der Weimarer Zeit erinnert, handelt es sich unverkennbar um ein Monumentalbauwerk der nationalsozialistischen Architektur. Es könnte überall stehen, nur nicht auf der Grenze zwischen Württemberg und Baden. Im Osten vielleicht, im heutigen Polen, oder in Czernowitz. Wobei die Nazi-Bauweise dort nicht hingehört, aber Nuria fühlt sich an einen Platz in Osteuropa erinnert, den sie einmal durchquert hat. Oder ist es in einem Traum gewesen? Das gesamte Areal kommt ihr surreal vor; es ist in ein flirrendes, seltsam verzittertes Abendlicht getaucht. Die Sonne geht noch lange nicht unter, aber man sieht sie von hier aus nicht mehr, man spürt sie nur noch, man ahnt ihr stetiges Sinken; der Tag neigt sich, und das erweckt und nährt eine Unruhe vor dem finalen Versacken.

Auf dem Bahnhofsvorplatz steht ein altes Wohnmobil, ein Fiat Ducato aus den 1980er-Jahren. Es ist hellbeige mit braunen Streifen, es sieht ungepflegt aus und ziemlich verrostet. Der Fahrer kurbelt die Scheibe herunter. Mediterraner Typ. Er ist unrasiert, grauhaarig, und auf dem Oberkopf trägt er hinter der hochgeschobenen Sonnenbrille einen Dutt. Damit wirkt er eher hip. Er ist älter als Nuria, deutlich älter vermutlich, aber er gehört zu den Menschen, deren Alter man schwer schätzen kann. Vielleicht ist er erst Anfang 50, er könnte auch um die 70 sein.

Seine Stirn ist hoch und fast faltenlos, die Gesichtszüge sind harmonisch, die Augen mehrfarbig, der Blick ist klar und warm.

Nuria geht auf ihn zu. »Bitte, wie komme ich von hier nach Rast?«

»Steig ein«, sagt er, beugt sich hinüber und öffnet die Beifahrertür.

»Ich will zum Landgasthof Löwen. Hat der auf?«

»Das erste Zimmer ist heute fertig geworden.«

»Am Ostermontag? Ja, hatten die denn vorher keine Zimmer?«

»Nein. Man hat den ersten Stock renoviert.«

»Ich habe nicht gesagt, dass ich dort übernachten will.«

»Aber man sieht es dir an. Du hast Gepäck dabei, und aus Rast wirst du so schnell nicht mehr fortkommen. Mein Wohnmobil kann ich dir nicht anbieten, ich wohne derzeit selbst darin.« Er spricht ein leichtes, sympathisches Oberschwäbisch, das erkennen lässt, dass er hier daheim ist.

Auch Nuria verfällt in einen deutlicheren Akzent als sonst. Sie mustert den Fremden von der Seite. Er kleidet sich nicht wie ein Dauercamper. Er trägt schwarze Klamotten und wirkt wie ein Musiker oder ein Intellektueller. Oder ein Oberstudienrat, Fächer Kunst und Religion. Früher hat er vielleicht Sport unterrichtet, aber das hat er wegen seiner Bandscheibe aufgegeben. Er ist groß und auf die Weise leicht übergewichtig wie Leute, die lange trainiert haben und sich dann zu wenig bewegen.

Nuria steigt ein und schnallt sich an. »Es gibt ja sogar einen Sicherheitsgurt.«

Der Fremde startet den Motor, der anstandslos anspringt. Es ist ein vertrautes Brummen aus einer anderen Zeit, es ist die Kindheit bei den Bengeles, diese kurzen Wochen. Die Bengeles hatten so einen Camper, und Nuria überlässt sich dem Moment.

»Ich hoffe, ich mache Ihnen keine Umstände.«

»Überhaupt nicht, ich muss eh nach Rast.«

Nuria fragt sich, weshalb der Typ dasteht wie bestellt. Sie quasi abholt, und was in ihrem Leben gerade funktioniert. Und was diese Fahrt mit all dem anderen zu tun hat, das sie nicht oder nur sehr schwer begreift. Und mit dem Wesentlichen, das so mühsam herauszufiltern ist aus all dem Chaos und dem Unsinn. Vermutlich ist das, was gerade passiert, nur Zufall. Man muss auch mal Glück haben.

»In Indien«, sagt der Fremde, »werden die Toten verbrannt, oft noch am Todestag. Das Ritual ist öffentlich, und die Leiche liegt auf einem Scheiterhaufen. Bei dieser Feuerbestattung sind auch Kinder dabei. Wenn ein Körperteil herausfällt, wird es mit der Gabel wieder auf das Feuer gelegt, und am Ende wird die Asche in den Fluss gestreut.«

Wieso erzählt er mir das, fragt sich Nuria, während die Landschaft an ihr vorbeizieht, eine sehr grüne, weder karge noch liebliche Landschaft. Am blauen Himmel hängen weiße Wattewolken. Die Sonne steht tief. Der Fiat bollert nicht wie ein VW-Bus, er brummt. Er hat noch eine Lenkradschaltung. Auf den Sitzen liegen grelle Häkelkissen. Die Fenster sind zu. Sie befinden sich in einem geschützten Raum, in einer geschlossenen Fahrgastzelle, in der man alles äußern kann.

»Ich interessiere mich für fremde Kulturen. Die indische Tradition ist sehr klug, sehr vorausschauend.«

»Ah ja?« Nuria fällt etwas ein, das sie kürzlich gelesen hat. »Was sagst du dann zur Witwenverbrennung? Findest du es in Ordnung, eine Ehefrau bei lebendigem Leibe mitsamt der Leiche ihres Mannes zu verbrennen?«

»Das hat religiöse Gründe. Wir sollten uns dazu nicht vorschnell ein Urteil erlauben.«

»Das ist mir egal.«

Nuria beschließt, ihn nicht nach seinem Namen zu fragen. Er bleibt für sie der Fremde. Sie dreht sich unauffällig um. Dazu nestelt sie umständlich am Gurt und tut so, als hätte er sich irgendwo verheddert. Der Camper ist zum Wohnbereich hin offen. Der Schlafplatz ist oben unter dem Dach, unten gibt es weder Matratze noch Bettzeug. Dafür eine Nasszelle, einen Gasherd, Kochutensilien, Flaschen und einen Korb mit Nahrungsmitteln. Sie sieht Werkzeug: Hammer, Messer, eine Axt, mehrere Scheren. Außerdem Filzstifte, Paketaufkleber, dazu haufenweise Umschläge, Kartons und Klebeband. Vom Boden bis zur Decke stapeln sich Bananenkartons, davor stehen Weinkisten mit Büchern. Die Ladefläche ist voll davon. Dutzende von Büchern liegen offen herum. Nuria versucht, ein paar Titel zu entziffern, und verrenkt sich dabei schier den Hals. Es sind Romane und Gedichtbände darunter: »2666« von Roberto Bolaño, »Last Exit to El Paso« von Fritz Rudolf Fries, Claudia Gablers »Wohlstandshasen«. Aber auch geisteswissenschaftliche Studien wie »Das Böse – Fragmente aus einem Archiv der Kulturgeschichte«, herausgegeben von Eugenio Spedicato, und Mona Chollets sozialkritisches Pamphlet »Hexen. Die unbesiegte Macht der Frauen«.

Der Fremde hat einen alten iPod in ein uraltes Autoradio eingestöpselt. Ein romantisches Liebeslied ertönt, harmonisch, sparsam instrumentiert und auf Schweizer Alemannisch. Es klingt faszinierend, entrückt und doch geerdet.

Nuria lauscht. »Ich hab so was noch nie gehört.«

»Das ist ›Derfi di hebe‹ von Brandão – Faber – Hunger. Ein junges Trio, das sich im Corona-Lockdown für ein Studioalbum zusammengetan hat. Es handelt sich um ein Liebesmanifest mit dem schlichten Titel ›Ich liebe dich‹. Die drei sagen von sich, selbstironische Schwermut, die unbedingte Verteidigung der Leidenschaft und das Prinzip Hingabe seien Elemente, die ihre Lieder prägen.«

»Sind Sie – Musikmanager?« Nuria hat die Theorie vom Lehrer wieder fallen lassen.

Der Fremde lacht. »Nein. Ich verkaufe Bücher auf Flohmärkten. Und ich habe ein Antiquariat.«

»Wo?«

Der Fremde lacht lauter und deutet mit dem Daumen hinter den Sitz. »Hier. Und auf der Postfiliale in Sauldorf. Das läuft alles übers Internet.«

»Und davon kann man leben?«

»Siehst du ja. Ich renoviere gerade mein Eigenheim, mit Pool. Nur deshalb hause ich eine Weile hier drin.«

Wer's glaubt, wird selig. Nuria hat keine Angst. Sie kennt solche Wohnmobile aus ihrer Kindheit. Die Bengeles haben auch so eines gehabt. Sie ist nicht damit in die Pfingstferien gefahren, dafür war die Zeit zu kurz.

Nuria tastet nach der Waffe. Sie steckt im Laptop-Fach des Rucksacks, vor dem Roman von Arnold Stadler. Falls der Fremde sie mit dem Klebeband fesseln und knebeln will, zerhacken und in handlichen Kartons verschicken, wird sie schneller sein und ihn vorher erschießen. Aber zumindest gibt es nun eine Erklärung für den ganzen Plunder.

Die oberschwäbische Landschaft schnurrt an ihnen vorbei, vergleichsweise flach, eine Art Hochebene, das

Laub an den Bäumen noch licht und sehr zart, das Klima scheint eher rau. Der Fremde biegt in einen Weg ein, an dem ein handgemaltes Straßenschild an ein Vorfahrtszeichen geschraubt wurde: »Himmelreich«.

»Und Arnold Stadler lebt tatsächlich in Rast?«

»Ja. Wenn er da ist. Er kommt von hier. Ich zeig dir gleich den Hof. Es ist ein stattliches Anwesen, prächtig, katholisch, mitten im Dorf.«

»Das ist nicht nötig.«

»Alle wollen den Hof von Arnold Stadler sehen. Es ist ein Pilgerort. Vor allem Frauen kommen hierher, meist ältere Frauen, die sind in roten Kleinwägen unterwegs und haben manchmal einen sturen Hund dabei, der auf dem Rücksitz schläft und durch nichts dazu zu bewegen ist, das Auto zu verlassen. Also steigen auch die Frauen nur kurz aus und vertreten sich die Füße, die in Gesundheitslatschen stecken. Sie essen im Stehen ein Dinkelbrot, und dann brausen sie wieder fort. Es bleibt ihnen sowieso nichts anderes übrig, denn hier konnten sie bisher nicht absteigen.«

»Und deshalb gibt es im ›Löwen‹ jetzt Gästezimmer.«

»Genau.«

»Das wird dem Stadler aber nicht gefallen. Wie soll er ungestört schreiben, wenn er von seinen weiblichen Fans belagert wird?«

»Man munkelt, er habe mehrere Mitarbeiterinnen gewonnen, eine Art Sekretariat, das dafür sorgt, dass er abgeschirmt wird und seine Ruhe hat.«

»Ach, und du gehörst zur Gegenseite? Du holst die Frauen ab, die mit dem Zug ankommen, und bringst sie nach Rast. Du arbeitest also mit dem ›Löwen‹ zusammen?«

»Es gibt keine Feindschaft. Im Gegenteil. Im ›Löwen‹ verkehrt auch die Kunst- und Kulturszene. Und massenhaft literarisches Volk, das der Stadler anzieht.«

»Dann lässt er sich selber auch blicken?«

»Davon kannst du ausgehen.«

»Was für eine Idylle«, sagt Nuria biestig. »Doch bei den Einheimischen ist er nicht alleweil wohlgelitten?«

Der Fremde schweigt. Er stiert geradeaus auf die Fahrbahn, über die geschwind ein kleines Tier huscht, und bremst.

»Ein Mauswiesel.«

»Ich will aber gar nicht zum Stadler.« Nuria wird sofort bewusst, dass das nicht wahr ist. Dass sie lügt. Schließlich liest sie diesen Roman, und der hat sie auf die Idee gebracht. Einfach abzuhauen. Fort, nur fort. Der Stadt den Rücken zu kehren. Um mal rauszukommen aus Stuttgart. Um der Schlinge zu entfliehen, die sich merkwürdig um ihren Hals zieht. All den Gewissheiten und halben Gewissheiten und Halbheiten, den Offenbarungen und Abgründen, die sich um sie herum auftun, eine befristete Absage zu erteilen. Den Lügen zu entkommen. Und der drohenden Panik.

»›Am siebten Tag flog ich zurück‹.«

»Was ist damit?«, fragt der Fremde.

»Ich weiß nicht. Etwas an dem Buch ist komisch. Es besitzt scheint's eine magische Kraft.«

»Das tun Bücher doch immer.«

»Aber dieses Buch ist besonders.«

»Du meinst, es wurde speziell für dich geschrieben?«

»Nein, natürlich nicht. Oder doch. Es ist schon so, ich bin deshalb hier. Dabei habe ich den Roman noch gar nicht zu Ende gelesen.«

»Das lohnt sich auch nicht.«
»Und warum nicht?«
»Weil er dann rum ist.«

III.

GEISTERTANZ

15

Wir fahren durch den Ort. Die Kirschbäume blühen laublos, die Forsythien funkeln, die Tulpen knallen grün, gelb und rot, an den Kastanien lugen zarte Knospen hervor. Im Ortskern zeigt der Fremde auf Stadlers Hof, aber ich schaue nicht hin. Ich will die Kästen mit den bunten Blumen nicht sehen und nicht den lang gezogenen Bau mit dem Holzkreuz. Auch nicht die auf dem Grundstück parkenden Autos oder die benachbarte katholische Pfarrkirche. Schräg gegenüber liegt vor einem mondänen Schuppen ein mit Hennen und Eiern verzierter Garten. Darin tummeln sich zwei menschengroße, bekleidete Strohhasen; die hübsche Häsin sitzt auf dem Bänkle, der dralle Rammler fährt auf einem roten Fahrrad. Ihre Löffel sind steil aufgerichtet, die Gesichter verschlagen, die Augen wild.

»Diese Osterhasen sind ein bescheidenes Friedenssymbol«, sagt der Fremde.

Dann halten wir vor einem ansehnlichen Landgasthof. Die Fassade ist mit rindsblutroten Bordüren bemalt, und eine breite Treppe führt zum Eingang.

»Der ›Löwen‹ ist seit 1907 in Familienbesitz.«

Der Fremde parkt den Camper ums Eck.

Osterhasen als »bescheidenes Friedenssymbol« – diesen Wortlaut finde ich auf der Speisekarte wieder, als ich im ersten Dämmer in der Gaststube sitze, auf der Eckbank unterm schmalen Kruzifix. Es handelt sich um eine »Festkarte mit ausgewählten Gerichten«. Ich vermute, dass der

Fremde sie erstellt hat und im freundlichen Vorwort allen eine »friedliche und genussvolle Zeit mit handwerklich zubereiteten Gerichten aus frischen Zutaten« wünscht. Vor uns steht eine Flasche saurer Sprudel.

»Ist das Zimmer recht?«

»Ja, absolut.« Ich bin völlig perplex. Es ist alles nagelneu. Das Bett ist frisch zusammengezimmert, der Bodenbelag riecht an den Rändern nach Silikon, und die Farbe an den Wänden ist noch feucht. Als hätten die Wirtsleute in fliegender Eile den Raum richten lassen, um mich als allerersten Gast darin unterzubringen. Wie konnten sie bloß ahnen, dass ich komme?

»Was isst du?«, fragt der Fremde.

Ich schwanke noch zwischen Bärlauch-Kässpätzle und Lammkotelett mit Rösti und Bohnen. Dann bleiben meine Augen am Fisch hängen. »Zanderfilet mit Reis und Salat.«

»Ich nehme die gefüllte Kalbsbrust mit Gemüse und ohne die Nudeln.«

Die Wirtin kommt und schreibt die Bestellung auf. Sie bringt uns einen halben Liter Grauburgunder, Hagnauer Biowein.

Sie lächelt mir zu. »Das geht, wie übrigens alles hier, aufs Haus. Sie sind eingeladen.«

Ich begreife langsam, dass ich nicht die zahlende Touristin bin, für die ich mich bis eben gehalten habe. Wieso eigentlich nicht? Wer übernimmt für mich Kost und Logis? Die Wirtsleute? Der Fremde? Oder womöglich Arnold Stadler? Zahlt er dafür, dass man ihm die Literaturfreundinnen vom Leib hält?

»Du kommst aus der ganzen Misere nur raus«, sagt der Fremde, »wenn du nicht so viele Fragen stellst.«

Woher weiß er überhaupt, dass ich in einer Krise stecke? Und wieso duzt er mich, fragt aber nicht nach meinem Namen?

»Die Lösung kommt immer aus der Literatur. Ich kann dir jedes Buch besorgen, das du brauchst. Fast jedes.«

»Danke für das Angebot. Aber wie kommst du auf die Idee, das helfe mir weiter?«

»Es ist augenfällig, dass du in einer akuten Notlage steckst. Aber das macht nichts. Wenn man mit wachen Sinnen durchs Leben steift, findet sich stets ein Engel, der einem heraushilft.«

»Du würdest dich also als Engel bezeichnen?« Ein Spinner, und möglicherweise doch gefährlich.

»Nein, die Engel sind immer die anderen. Und sie verstecken sich manchmal mitsamt ihrer künstlichen Paradiese in Büchern.«

Er hat einen veritablen Dachschaden. Also gut. Von mir aus per Du und mit Namen. »Ich heiße übrigens Nuria.«

»Ich bin der heilige Heimerad.«

»Bitte entschuldige mich einen Moment.«

Auf dem Klo greife ich geschwind zum Handy. Heimerad wurde um 970 im nahen Meßkirch geboren und starb 1019 auf dem Hasunger Berg bei Kassel. Er war Priester und trat als Wanderprediger auf. Er wurde verhöhnt und verspottet, vielfach vertrieben und verwahrloste zunehmend. Schließlich jedoch wurde er von weltlichen und geistlichen Würdenträgern um Rat und Hilfe gebeten und als Heiliger verehrt.

»Und?«, fragt Heimerad, als ich mich wieder an den Tisch setze.

»Wiedergeboren?«, frage ich zurück.

Heimerad grinst. »Es ist das, was ich dir eingangs erzählt habe. Oder erzählen wollte. Die Inder sind da sehr viel weiter als wir. Sehr viel aufgeschlossener, selbst wenn sie in Kasten feststecken. Und Witwen anzünden, was in unseren Augen ein Verbrechen darstellt.«

Jetzt bin ich noch verwirrter, doch ich lasse mir nichts anmerken.

»Ich kann dich aus deinem Schlamassel befreien, weil ich mit deiner ganzen Misere nichts zu tun habe. Die Begegnung mit mir kommt im kausalen Kontext deines Lebens nicht vor. Ich spiele keine Rolle.«

»Bist du dir da sicher?«

»Versuch mal, es so zu sehen.«

»Und was bringt das?«

»Es kostet dich nichts, dich vor mir mit der Wahrheit zu konfrontieren. Du kannst sozusagen die Kaste wechseln. Darin liegt die Lösung des Problems, doch du hast Angst davor.«

»Und du hast kein Problem, oder was?«

Es nachtet ein. Heimerad schenkt nach. Die Wirtin bringt das Essen. Eine jüngere, dunkelhaarige Frau mit einem ausdrucksstarken Gesicht. Ihr Akzent legt nahe, dass sie nicht in Oberschwaben zur Welt kam. Ihr Mann sei hier der Wirt, er sei von Rast und koche in der vierten Generation im »Löwen«, wie sie mir stolz erzählt. Ich lange nach dem Rucksack. Kurz prüfe ich, ob die Pistole noch da ist. An so einem friedvollen Ort bewaffnet zu sein, kommt mir seltsam unwirklich vor. Idiotisch.

Das Zanderfilet zergeht auf der Zunge, der Reis ist al dente und der Salat knackig.

»Schmeckt's?«

Ich nicke. »Eine Frau ist erschlagen worden. Ich habe wohl geahnt, dass sie meine Mutter war. Ich könnte die Täterin sein, aber ich kann mich an nichts erinnern.«

Heimerad schaut mich an mit seinen unergründlichen Augen. »Du solltest morgen früh die Alpakas besuchen. Der Hof ist nebenan.«

Zeitig stehe ich auf. Die Küche ist verwaist. Auch in der Gaststube sitzt niemand. Heimerad schläft noch hinterm Haus in seinem Fiat. Die Sonne scheint schon. Die Luft ist klar und frisch. Es riecht nach Dung und Heu.

Die Alpakas weiden in einem großen Gehege. Ich stehe am Zaun und strecke den Arm aus. Ein hellbraunes Tier kommt zögerlich näher. Sein Fell glänzt. Mit geblähten Nüstern und einem hintergründigen Lächeln richtet es den Blick auf mich; die Augen, tiefbraune Murmeln, begrenzen seitlich das Gesicht. Das Alpaka scheint gleichzeitig in zwei Richtungen zu blicken. Es wirkt neugierig, etwas entrüstet, dennoch zugewandt und fröhlich.

»Heimerad schickt mich.« Ich komme sofort zum Punkt. »Er meint, du könntest mich möglicherweise weiterbringen. Also, du hättest eine Botschaft für mich.«

Das Alpaka schnalzt anerkennend. Ich verzichte darauf, ihm die buschige Stirn zu kraulen – das mag es nämlich nicht, es ist kein Kuscheltier. Und schließlich will ich mich nicht anspucken lassen.

»Ich muss hier weg. Vermutlich werde ich eine längere Reise antreten. Früher oder später jedenfalls. Aber wo soll ich jetzt gleich hingehen?«

Das Alpaka dreht sich um und zeigt mit der Nase nach Norden, dorthin, wo Meßkirch liegt.

Das Gepäck lasse ich auf dem Zimmer. Und marschiere ohne Frühstück einfach los, an Feldern und Wäldern vorbei. Obwohl der Dienstag ein gewöhnlicher Werktag ist, fahren nur wenige Autos. Viele Leute sind in den Osterferien. Ich laufe zu. Für die sieben, acht Kilometer brauche ich nur eineinhalb Stunden. Auf dem ganzen Weg begegnet mir kein Mensch. Entfernt äsen zwei Rehe.

Was will das Alpaka mir in Meßkirch nahebringen? Es kann sich nur um Fritz und Martin Heidegger handeln, sonst ist in dieser Kleinstadt nichts los. Der hier ansässige Verlag liegt außerhalb inmitten der Landschaft. Selbst im Zentrum regt sich keine Menschenseele. Im Zimmernschloss befindet sich das Martin-Heidegger-Museum. Der fünf Jahre jüngere Bruder Fritz wollte Pfarrer werden, aber er war Stotterer und arbeitete bei der Volksbank. Berühmt wurde er durch seine Fasnetsreden. Er stand Martin intellektuell in nichts nach und transkribierte seine Texte. Bis heute ist er in Meßkirch beliebter als Martin. Das alles ist leicht herauszufinden. Man braucht dafür nur ein Smartphone.

Martin und Fritz hatten noch eine Schwester, Maria. Geboren 1892. Über sie ist sonst wenig bekannt. Die Geschwister sind in einfachen Verhältnissen aufgewachsen, in einem katholischen Mesmerhaus gegenüber der St. Martinskirche. Der Friedhof liegt ein wenig außerhalb. Martins Grab hinter der Kapelle ist leicht zu erreichen. Auf dem schlichten Stein steht: »Martin Heidegger 1889–1976, Elfride Heidegger geb. Petri 1893–1992«. Die Frau wurde fast 100 Jahre alt, Heidegger immerhin 86! Die Eheleute sind auf ewig vereint, doch wo ist das Grab des treuen Bruders Fritz?

Ich finde es nicht. Daher nehme ich an, dass er in diesem Fall keine Rolle spielt. Und dass die Spur nach Todtnauberg führt, wo Heidegger eine Hütte besaß, die Elfride ihm geschenkt hat, damit er ungestört schreiben und Besuche empfangen kann. Ich sollte die Gegend dort erkunden, aber vor Pfingsten habe ich dafür keine Zeit.

Aus Heimerad und Rast werde ich auch nicht schlauer und fahre nach Hause.

Die nächsten vier Wochen vergehen wie im Flug. Ich habe in der Praxis massig zu tun. Erdmute braucht Unterstützung. Rosalie hält mich auf Trab. Nur selten noch denke ich an Selina Seidel und daran, wo sie wohl abgeblieben ist. Von ihr und ihrer Mutter habe ich nichts mehr gehört. Die Polizei behelligt mich nicht mehr, und ich lasse Frau Rosenkrantz und die Bengeles in Ruhe. Fast scheint es, als wäre alles wieder so, wie es war, bevor Selina auftauchte, als könnte ich die ungeheuerlichen Mutmaßungen vergessen. Als wäre das, was auch immer passiert ist, niemals geschehen.

Aber natürlich weiß ich, dass die Geschichte erst zu Ende ist, wenn ich Gewissheit habe. Über mich. Meine Mutter. Und über die Umstände, die dazu geführt haben, dass Irina »Olga« Iwanowa mit einer Ballettstange erschlagen wurde. Das lässt sich nicht wegschieben, nicht verdrängen. Hoffentlich kommt es nicht zu weiteren Gewalttaten. Allerdings fürchte ich mich vor Überraschungen. Die Luger-Parabellum-Pistole, eine Mauser P08, habe ich aus dem Laptop-Fach meines Rucksacks genommen und an einem sicheren Ort verwahrt. Schießwaffen sind mir zuwider – aber ich mag sie nicht wegwerfen.

Am 15. Mai, einem Sonntag, besuche ich mit Archie und Rosalie die Familienvorstellung von »Der Widerspenstigen Zähmung«, einer Ballettkomödie nach William Shakespeare, für die John Cranko bereits 1969 die Choreografie geschaffen hat. Es ist ein äußerst temperamentvolles Stück, bei dem das Corps de Ballet virtuos mit dem Pas de deux abwechselt. Wie der draufgängerische Petruchio die kratzbürstige Katharina umgarnt, wirkt sehr komisch. Manche Szenen bersten schier vor gelungenem Slapstick. Rosalie klatscht in die Hände und lacht. Das erleichtert mich und stimmt mich froh, und Archie wirft uns einen glücklichen Seitenblick zu. Wie auch immer, wir sind eine Familie. Und Archie wird sich an Pfingsten um Rosalie kümmern.

16

Am 3. Juni, dem Freitag vor Pfingsten, kehre ich Stuttgart wieder den Rücken und steige mit meinem 9-Euro-Ticket beizeiten in die »bwegt«-Bahn nach Karlsruhe. Nach den zwei Corona-Jahren wirkt die Stadt aufgeladen und aggressiv, am Bahnhof Geschiebe und Gedränge, überall

Massen verschwitzter Leiber, niesende Nasen und maskenlose Münder. Ich bin froh, dass der Zug nicht überfüllt ist und ich eine Viererbank für mich habe.

Ich habe meine Wanderausrüstung dabei, Funktionskleidung, Anorak, Rucksack, Stiefel; sogar die sperrigen Stöcker habe ich mitgenommen, die sich nicht zusammenschieben lassen und stören. Von Karlsruhe nach Freiburg benutze ich den ICE und muss dafür ein Extra-Ticket kaufen. Dann geht es mit der S-Bahn weiter nach Kirchzarten, wo ich in den Bus nach Todtnauberg umsteige. Die Fahrt dauert drei Stunden und 40 Minuten, es geht beständig bergauf. Um 13.40 Uhr erreiche ich auf über 1.000 Metern Höhe die Haltestelle Hotel Sternen. Zu Fuß geht es einen halben Kilometer den Weg hinauf zur Panorama Lodge Sonnenalm. Sie liegt oben am Hang und hat Hallenbad und Sauna. Das Einchecken ist nicht so einfach, denn es läuft alles übers Handy, die Rezeption ist nicht besetzt, die ganze Pension wie ausgestorben. Über die Feiertage bin ich der erste Gast. Schon wieder, wie schon in Rast. Was hat das zu bedeuten, dass ich vor allen anderen ankomme? Komme ich damit als Erste an ein Ziel? Wohl kaum.

Ich weiß nicht einmal genau, weshalb ich hier bin. Vordergründig, weil es mich in Meßkirch auf die Spur von Fritz und Martin Heidegger verschlagen hat. Und diese Spurensuche verbinde ich intuitiv mit der Suche nach meiner eigenen Geschichte. Um mir selbst auf die Schliche zu kommen. Gibt es eine Wahrheit? Bin ich eine Mörderin? Vielleicht.

Aber möglicherweise bin ich auch hier, um etwas aufzudecken, von dem ich noch nichts weiß. Es kann sogar gefährlich werden, weil es Dinge gegeben haben muss, die moralisch verwerflich, illegal und kriminell waren. Vor längerer und langer Zeit. Dass das Vergehen oder Verbrechen weit zurückliegt, macht es nicht weniger brisant, für mich zumindest.

Mir leuchtet mein Vorgehen vollkommen ein. Sich beim Nachforschen und Ermitteln von Assoziationen leiten zu lassen, ist ein wissenschaftlich fundiertes Verfahren. Ich bin Psychologin, ich vertraue meiner Intuition. Es wird etwas passieren auf diesen Wanderstrecken. Das hoffe ich jedenfalls. Ganz sicher darf ich mir trotzdem nicht sein. Vielleicht kommt nichts dabei heraus. Und alles ist umsonst. Oder auch nicht. Schlimmstenfalls bin ich auf dem Holzweg. Dann bleiben vom Wandern ein paar unvergessliche Momente. Und das Staunen. Man darf das Staunen über die Welt nicht vernachlässigen. Die kleinen Dinge sind wichtig. Das Banale. Und wo staunt man mehr über unbedeutende Nebensächlichkeiten, gewöhnliche Geschichten und schiere Zufälle als auf einer Fußreise?

Ich wohne in Nummer 8. Was das wohl bedeutet? Das Zimmer ist groß, man könnte hier zu dritt übernachten. Am Fuß des Doppelbetts steht ein Schlafsofa, im Schrank liegen Saunatücher und Bademäntel. Auf dem Schreibtisch liegt ein farbig ausgedruckter Willkommensbrief mit dem Gruß: »Genieße DEINE FREIHEIT«. Daneben die Minibar, ein Relikt aus analogen Zeiten. Der Südbalkon gewährt einen weiten Rundblick. Ich öffne die Tür, lasse mich draußen dankbar auf einen Stuhl fallen, esse einen Apfel und glotze in die Landschaft. Sie ist zum Verrücktwerden schön. Das Tal mit den Hängen und Häusern. Hinter Senken und Buckeln die Hügel und Berge. Hie und da Matten mit etwas Vieh. Vereinzelte Vehikel. Die

Luft riecht frisch, es ist, als ginge ein Wind. Der Himmel beständig und blau. Obwohl eine Regenwahrscheinlichkeit von 90 Prozent vorausgesagt worden ist, scheint unverdrossen die Sonne.

Ich hole den Rucksack und krame mein Buch heraus, »Ab die Post«, der 33. Scheibenwelt-Roman von Terry Pratchett, Seite 95: Er schwafelt von einem Freidegger, dessen Freiheitsbegriff zugleich natürlich und künstlich sei. Zutiefst menschlich einerseits, andererseits menschengemacht und auf alle Fälle eine Illusion. Nach Pratchett setzt Freidegger die Freiheit mit dem Wahnsinn gleich, in den wir hineingeworfen sind und den nur Verrückte und Heilige aushalten. Das alles nenne sich »Dasistallesvollkommenunverständlichdasdakeit«. Wäre der Übersetzer nicht über jeden Verdacht erhaben, müsste ich ihn schon wegen dieses irren Ausdrucks für einen Spinner halten, denn der Mangel an Urteilsvermögen ist demnach der Urgrund allen Seins.

Kehren wir zurück auf den Boden der Tatsachen. Darum geht es also, um die Freiheit. Ich habe vier Tage Zeit, sie mir zu erwandern.

Ich fange gemütlich an. Der Martin-Heidegger-Rundweg ist nur gut sechs Kilometer lang und führt einmal um Todtnauberg. Hier, im Versteck an den Rändern, hat Heidegger seine Hütte gehabt. Interessanterweise ist im Netz nicht nur eine Hütte ausgewiesen. Es sind mehrere. Offenbar haben viele Forschungsreisende nicht gewusst, welches Heideggers rechtmäßige Hütte ist. Und fotografiert, wessen sie am Hang habhaft wurden. Ich habe aber die richtige geortet, es ist die niedrige Hütte mit den grauen Schindeln, den hellblauen Rahmen und den grünen Fensterläden, und ich werde sie jetzt aufsuchen.

Beherzt gehe ich los, und schon bald lande ich am Abzweig, wo es hinunter zu dieser schlichten Behausung geht. Ich steige hinab. Der Weg ist schmal und halb zugewachsen. Er endet beizeiten an einem Elektrozaun. Man kommt nicht zur Hütte durch, und man kann sie auch nicht sehen. Hinter dem hohen Gras winken riesige Bäume. Heideggers erdverwobenes Heim, das sich in den Hügel duckt, wird entweder völlig verdeckt, oder es liegt noch weiter unten. Es wäre ganz einfach, über den dünnen Draht zu klettern, aber ich glaube nicht, dass ich ihn überwinden muss. Also kehre ich um. Es sollte andere Wege geben, ins Innerste vorzudringen. Noch habe ich keine Ahnung, woraus es überhaupt besteht. Aus der Freiheit? Welche Freiheit ist hier gemeint? Ich weiß es nicht. Bald wird es Hinweise geben, und dann wird sich mir das Wesen der Wahrheit allmählich erschließen. Möglicherweise kriege ich Hilfe. Ich spüre, da ist jemand hinter mir her.

Marcia Haydée ist es nicht. Ich habe herausgefunden, was sie gerade macht. Sie ist in Berlin und choreografiert am Staatsballett Tschaikowskys »Dornröschen«. Mit 85 Jahren! Sie könnte mir womöglich helfen, einiges über die Vergangenheit in Erfahrung zu bringen, über die Geschichte meiner Mutter. Entsinnt sie sich an Olga? Ich sollte sie treffen. Es wäre sinnvoll, es zumindest zu versuchen. Ich müsste einfach hineingehen in den großen Saal mit den hohen Atelierfenstern, wenn sie mit der bösen Fee Carabosse übt und der zarten Fliederfee, die den hundertjährigen Schlaf der Prinzessin Aurora bewacht. Ich würde sie sofort erkennen, eine kleine Frau mit Basecap und violetten Trainingsklamotten, sie ist stets präsent. Selbst inmitten des Ensembles ist sie nicht zu übersehen, beim Herumwirbeln der flinken Jagdgesellschaft und dem Auftritt der wuselnden Nymphen. Ich könnte sie dort in Berlin treffen. Aber ich würde mich nicht trauen, sie anzusprechen.

Die Vegetation ist viel üppiger, als ich mir das vorgestellt habe auf 1.150 Metern Höhe. Am Wegrand blühen Blumen, deren Namen ich nicht kenne. Ich muss an den Anfang von Paul Celans Gedicht »Todtnauberg« denken, mit dem ich mich zur Reisevorbereitung beschäftigt habe. Es geht dort um Heilpflanzen und um den Brunnen bei der Hütte, den ein würfelförmiger Stern ziert. Ich checke das auf dem Handy. Celan war 1967 in Todtnauberg und besuchte Martin Heidegger. Was die beiden wohl besprochen haben, der Dichter der Shoah und der mit den Nationalsozialisten zumindest eine gewisse Zeit lang sympathisierende Philosoph?

Plötzlich sehe ich, wer mir folgt. Sie überholt mich schon bald. Ich erkenne sie sofort. Die junge Frau hat einen dunklen Bubikopf. Sie trägt eine beige-braun karierte Anzugjacke und eine Knickerbockerhose, sie fällt aus einer anderen Zeit. Trotz der Steigung raucht sie eine filterlose Zigarette. Wie Celan hat sie jüdische Wurzeln. Als Philosophin setzt sie sich mit der Wirkungsweise totalitärer Herrschaft auseinander und spricht von der Banalität des Bösen. Dafür ist sie bekannt. Doch seltsam genug: Ich glaube, Heidegger und sie waren in den 1920ern ineinander verliebt. Wenn ich mehr darüber erfahren wollte, müsste ich das googeln, aber dazu habe ich keine Lust.

Was schert mich das Vergangene, es geht um den Moment. Ich möchte dieser Spur augenblicklich folgen, auch wenn sie ein kurvenreiches, verschlungenes Muster aufweist. Wenn sie mäandert und ein Eigenleben entwickelt. Selbst dann, wenn sie scheinbar ins Abseits führt. Ich muss da jetzt durch. Es ist eine Versuchsanordnung, ein Erforschen meiner selbst. Zögern gilt nicht. Es gibt kein Vertun. Deshalb laufe ich zu und hole Hannah Arendt geschwind ein.

»He, warte doch.«

Stur stapft sie weiter.

»Hannah?«

Sie bleibt stehen, dreht sich um, lächelt. Sie hat lange Schneidezähne.

»Du warst dort unten bei der Hütte?«

Sie antwortet nicht.

»Du warst schon einmal hier?«

Stramm läuft sie weiter. »Natürlich war ich das, nicht nur einmal.«

Wir gehen schnellen Schrittes nebeneinanderher. »Wie konntest du das mit deiner Herkunft und deiner Überzeugung vereinbaren?«

»Wie meinst du das?« Hannah bleibt abrupt stehen, zieht an der Zigarette, stapft wieder los, die leere Hand in der Hosentasche.

»Es soll Leute geben, die weiter daran arbeiten, seine rassistische Gesinnung zu vertuschen.«

Hannahs Stimme ist dunkel und klar. Sie spricht reines Hochdeutsch. »Du denkst also, die Schwarzen Hefte machen seine Philosophie zunichte?«

Ich habe die Kontroverse am Rande mitverfolgt, die entstand, als vor bald zehn Jahren die sogenannten Schwarzen Hefte, die noch unveröffentlichten »Denktagebücher« Heideggers, herauskamen. »Heidegger kolportiert in den Heften nicht nur Vorurteile gegenüber Juden, sondern er baut sie in seine Philosophie ein und spinnt sich seinen ›seinsgeschichtlichen Antisemitismus‹ zusammen. Er überhöht den Rassismus ins Metaphysische und verleiht ihm so eine höhere, erschreckende Dimension. Da sind wir nah dran an ›Mein Kampf‹. Hitler brachte es zwar platter rüber, hat aber wohl ähnlich darüber gedacht.«

»Martin denkt nicht über etwas. Er denkt etwas.«

»Im Übrigen stammt der Großteil seiner Terminologie aus dem oberschwäbischen Dialekt, Begriffe wie ›Zuhandenheit‹, ›Zeug‹ und ›Machenschaften‹. Das sind Wörter aus Fritz Heideggers Fasnachtsreden.«

Hannah tritt ihre Kippe aus. »Das war meine letzte. Ich habe nämlich keine Streichhölzer mehr. Und ein Feuerzeug benutze ich nicht. Nur Idioten nehmen Feuerzeuge.«

»Sagt Martin Heidegger?«

»Nein. Stell dir vor. Sagt er nicht.«

Die beiden waren nicht nur verliebt ineinander. Diese Liebesgeschichte hat eine Dimension, die mir nun erst bewusst wird und die bis in die Gegenwart reicht. »Wie kannst du diesen geistgeschraubten Saubermann lieben ein Lebtag lang bis über den Tod hinaus und ihm noch bald ein Jahrhundert später nachfolgen hierher in sein Versteck?«

Trotzig läuft Hannah neben mir her. »Ich liebe ihn wie am ersten Tag – das weiß er und das hat er immer gewusst.«

Damit ist auch dieses Kapitel abgehakt. Ich habe begriffen, wie widersprüchlich sich Menschen verhalten. Über den Charakter der Freiheit hingegen habe ich wieder nichts gelernt. »Wie muss die Freiheit beschaffen sein, die wir zu ertragen lernen, die uns birgt, die uns trägt?«, frage ich Hannah. »Es muss mit dem Verhältnis zur Wahrheit zu tun haben.«

»Du meinst, die Wahrheit im ursprünglichsten Sinn? Heidegger spricht in dem Zusammenhang von der Erschlossenheit des Daseins.«

Sorry, ich verstehe nichts, ich kapiere nicht das Geringste.

Nach der kleinen Rundwegwanderung mache ich einen Saunagang, springe unter die Regendusche und schwimme ein paar Runden im Hallenbad. Schließlich habe ich die Sonnenalm auch deshalb gebucht, um Wellness zu treiben, und ich werde nicht enttäuscht. Zumal ich wieder ganz allein und in Frieden bin und niemand mich stört.

Um halb acht treffe ich mich mit Hannah im Restaurant Waldblick. Es liegt am Schwimmbadweg direkt neben dem Friedhof. Hannah hockt bereits am Tisch, mit Blick zur Tür. Sie hat sich weder umgezogen noch gekämmt, und sie liest in einem Buch, das sie sofort zuklappt und in ihre Tasche tut, als ich mich setze. Sie zieht ihre Jacke aus. Darunter trägt sie ein schwarzes T-Shirt mit dem Aufdruck: »Who The Fuck is Mick Jagger?«

»Was nimmst du?«, frage ich.

Hannah studiert die Karte mit dem gleichen Ernst, mit dem sie in das Buch geblickt hat. Sie lässt sich Zeit und wählt sorgfältig aus. Ich bestelle eine große Flasche sauren Sprudel und für mich ein Viertel Gutedel. Hannah meint, sie trinke später einen Schnaps.

Als die Getränke kommen, hat sie sich entschieden. Sie nimmt das »Schweinefilet in Kräuterkruste an Waldpilzen à la crème mit hausgemachten Knöpfle«, ich die veganen »Karotten-Kartoffel-Rösti mit buntem Pfannengemüse«.

»Eigentlich hätte ich gedacht, du isst kein Schweinefleisch.« Schon während ich das sage, weiß ich, dass es ein Fehler ist.

»Wieso, weil ich Jüdin bin?« Es klingt streng, aufbrausend.

»Nein, aus politischen Gründen. Was wir essen, ist keine reine Privatsache, sondern immer auch eine politische Aktion.« Ich schenke uns ein.

»Du meinst, wir brauchen eine neue Philosophie des Essens?« Hannah greift gierig nach dem Glas und trinkt einen großen Schluck Sprudel. Sie formuliert sehr überlegt, als würde sie mir diktieren. »Zu den ethischen Bedingungen der modernen Massentierhaltung habe ich nichts geschrieben. Und auch nicht über den Konsum von Fleischprodukten oder zu den ökologischen Aspekten der Nahrungsproduktion. Die Landwirtschaft hat mich nicht interessiert, was ein Fehler gewesen sein mag im Hinblick auf die Lebensmittelskandale. Mein politisches Denken könnte durchaus helfen zu verstehen, dass das Essen eine politische Dimension einnimmt.«

Ich muss an Selina Seidel denken und an all die Hungerkünstlerinnen, Essgestörten und Magersüchtigen an den Ballettschulen. Wie passt die Notwendigkeit ihrer unzureichenden Nahrungsaufnahme in das Bild unserer heutigen Kultur? Was bedeuten in diesem Zusammenhang Anorexia nervosa und Bulimie? Ich wünschte, Selina käme herein und setzte sich zu uns an den Tisch. Ich wünschte, ich hätte den Kontakt zu ihr gesucht, als sie ihre Versuche, mit mir zu kommunizieren, abbrach und verschwand. Aber ich bin zu feige gewesen. Und so kann ich das Rätsel – mein Rätsel – nicht lösen.

Das Essen kommt, es sieht lecker aus, und Hannah isst mit gutem Appetit. Ihre Tischmanieren sind nicht übertrieben fein, aber sie wirken natürlich. Hannah spricht mit vollem Mund. Sie fragt mich, warum ich in Todtnauberg sei, was ich hier treibe.

Ich will ihr den eigentlichen Grund nicht nennen und sage deshalb: »Ich möchte morgen auf den Feldberg wandern.« Ohne nachzudenken, füge ich hinzu: »Gehst du mit?« Und bereue es sofort. Möchte ich wirklich einen weiteren Tag mit Hannah verbringen? Um die Einladung schweigend zurückzunehmen, widme ich mich ausführlich meinen knusprigen Rösti.

»Das weiß ich noch nicht, es kommt ganz darauf an, was Martin macht.«

»Martin liegt auf dem Friedhof in Meßkirch, neben seiner Elfride.«

»Bist du dir da sicher?«

»Ja. Und es kotzt mich an, dass Frauen sich immer nach ihren Männern richten. Du bist da wohl keine Ausnahme.«

»Er ist nicht mein Mann. Und du hast vermutlich keinen. Und dadurch auch niemanden, der dich weiterbringt.«

»Das hast du jetzt nicht gesagt.«

Schweigen.

Hannah bestellt ein Zibärtle. Danach einen Obstler. Zuletzt ein Kirschwasser.

Als ich zahlen will, fragt sie: »Kann ich bei dir übernachten?«

Die Tür fliegt auf, und herein weht eine hexenhafte

Gestalt. Ein indigenes Wesen der Native Americans, eine alte Frau von äußerstem Liebreiz, lächelnd und mit sprühendem Blick, aus höheren Welten heruntergeschwebt. Zu einem schwarzen Dreiteiler trägt sie ein weißes Männerhemd, das lange weißgraue Haar fließt über Schultern und Brust. Ich erkenne sie sofort: Patti Smith.

»Hi! I'm Patti.« Sie setzt sich zu uns.

Die junge Wirtin bringt uns die Rechnung, und Hannah bestellt noch eine Runde Schnaps.

Die Wirtin lächelt. »Der geht dann aufs Haus.«

Hannah und Patti verlieren sich sofort in einem lyrischen Disput. Walt Whitman, Bob Dylan, William Blake. Und natürlich Allen Ginsberg mit seinem Lobpreis der Heiligkeit.

Patti ruft: »Holy!«

»Holy«, sagt Hannah. Sie schwenkt ihren Schnaps.

Sie sprechen das gepflegte New Yorker Amerikanisch, an dem man zivilisierte Menschen erkennt. Ich verstehe alles, kann aber wenig beitragen. Patti muss am Pfingstmontag in Bad Honnef sein, dort startet sie mit ihrer Deutschlandtour.

Bald stellt sich heraus: Sie hat ebenfalls keine Unterkunft. Also überlasse ich den beiden das Doppelbett und nehme das Schlafsofa. Jetzt weiß ich wenigstens, wozu Nummer 8 gut ist.

»Life is the best thing we have«, sagt Patti. »What would we do without it?«

Das Leben ist das Beste, was wir haben. Was würden wir ohne es tun? War das eine Anspielung auf mein Leben, auf mein Lebensrätsel? Verwirrt gehe ich schlafen.

Nachts geht ein Gewitter nieder, das sich gewaschen hat. Als ich erwache, steht es genau über uns. Es schüttet, was herunter mag, der Hagel hämmert, simultan Blitzunddonner. Im krachenden Licht wirken Hannahs Züge sanft, und Patti liegt an sie gekuschelt da wie ein Lamm.

17

Pfingstsamstag. Wir gehen zeitig zusammen schwimmen und haben das Hallenbad für uns. Der Frühstücksraum ist anschließend jedoch brechend voll. Nach der kafkaesken Verlassenheit bei der Ankunft wirkt das Gewusel bizarr. Rentnerpaare und Kleinfamilien drängeln sich ans Büfett, Vorschüler rennen krähend durch die Gänge und schubsen ihre Schwestern weg. Niemand trägt mehr eine Maske. Ich sehe die Viren förmlich durch die Luft fliegen wie bunte Bälle. Ich rieche noch nach Chlor, das mischt sich mit Espressobar und Teewurst.

Hannah und Patti warten würdevoll am Ende der Schlange. Die zwei fallen auf durch geduldige Gesten, sie wetteifern um die charismatische Führung. Jede trägt überzeitliche Männermode und robustes Schuhwerk. Patti hat ihre wilde weißgraue Mähne zu zwei lockeren Zöpfen geflochten, die an den Seiten herabwedeln, Hannah bändigt ihren dunklen Bubikopf mit Metallspangen. Beide sind ungeschminkt, Sonnenbrille im Haar, und dünsten den Geruch nach Bio-Insektenspray und Karottencreme aus. Sie essen ihre Rühreier mit einem erstaunlichen Appetit. Patti nimmt sich noch ein Stück Kuchen und ein Glas Orangensaft. Hannah trinkt fünf Tassen Kaffee. Ich bleibe bei meinem Gsälzbrot – Brestlingsgsälz, also »Erdbeermarmelade« –, schmiere uns aber Brote für unterwegs.

Beizeiten brechen wir auf. Bis zum Ziel sind es nur zehn, zwölf Kilometer, und die Steigung ist nicht allzu steil. Am Wegrand blühen Lupinen, die meisten violett, wenige rosa. Die Wiesen sind von einem satten Grün und bewachsen mit Feld- und Gebirgsblumen, deren Namen ich nicht kenne. Nur der hochgiftige Fingerhut ist mir vertraut mit seinen traubigen Blütenständen. Aber er wächst nur an wenigen Stellen, vielleicht ist es noch zu früh im Jahr.

Wir wandern alle drei mit Rucksäcken, umgebundenen Anoraks und Stöckern, die auf dem Asphalt klackern, bis wir in einen matschigen Feldweg einbiegen. Weil es in der Nacht stark geregnet hat, treten wir in weiche, pfützige Stellen. Lange ist es still bis auf die singenden Vögel und zirpenden Grillen, was eigentlich nicht sein kann Anfang Juni.

»Vor ziemlich genau 60 Jahren wurde Adolf Eichmann in Israel hingerichtet.« Mit diesem Satz unterbricht Hannah das Schweigen.

»Bist du deshalb wiedergekommen? Weil die Schuld von Nazi-Verbrechern nicht verjähren kann?« Eine ungeheuerliche Ahnung tut sich in mir auf. Hannah will sich rächen!

»Ja, ich wollte sehen, was daraus geworden ist.«

Ich spüre ihre Besorgnis. »Die letzten werden jetzt verurteilt.«

Was hat Hannah vor? Sucht sie, wie ich, im Reisen die Wahrheit? Oder ist sie zu einem geheimen Ort unterwegs, um mit Martin abzurechnen?

»Punkrock is freedom«, ruft Patti dazwischen und versinkt in Gedanken. Es ist unklar, wie viel sie von der Unterhaltung, die wir auf Deutsch führen, versteht.

Was auch immer uns umtreibt und quält, am Gipfel des Feldbergs erlangen wir auf 1.493 Metern beizeiten den Durchblick. Es windet leise. Am Himmel manifestiert sich ein weißer Hase. Das Panorama ist gottvoll. Es ist einer der wenigen Tage im Jahr mit Fernsicht auf die Alpenkette.

»1965 drohte die Verjährung der nationalsozialistischen Morde. Das damals geltende Strafrecht musste geändert werden. Ich hab zu der Zeit einen Brief an den ›Spiegel‹ geschrieben, der wohl verloren ging. Erst jetzt wurde er endlich in der ›Süddeutschen Zeitung‹ abgedruckt. Nach 57 Jahren!«

»Hast du dafür gesorgt?«

Hannah antwortet nicht. Sie raucht stumm.

Nach Heu riecht es, nach reiferen Frühlingstagen. Die Luft ist kühl und feucht nach dem nächtlichen Gewitter, aber die Wolken reißen auf, der Himmel erblaut, es wird warm werden heute. Ich frage mich, wohin diese Road Story noch führt.

Mord verjährt nicht. Das ist die Essenz der letzten Aussage von Hannah. Bin ich hier, um das vor Augen geführt zu bekommen? Wer auch immer Irina »Olga« Iwanowa auf dem Gewissen hat, wird damit leben müssen. Ich kann mich nicht erinnern, was passiert ist. Will ich mir wirklich bewusst machen, was war, erfahren, ob ich sie umgebracht habe?

Patti steht auf dem Gipfel und stiert in die Ferne mit einem seltsam schielenden Blick. Wie Jesus Christus breitet sie die Arme aus. Dann fängt sie an zu singen.

Auf dem Rückweg machen wir einen Abstecher zum Feldsee, der geheimnisvoll und tief dunkelblau unter uns liegt, umsäumt von schwarzen Wäldern. Danach kehren wir ein im Raimartihof. Es ist schon später Nachmittag, und es waren viele Höhenmeter. Erschöpft hocken wir an einem Biertisch in der Gartenwirtschaft vor dem über 300 Jahre alten Schwarzwaldhof: Selbstbedienung, aber uns tun die Füße weh. Hannah und Patti jammern, und ich biete mich an, für alle etwas zu holen. Hannah möchte Apfelsaftschorle und Wurstsalat, Patti ein alkoholfreies Bier und Brägele mit Bibbeleskäs. Ich nehme eine Flasche sauren Sprudel und einen Vesperteller. Die Getränke kriege ich gleich, das Essen wird gerichtet.

Als ich mit dem Tablett an unseren Tisch zurückkomme, ist die Bierbank leer. Im Aschenbecher liegt eine leise qualmende Kippe. Vielleicht sind die beiden zusammen aufs Klo gegangen. Aber hätten sie da die Rucksäcke, die Anoraks und die Stöcker mitgenommen? Ich hocke mich einen Moment hin und überlege. Es ist ziemlich klar, dass die zwei sich vom Acker gemacht haben. Was tun? Das Schorle und das Bier kann ich trinken, den Sprudel fülle ich in meine Wasserflasche. Das Essen muss ich abbestellen.

»Kein Problem«, sagt das Mädchen drinnen am Tresen. »Haben Sie schon bezahlt?«

»Hab ich.«

»Dann bekommen Sie das Geld zurück.« Sie gibt mir einen Schein und ein paar Münzen und zeigt auf den Vesperteller, der vor ihr auf dem Holz steht.

»Das ging aber schnell.«

»Na ja, ist auch nur Wurst.«

Auf dem Brettle liegen Schwarzwurst, Leberwurst, Schwartenmagen, geräuchte Bratwurst, Schinken und Speck. Daneben Butter, Hartkäse und Eier auf grünem Salat. Der Bibbeleskäs in der kleinen türkisfarbenen Schüssel ist mit Petersilie garniert. Dazu gibt es einen Korb Vollkornbrot. Da ich nicht viel gefrühstückt habe, knurrt mein Magen bei dem Anblick. Ich stelle das Tablett mit dem Essen und dem Besteck vor mir ab, setze mich hin, nehme einen großen Schluck Bier und fange an. Nicht dass ich sonst fette Fleischstücke mag, aber hier passt es.

Das Vesper mundet. Ich hab ordentlich Hunger und greife zu, werde aber trotzdem nicht alles aufessen können. Sieben Scheiben Brot! Von dem Hartkäse und der Wurst zwinge ich nur einen Teil. Den Rest werde ich mitnehmen. Nur das gekochte Ei mit dem Salat muss weg. Und freilich der Bibbeleskäs.

Ich brauche was zum Einpacken. Mein Vesperbrot, das ich am Morgen geschmiert habe, liegt immer noch im Rucksack. Ich lange in die Tüte. Bevor ich es wegwerfe, klappe ich die Brotscheiben auf. Auf dem Käse liegen weiße und rosarote Blüten. Gänseblümchen und Fingerhut. Die Gänseblümchen kann man essen, der Rote Fingerhut ist tödlich. Wie kommen die Blumen da rein? Wer will mich vergiften? Haben Hannah und Patti das versucht und sind deshalb verschwunden?

Ich gehe auf die Toilette und spüle das belegte Brot das Klo hinunter. Dann mache ich mich geschwind auf den Heimweg.

Was ist jetzt schon wieder Mysteriöses passiert? Hannah und Patti kann ich nicht fragen. Sie werden mir nicht helfen, das Rätsel zu lösen. Sie sind weg, sie sind einfach zusammen abgehauen. Und ich bin wieder allein. Ich muss selbst klarkommen. Was das heißt, wird mir erst bewusst, als ich den Buckel hoch zur Sonnenalm laufe. Die beiden haben mich verraten. Dort droben ums Haus rum tobt der Bär. Es kommen neue Rentnerpaare und Kleinfamilien an. Dabei gibt es nur eine überschaubare Anzahl an Zimmern.

Die Nummer 8 riecht noch nach Zimt, Patti roch nach Zimt. Hannah nach Zigaretten. Mein Atem riecht sauer, mein Mund schmeckt bitter.

18

Am 13. Juni, einem Montag, spielt Patti Smith auf dem Stuttgarter Killesberg. Ich habe für Rosalie und mich Karten besorgt, und wir sind zeitig da. Die Leute strömen zur

Freilichtbühne, vorwiegend Frauen, viele schon älter. Am Eingang werden wir kontrolliert. Rosalie hat sich streng an die Regeln gehalten, ihre Tasche ist DIN-A4-klein, die Trinkflasche passend für einen halben Liter.

Das Open-Air-Konzert ist gut besucht, die Fans drängen sich vor der Bühne, die Ränge sind voll, aber Rosalie und mir gelingt es, einen Sitzplatz zu ergattern. Wir hocken in der untersten Reihe am Rand; Rosalie grinst und klatscht. Sie mag es nicht, zwischen anderen Menschen eingepfercht zu werden, sie möchte jederzeit aufstehen und weglaufen können. Binnen weniger Wochen hat sie sich rabiat verändert. Unvorstellbar, dass sie noch vor Kurzem dem Probetraining im Ballett zugestimmt hat. Inzwischen argwöhnt sie überall, wo Leistung verlangt wird, eine Falle, diagnostiziert ein dräuendes Unheil, entlarvt einen Unterdrückungsapparat. Eine Ballettschule ist für Rosalie mittlerweile gleichbedeutend mit einer Folterwerkstatt.

Sie wird übermorgen 14. Wegen ihrer Besonderheit ist sie ein Jahr später eingeschult worden, aber sie findet sich in ihrer Klasse nicht zurecht. Anstatt sich an die Kleineren anzupassen, versucht sie neuerdings, mit älteren Mädchen mitzuhalten. Obwohl sie speziell ist, beugt sie sich dabei offenbar einem Gruppendruck. Sie hat sich einem Bund von Außenseiterinnen angeschlossen, die über weibliche Philosophie diskutieren. Die meisten sind zwei, drei Jahre über Rosalie. Sie kann intellektuell mithalten und wird in ihrer Schrulligkeit akzeptiert. Allerdings bemüht sie sich sehr darum, hip zu wirken. Sie hat sich ihre blonde Haarpracht grellgrün gefärbt und sich einen kurzen Pony schneiden lassen. Das, meint sie altklug, passe zur Pubertät. Sie äußert sich politisch ultraradikal und fundamental feministisch und vertritt eigenwillige Ansichten über Hexen.

»Die Hexe ist frei und macht, was sie will«, meint Rosalie. »Sie kennt keine Grenzen, sie ist so, wie wir sein sollen, sie zeigt uns den Weg.«

Rosalie behauptet, die Hexenverfolgungen seien Kriege gegen Frauen, und sie existierten bis heute ungebrochen weiter. Das klingt übertrieben fanatisch. Dennoch ist sie bereit, mit mir vernünftig über Hannah Arendt zu sprechen, und muss sich gegen mich als Mutter nicht abgrenzen. Sie verehrt Hannah Arendt. Deren Lebenseinstellung ist Rosalie auf den Leib geschrieben: Zu einem kämpferischen Pferdeschwanz trägt sie ein weißes T-Shirt mit Hannah Arendts Konterfei, darauf in Pink der Spruch: »Kein Mensch hat das Recht zu gehorchen.«

In der Menge halte ich Ausschau nach Hannah, ich bin mir fast sicher, dass sie hier ist. Allerdings sehen ihr viele Frauen gleich – sie tragen Männermode und Bubiköpfe oder haben ein buntes Tuch um den Kopf gewickelt. Wo bringe ich das jetzt her? Ich habe Hannah nie mit einem Tuch gesehen, zumindest kann ich mich daran nicht entsinnen.

In meinem Rucksack liegt »Café der Unsichtbaren«, der neue Roman von Judith Kuckart. Darin wird die These aufgestellt, es gebe gar keine Zeit, sondern alle Zeiten stünden quasi gleichberechtigt nebeneinander. Wir befänden uns in einer Zeitschlaufe. Demnach geschähen die Dinge nicht in einer chronologischen Abfolge. Vergangene, gegenwärtige und künftige Ereignisse fänden simultan und synchron statt und mündeten in ein System unabänderlicher Dauer. Nichts verschwinde jemals wieder. Alles bleibe immer gleich. Wir könnten nichts an den Ereignissen ändern, der Zufall existiere dabei nicht. Vielmehr sei da eine Endlosschleife, die sich für manche Gott nenne. Und durch ein Déjà-vu könne man manchmal einen Blick auf diese Ewigkeit erhaschen. Sagt sinngemäß Judith Kuckart und räumt ein, es klinge kompliziert. Doch nur komplizierte Erklärungen könnten eine komplizierte Welt ausdeuten.

Nichts geht verloren. Alles existiert immer und ungebrochen. So stelle ich mir das Paradies vor. Oder die Hölle. Das hieße dann, es gäbe auch keine Zeitenwende, von der neuerdings viel die Rede ist und die gerade vom »Spiegel«, den ich ebenfalls dabeihabe, als »hohles Versprechen« entlarvt wird. Mit einem kleinen Mädchen auf dem Titel, das in einem geblümten Kleid auf einem zerbombten Panzer steht. Ist nicht auch dieses Bild vollends aus der Zeit gefallen? Ich möchte es mir ansehen und öffne den Rucksack.

»Was kramst du denn rum?«, fragt Rosalie. »Dein Rucksack ist sowieso viel zu groß. Du darfst so einen großen Rucksack gar nicht.«

»... gar nicht mit hier reinnehmen. Ganze Sätze!«

Nachdem sie eine Weile in vollständigen Sätzen geredet hat, gewöhnt sich Rosalie wieder an, die Sätze abzubrechen, manchmal mitten im Wort.

»Die nehmen dir den weg.«

Sie traut der Sprache nicht. Und sie hat immer Angst, dass ein Regelverstoß bestraft wird. Wie geht das zusammen mit ihren extremen, radikalen, gewagten und frühreifen Ansichten über Weiblichkeit und Gesellschaft? Überhaupt nicht. Rosalie lebt mit einem nicht zu unterschätzenden Angstpotenzial, und die Schere zwischen geistigem Anspruch und seelischem Vermögen wird dabei immer größer. Doch vermutlich durchwandert sie nur ihre individuelle Pubertät, und ich mache mir viel zu viele ernste Gedanken.

»Die nehmen dir den.« Rosalie insistiert. Gleich springt sie hoch und stampft mit dem Fuß auf.

»Ach was, niemand nimmt mir was weg. Wer sind eigentlich ›die‹?«

Rosalie zeigt hinter sich auf das Sicherheitspersonal. Ein junger Mann und eine junge Frau in schwarzer Uniform.

Punkt 20 Uhr beginnt das Konzert. Patti Smith steht auf der Bühne, weißgraue Mähne, schwarzer Anzug, weißes Hemd. Wie auf dem Gipfel des Feldbergs breitet sie die Arme aus und singt. Die vierköpfige Band, in der auch ihr Sohn Jackson mitspielt, heizt ein. Rosalie drückt mir ihre Tasche auf die Schenkel und springt auf. Sie drängelt nach vorn gen Bühne und fängt wild an zu tanzen. Ich sehe sie in der Menge verschwinden; und wie durch einen Zauber wird sie es schaffen, niemanden zu berühren.

Ich besorge mir einen Plastikbecher mit einem trockenen Weißwein, den ich in kleinen Schlucken trinke. Patti Smith holt uns herein in eine Gegenwart, die mehr ist als der schiere Augenblick, und jede und jeder scheint das zu spüren, die Magie dieses immerwährenden Moments. Alles ist eine Zeit.

Schließlich fängt die Band an zu jammen statt einer Pause, und ich schiebe mich am rechten Rand durch, um nach Rosalie zu sehen. Plötzlich steht Patti vor mir, oder halb über mir, sie hat die Bühne verlassen und ist ins Grüne getreten; sie legt die Unterarme auf die Brüstung, ihre Hände hängen herunter, sie schaut mich an. Uns trennt nur die Absperrung, und ich gehe zwei Schritte die Böschung hinauf auf sie zu. Sie winkt. Dann läuft sie plötzlich fort, zurück zur Bühne, und greift zur Gitarre.

Rosalie kommt mit roten Backen auf mich zu. Es zerreißt sie schier.

Nach dem Konzert ziehen wir von dannen. Eine Karawane, gealtert, jedoch beseelt wie von Woodstock. Über dem Killesberg geht sonnengroß der helle Vollmond auf.

Rosalie zottelt neben mir her, kurze Schritte, Gesicht Richtung Boden. Sie ist vollends erschöpft. Die Suche nach Hannah habe ich längst aufgegeben. Falls sie hier ist, findet sie Mittel und Wege, sich zu verbergen.

Am Ausgang begegne ich Heike Seidel. Vor mir bewegt sie sich mit der Menge nach draußen. Ich erkenne sie von hinten sofort. Der tadellos aufrechte Gang, das hochgesteckte Haar, die aufgemotzten, opernhaften Klamotten. Inmitten des leger gekleideten Publikums wirkt sie wie eine surreale Erscheinung. Ich tippe ihr leicht auf die Schulter.

Sie dreht sich um. »Ach, Sie sind's. Tolles Konzert.«

»Zauberhaft. Wie geht es Selina?«

»Gut. Sie tanzt wieder.«

»Was?«

»Na ja, die Verletzung ist ja schon ein Vierteljahr her. Es ist alles erstaunlich gut gegangen. Das Knie ist wieder fast normal belastbar.«

»Es tut mir leid, dass ich Sie nicht mehr kontaktiert habe. Ich hätte Sie unterstützen sollen und Ihnen helfen, Selina zu finden.« Ich verschweige Heike, dass Selina mir im Frühjahr am Marienplatz begegnet ist. Und dass ich das Gefühl hatte, jemand habe sie geschickt.

Heike Seidel lacht auf. »Was hätten Sie denn tun können?«

»Ich weiß es nicht. Ihnen zuhören vielleicht.«

»Nicht nötig. Sie ist von selber wieder aufgetaucht.«

»Wo war sie denn?«

»In Worpswede. Sie hat dort die Norddeutschen Tanztage an Christi Himmelfahrt mitorganisiert und war ab Mitte März vor Ort. Sie kümmerte sich um das Feriencamp. Und sie war als beratende Kraft für Modern Dance, Funky Jazz, Musical Dance, Charakter- und Spitzentanz zuständig.«

Ich bin irritiert. Alles klingt so beiläufig, was Heike Seidel erklärt. So nachvollziehbar vernünftig. Dabei hatte Selina furchtbar dramatisch gewirkt. Was will Selinas Mutter verheimlichen? »Wieso hat sie sich nicht bei Ihnen gemeldet?«

»Sie brauchte wohl Abstand. Oder sie hat es einfach vergessen. War ja ein anstrengender Job. Sie wollte Geld verdienen. Und vielleicht steckte eine heimliche Liebe dahinter, von der ich nichts weiß.«

»Und jetzt ist sie wieder an der Nurejew-Schule?«

»Nein. Sie ist in Worpswede geblieben und gibt dort Kindern Tanzunterricht. Beim Turn- und Sportverein! Können Sie sich das vorstellen? Tja. Und sie versucht, an einer Ballettschule in Bremen oder Hamburg unterzukommen.« Heike Seidel stockt. »Der Tod von Olga hat ihr sehr zugesetzt. Sie hat das noch nicht verkraftet. Schließlich wurde Irina ›Olga‹ Iwanowa erschlagen, das war Mord, oder wenigstens Totschlag, und die Täterin oder der Täter wurde immer noch nicht gefasst. Ich bin der Meinung, dass schlampig ermittelt wurde. Bleibt offen, wem das nützt.«

Ich verkneife mir die Frage, ob die Polizei Selina vernommen hat. Ob sie zu den Verdächtigen zählte. Und was die Kripo bewog, sie laufen zu lassen.

»Ich fahre übermorgen Nachmittag mit dem Auto nach Worpswede. Sie können mitfahren, wenn Sie wollen. Vielleicht könnte ich diesmal Ihr Angebot sogar brauchen.«

»Welches Angebot?«

»Mir zu helfen. Ich möchte, dass Selina zurück nach Stuttgart kommt. Wir müssen sie überreden. Ich will, dass Selina zur weltweit renommierten John Cranko Schule wechselt, denn die Nurejew-Schule wird ohne Olga ihr Niveau nicht halten. So eine Möglichkeit wird sie in Hamburg oder Bremen nicht finden. Es bietet ihr die Chance, ganz nach oben zu kommen.«

»Das wird nichts. Ich kann nicht weg. Übermorgen hat Rosalie Geburtstag.«

Rosalie hebt den Kopf. »Ich komme mit.«

Am 15. Juni, einem Mittwoch, will Heike Seidel uns gegen halb vier abholen. Ich habe mir am Mittag freigenommen. Als Rosalie aus der Schule kommt, gibt es Spaghetti al burro und Käsekuchen. Beides hat exakt die gleiche Farbe: kükengelb. Zusammen ist es Rosalies Leibspeise. Den Kuchen hat Archie gebacken, der mit uns feiert. Er erinnert uns an den gemeinsamen Ballettbesuch vor genau einem Monat, »Der Widerspenstigen Zähmung«. Rosalie erzählt, was ihr am besten gefallen hat.

Dann ruft Heike Seidel an, und wir kommen pünktlich runter. Ihr schicker metallicblauer BMW parkt ums Eck. Sie ist salopp gekleidet: Zu einem gestrickten dunkelbraunen Hosenanzug trägt sie weiße Sneakers. Außerdem ist sie blonder geworden, was sie jünger macht. Ich habe über ihr Alter nie nachgedacht, aber sie muss deutlich älter sein als ich. Nachdem wir die Rucksäcke verstaut haben, setze ich mich auf den Beifahrersitz, Rosalie hockt sich nach hinten. Über die kabellosen Kopfhörer, die ihr Archie zum Geburtstag geschenkt hat, hört sie elektronische Musik. Dieses Erlebnis ist neu für sie, und es entspricht ihrem Bedürfnis, sich komplett gegen die Umwelt abzuschotten. Ob ihr das wirklich gut bekommt?

Die Stadt ist verstopft vom Feierabendverkehr. Weil morgen Fronleichnam ist und Freitag ein Brückentag, machen viele früher Schluss. Draußen ist es sonnig und warm, aber nicht heiß. Im Auto finde ich die Luft trotz der Klimaanlage stickig, ich rieche einen chemischen Tannenduft und ein kostspieliges Parfüm. Es dauert eine Ewigkeit, ehe wir im zähflüssigen Verkehr die Autobahn erreichen. Dort fährt ein Lkw am andern, eine lästige Prozession aus buntem Blech. Heike Seidel wechselt auf die linke Spur, da zieht der rote Lastwagen vor ihr plötzlich auch nach links rüber. Ohne zu blinken. Heike Seidel bremst. Nicht zu stark, nicht zu schwach. Sie hupt nicht. Sie fährt einfach in der Fahrzeugkolonne weiter.

»Können wir Du sagen? Ich bin die Heike.«

Das klingt so unprätentiös und simpel, dass ich lachen muss. Aber der Schreck sitzt mir noch in den Gliedern. »Nuria. Das war knapp.«

»Das Arschloch.«

»Gut, dass du nicht gehupt hast.«

»Das bringt nichts. Es ist zudem gefährlich.«

»Du fährst gut.«

»Danke. Wir kommen übrigens heute nur bis zur Fuldaschleife. Ich hab uns in einer Pension in Guxhagen zwei Zimmer gebucht.«

Stau. Wir stehen, lange, dann Stop-and-go. Wir kriechen an zwei Unfällen vorbei, neben uns platzt bei einem Lkw ein Reifen. Kurz darauf knallt und stinkt und qualmt es, denn auf der Standspur brennt ein Auto. Man darf nicht leichtfertig denken dieser Tage, die Lage in Europa ist prekär, die Zeitenwende hat sich in ihr Unglück verkehrt, und auch auf den Straßen herrscht rücksichtsloses Chaos. Das erwarte ich auch im Regionalzug, wenn ich am Samstag zusammen mit Rosalie mit dem 9-Euro-Ticket weiterfahre. Heike will vielleicht länger in Worpswede bleiben. Scheint's ist die Mobilität mit dem vermeintlichen Ende von Corona vollends aus den Fugen geraten. Unvernunft, Wut und Anarchie dominieren die verwilderten Schauplätze geisternder Gewalt. Die Inzidenz wird steigen. Und die Zahl der Verkehrsunfälle auch.

Heikes Handy klingelt. »Geh du mal ran.«

Es ist der Pensionsbetreiber. Er spricht Ostdeutsch. Er scheißt uns zusammen, weil wir um acht nicht da sein können. Das Navi sagt, frühestens gegen neun. Für die verspätete Ankunft zahlen wir 25 Euro Strafe – pro Stunde. Kommen wir nach neun, werden 50 Euro fällig.

»Wo sind wir?«, fragt Heike.

»Keine Ahnung. Irgendwo in Mittelhessen.«

»Gibt's das?«

»Ich glaube schon.«

Auf dem Feld am Fahrbahnrand steht ein Transparent: »Ich halte dich. Gott. www.gott.net«.

»You'll never walk alone«, sagt Heike.

Als wir bei der Pension anlangen, wirkt sie verlassen. Eine Frau gibt uns den Schlüssel. Das Zimmer ist bescheiden. Das Fenster hat ein Fliegengitter. Draußen gackern

Hühner. Ich fühle mich etwas verloren und denke an Todtnauberg, wo die Ankunft ebenfalls gespenstisch war. Dafür war das Zimmer herrlich, die Aussicht gottvoll und das Haus nicht so trostlos wie hier. Rosalie wirkt wieder mal wortkarg und in sich gekehrt. Das nimmt in letzter Zeit überhand. Ich zweifele inzwischen ernsthaft an der Idee mit den Ohrstöpseln. Aber alle Jugendlichen in ihrem Alter haben diese Dinger. Wir können Rosalie nicht immer ausgrenzen, sagt Archie, nur weil sie ein bisschen besonders ist.

Der Abend wird doch noch zauberhaft. Im Dämmer sitzen wir uns auf Bierbänken am grünen Ufer der Fulda gegenüber, Rosalie und ich auf der einen, Heike auf der anderen Seite. Es tröpfelt leicht, aber wir sind geschützt unter dem aufgespannten großen Sonnenschirm. Wir trinken Aperol Spritz und Orangenlimonade und essen geräucherte Bioforellen. Die Wirtsleute der benachbarten Gartenwirtschaft haben sie mit einem Gläschen Meerrettich, Gurke, Tomate und selbst gebackenem Landbrot auf drei großen Fischplatten arrangiert, bevor sie den Laden dichtgemacht haben. Wir sind die einzigen Gäste.

»Die wollten uns nichts mehr richten, haben es aber doch«, sagt Rosalie, pult das weiße Auge aus dem Kopf ihrer Forelle und steckt es in die Jeanstasche. »Das war nett von denen. Die sind nett.«

Es riecht nach Frühsommer und Fäulnis. Wir hocken neben einem reich bestückten Kanu-Verleih direkt am Fulda-Radweg R1. In der tiefsten mitteldeutschen Provinz. Die Häuser sind unrenoviert, die Fensterrahmen müssten mal wieder gestrichen werden, »Biker willkommen«. Die schlichte, schmale Straße verströmt den diskreten Charme des Ostens. Dabei war immer Westen.

»Morgen ist hier der Teufel los«, meint Heike. »Ihr werdet schon sehen. Da brummt's. Die haben auch Feiertag.«

»Bis die Biker einfallen, sind wir längst über alle Berge.«

»Hier gibt's keine Berge«, meint Rosalie humorlos.

19

Am frühen Fronleichnamsnachmittag erreichen wir Worpswede, doch Selina ist nicht da und nur auf der Mobilbox erreichbar. Wir warten auf sie vor dem Barkenhoff. Im Hotel werden wir später einchecken. Wir haben keine Eile. Der BMW parkt ums Eck. Die Fahrt verlief heute problemlos. Heike ahnt nichts von den Gründen, die mich zu dieser Reise bewogen haben. Ich bin mitgefahren, um auszuschließen, dass es Selina war, die Irina »Olga« Iwanowa umgebracht hat. Aus Wut und Verzweiflung und Scham, weil sie die Schinderei und Schikane satthatte. Wobei sich der Grund ihres Verschwindens inzwischen geklärt hat. Sie wollte weg. Und ein neues, handhabbareres Leben anfangen. Aber auch Heike könnte in die Tat verwickelt sein. Oder sie allein begangen haben. Ich halte das zwar für unwahrscheinlich, doch keinesfalls für ausgeschlossen. Und was macht der Verdacht im Hinblick auf Rosalie, der Argwohn, der sich gegen mich selber richtet? Beides ruht.

Immer wieder habe ich bei meinen Untersuchungen Zeit verstreichen lassen, wertvolle Wochen, um durch die aufgebrachte Geduld dem Zufall zu Hilfe zu kommen. Der Zufall lässt sich nicht hetzen. Er ist der Widersacher der Zeit, er löscht die Zeit aus. Er stoppt deren Verheerungen, er gebietet der Zersetzung Einhalt. Der Zufall ist stärker als die Zerstörung. Momentweise zumindest. Und ich brauche ihn, er ist mein Freund bei diesen Ermittlungen gegen mich selbst. (Judith Kuckart sagt, es gebe keinen Zufall. Und es gebe keine Zeit. Heimerad sagt, die Lösung liege in der Literatur. Was soll ich also glauben?)

Ich habe die Pistole dabei, Frau Bengeles Mauser P08, die Luger-Parabellum-Pistole aus den 1970er-Jahren made in Oberndorf, sie ist noch immer geladen. Ich habe sie aus ihrem Versteck geholt, dem sicheren Ort, an dem ich sie verwahrt hatte. Nun liegt sie wieder in meinem Rucksack im Laptop-Fach, diesmal vor dem Roman »Café der Unsichtbaren«. Judith Kuckart ist nicht nur Regisseurin und Autorin, sondern auch Tänzerin und Choreografin – sie wurde in klassischem Ballett und modernem Tanz ausgebildet und widmete sich dem Tanztheater. Könnte es sein, dass sich hier der Kreis schließt? Also die Lücke zwischen der Geschichtenwelt, die ich brauche, um sein zu können, und der Tanzwelt, in die ich hineingeworfen wurde? Ich meine: Kommt hier, bei der Lektüre eines Romans und im Werdegang seiner Autorin, was zusammen, was für mich persönlich zusammengehört, damit ich das Rätsel löse, das Rätsel meiner Existenz?

Dazu gesellt sich die Frage nach dem, was ich getan oder nicht getan habe. Wir meinen alle zu wissen, was wir gemacht, verübt, vollbracht und geleistet haben. Und was wir nicht fertigbrachten oder unterließen. Daran glaube ich seit diesem Frühjahr nicht mehr. Man kann es Verdrängung nennen, Wirrnis, Widernis, fluktuierendes Delirium oder punktuelle Demenz. Das Phänomen ist noch nicht vollends erforscht, und ich möchte dem nachgehen, indem ich bei mir selbst anfange. Wenn ich die Hintergründe von Olgas gewaltsamem Tod begreifen und die Wahrheit erfahren will, bleibt mir nichts anderes übrig, als mich selber auszuforschen. Das intuitive Reisen ist ein Mittel, sich selbst auf die Schliche zu kommen, es ist wissenschaftlich wirksam.

Bin ich eine Mörderin? Ich schiebe diese Frage immer wieder weit weg – die Möglichkeit, dass es zutreffen könnte, erscheint mir allzu ungeheuerlich. Falls ich nicht die Täterin bin, könnte Olgas Tod trotzdem mit mir, ihrer leiblichen Tochter, zu tun haben. Vielleicht sollte ich keine Gelegenheit bekommen, mit Olga zu kommunizieren. Allerdings habe ich dennoch herausgefunden, dass sie meine Mutter ist. Die ganze Geschichte kenne ich noch nicht. Vielleicht möchte noch immer jemand verhindern, dass sie auf den Tisch kommt. Mein leiblicher Vater? Das ergibt Sinn. Nur – wer könnte das sein? Nurejew? Der war erstens mit einem Mann liiert und ist zweitens schon lange tot. Außerdem: Warum hat man dann Olga umgebracht und nicht mich? Dass man mich vergiften wollte, versuche ich zu verdrängen. Vielleicht ist es ja gar nicht wahr, ich hab die Blüten selbst reingetan, und der Fingerhut war ein Veilchen.

Wir sitzen auf den Stufen vor dem Heinrich-Vogeler-

Museum, und ich habe genug Muße, meinen Gedanken nachzuhängen, denn Rosalie hört Techno über ihre Ohrstöpsel. Auch Heike ist schweigsam und schon länger verstummt. Mir fällt erst jetzt auf, dass ich sie gar nicht wirklich kenne. Ich habe mir allzu rasch ein Bild von ihr gemacht, das Bild von der perfektionistischen Frau, der unnahbaren Geliebten, der kühlen, strengen Mutter. Ich sah in ihr eine Aufsteigerin, die nach Ansehen und Erfolg strebt und ihr Ego krakenartig auf das Dasein der Tochter erweitert. Ich erkannte, dass sie ihre Unsicherheit hinter der Eitelkeit versteckt, sich hinter Lippenbekenntnissen verschanzt und nicht vollends auf der Welt ist. Erst jetzt ahne ich jedoch, was das bedeutet: Sie bewahrt in sich stets einen Rest, den sie schützt und nicht preisgibt. Und diese Zurückgeworfenheit auf sich selbst hüllt sie ein wie ein Mantel.

Neben uns drängelt sich eine Gruppe zum Eingang. Der formellen Kleidung nach zu urteilen, handelt es sich um eine Delegation aus der Regionalpolitik. Drei Frauen und vier Männer. Es sind keine kunstsinnigen Menschen. Nur die rothaarige Frau in ihrer Mitte, die ein großzügig gemustertes grünes Kleid trägt, sticht heraus – sie gehört nicht zu den anderen, sondern ist für die Führung zuständig. Aus einem spontanen Impuls heraus springe ich auf und schließe mich den Besuchswilligen an.

»Bleibt ihr ruhig hier, ich bin gleich wieder da.«

Rosalie schaut nur kurz auf, dann starrt sie wieder vor sich hin.

»Ist gut«, sagt Heike.

Die Museumsangestellte beachtet mich nicht. Sie sieht mit einem glasigen Blick durch mich hindurch. An der Rothaarigen vorbei und umringt von den Fremden gelange ich unbehelligt ins Museumsinnere. Dort löse ich mich von der Abordnung, irre allein durch mehrere mäßig besuchte Räume und finde mich vor einem der berühmtesten Großformate Heinrich Vogelers wieder: »Sommerabend (Das Konzert)«. Vogeler hat es 1905 vollendet, Öl auf Leinwand, es misst 3,10 auf 1,75 Meter. Die Szenerie spielt vor dem Barkenhoff. Inmitten einer illustren Kunstgesellschaft – von links nach rechts: Paula Modersohn-Becker, Agnes Wulff, Otto Modersohn, Clara Westhoff, Marthas Bruder Martin Schröder, Franz und Heinrich Vogeler – steht Heinrich Vogelers Frau Martha, flankiert von einem Windhund. Die Stimmung erinnert mich an Lotte Lasersteins großformatiges Gemälde »Abend über Potsdam« von 1930. Die Figuren verharren in ahnungsvoller Melancholie. Nur Martha sticht heraus; und wenn ich mich nicht irre, ist sie der »Geburt der Venus« von Botticelli nachempfunden. Wie überhaupt das gesamte Bild dort seine inspirative Quelle hernimmt.

Ich kenne das Werk »Sommerabend« aus Büchern, aber ich habe es noch nie im Original gesehen, und ich bin empfänglich für das Gerücht, dass Vogeler den Dichter Rainer Maria Rilke übermalt hat, weil dieser zu sehr zappelte.

Plötzlich dämmert mir, dass Martha Vogeler es ist, die eine Führung macht. Und die Delegation, das sind keine Kunstlosen, das sind die Kunstschaffenden von damals! Daher die komischen Klamotten. Aber wo bleibt der Windhund?

Vielleicht habe ich mich geirrt, und es geht doch alles mit rechten Dingen zu. Aber was, wenn nicht? Wenn die Chronologie definitiv aus den Fugen gerät? Am liebsten möchte ich fliehen, jedoch will ich auf keinen Fall den

Abgesandten begegnen, die sich in anderen Zeiten gleichzeitig durch andere Räume winden. Stattdessen stehe ich wie angenagelt da und erhoffe mir Rettung. Ich hole das Buch von Judith Kuckart aus dem Rucksack und schlage es auf einer beliebigen Seite auf. Eine Szene in Todtnauberg. Zwei Leute lehnen am Holzzaun vor einer Hütte. Die eine Person erklärt der anderen, dass hier der weltberühmte Philosoph Heidegger lebt.

Wir wohnen im Hotel Heinrich, einer Jugendstilvilla mit Garten mitten in Worpswede, ein ganzes Stück entfernt vom Barkenhoff. Erst wirkt das Haus etwas verschlafen, dann belebt sich der Parkplatz. Warum gehören wir schon wieder zu den Ersten? Ich teile mir mit Rosalie ein großzügiges Zimmer. Nummer 3 diesmal. Ich mag die Zahl. Immer, wenn ich in Nummer 3 wohne, nehme ich das als gutes Omen. Ich glaube dann, dass etwas Schönes passiert. Da ich mich leicht und zuversichtlich fühle, hole ich im Bad die Pistole aus dem Rucksack, meine Mauser P08, und verstaue sie in meinem geräumigen Waschbeutel. Unbewaffnet fühle ich mich wohler. Auf dem Doppelbett sitzend essen wir die letzten Vesperbrote. Dann ziehen wir unsere Joggingschuhe an. Selina hat ihrer Mutter eine SMS geschickt, sie könne erst abends. Bis dahin ist noch viel Zeit, und Heike hat eine kleine Wanderung vorgeschlagen. Weder sie noch Rosalie hatten Lust, mit mir das Heinrich-Vogeler-Museum zu besuchen, nachdem ich kreidebleich und völlig verstört wieder herausgekommen bin. Heike meinte, ich bräuchte frische Luft.

Bis zum Start im Teufelsmoor sind es gute zehn Kilometer. Wir parken vorschriftsmäßig vor dem Anliegerfrei-Schild und gehen zu Fuß durch das wild wuchernde

Naturschutzgebiet. Wir haben Glück mit dem Wetter. Die Sonne scheint, es ist windstill und mild. Vögel singen. Eine Libelle fliegt vorbei, taumelnd tanzt ein Schmetterling.

»Au!«, schreit Rosalie und hüpft auf einem Bein. »Blöde Viecher! Die beißen!«

Jetzt sehe ich es auch. Überall sind Ameisen. Der schmale Weg ist voll, und sie kriechen an den Schuhen und Beinen hinauf.

»Die tun nichts.« Heikes Mobiltelefon meldet eine neue Nachricht. Sie holt das Gerät aus ihrem Täschchen und tippt darauf herum.

»Autsch, aua!«, schreit Rosalie.

Darauf ich: »Bitte werd nicht hysterisch.«

Zwei Leute kommen uns entgegen, sie haben eine Fotoausrüstung dabei.

»Willst du mal was Tolles sehen?«, fragt der Mann Rosalie. Er hat einen starken norddeutschen Akzent.

»Du musst aber leise sein«, sagt die Frau. Sie klingt genauso norddeutsch. Das sind keine Touristen, das sind Ureinwohner.

Rosalie nickt. Sie legt den Zeigefinger an die Lippen.

»Eigentlich darf man nicht von dem Weg runter«, meint der Mann. »Das ist jetzt eine Ausnahme, ja?«

Zu dritt verschwinden sie im Gebüsch.

»Ich hab den Ton mit dem Handy aufgezeichnet.« Heike grinst. »Und Bilder gemacht. Man weiß ja nie.«

»Dann war da die Schlange. Eine Kreuzotter. Die war so lang.« Mit den Händen zeigt Rosalie eine Spanne von 70 Zentimetern. »Die ist leider abgehauen. Aber die hatten sie ja schon fotografiert. Der Bernd hat gesagt, sie lagen vorher reglos auf dem Boden, alle beide, stundenlang. Sie haben einen halben Tag gebraucht, bis die Kreuzotter keine Angst mehr hatte. Und sie wollen nur entspannte Tiere fotografieren.«

»Wow«, sagt Selina. »Sie wurden also Freunde.«

»Quatsch«, erwidert Rosalie. »Die Inga hat gesagt, die machen das für einen Naturschutzkalender.«

Selina hat sich nicht verändert. Ihre Haltung ist immer noch untadelig. Sie ist auch nicht dicker geworden.

Wir sitzen ganz vorn im Gastraum »III. Klasse« im Restaurant Worpsweder Bahnhof. Selina hat dieses Restaurant vorgeschlagen. Sie kennt sich hier aus, und sie meinte, es sei das beste Lokal. Über nackten Holztischen hängen formschöne Jugendstillampen. Die künstlerische Gesamtgestaltung des Gebäudes hat Heinrich Vogeler entworfen. 1910 bekam Worpswede einen Eisenbahnanschluss – der Moorexpress brachte die Mobilität bis ins Teufelsmoor, das man bis dahin nur mit Torfkähnen durchqueren konnte.

Die Bedienung kommt rüber vom Tresen. »Was darf ich euch bringen? Die Küche macht bald zu. Die mediterranen Antipasti sind leider schon aus.« Sie duzt uns ganz selbstverständlich, in Stuttgart hätte sie uns wahrscheinlich gesiezt.

Heike hat sich mal wieder sehr edel herausgeputzt, aber das ist in diesem Künstlerort wohl nicht ungewöhnlich.

»Darf's erst mal was zu trinken sein?«

Ich bestelle zwei Flaschen Mineralwasser und für Heike und mich einen halben Liter Riesling. »Wir wissen auch schon, was wir essen wollen.«

Rosalie nimmt eine vegane Kartoffel-Champignon-Bowl mit Blattsalat, Cherrytomaten, Gurke, Früchten, Granatapfelkernen und Schafskäse. Heike das Emder

Matjesfilet mit Apfel-Honig-Senf-Sauce und Kartoffelrösti, ich wähle frische Krabben mit Rührei und Bratkartoffeln. Selina entscheidet sich für einen Harry-Potter-Teller. Kichernd liest sie aus der Speisekarte vor: »Lass dir einen Teller bringen und zaubere etwas vom Teller deiner Eltern darauf.«

»Das finde ich nicht lustig«, meint Heike entrüstet.

Selina zuckt die Schultern. »Die Portionen hier sind riesig. Das schaffst du nie.«

Rosalie: »Du kannst was von mir abhaben.«

»Wär's das?«, fragt die Bedienung.

Rosalie bestellt sich auch einen Extrateller. Salat stellt für sie eine Herausforderung dar. Sie mag es nicht, wenn die verschiedenen Bestandteile des Essens sich berühren. Sie sortiert gern alles fein säuberlich und legt es mit Abstand nebeneinander, ehe sie die Zutaten in einer bestimmten und vorher festgelegten Reihenfolge aufisst.

Es ist schon recht spät, es geht gegen zehn, draußen ist es noch hell. Selina hatte früher am Abend keine Zeit, aber sie liefert uns keine Erklärung. Mein Magen knurrt. Ich habe nur gefrühstückt und dann das alte Vesperbrot verzehrt. Rosalie und Heike haben im Gasthaus Schamaika, das direkt an der Hamme liegt, eine große Portion Eis gegessen. Wir saßen draußen im Biergarten, tranken Kaffee und sahen den Schiffen zu, den Paddlern und Anglern, und ließen uns von den Mücken stechen, während die Sonne tiefer und tiefer sank. Dann fuhren wir zurück und wurden von Selina vor dem Bahnhof bereits erwartet. Sie saß auf einem Barhocker und trank eine kalorienfreie Cola.

Nun erzählt sie vom Alltag, von ihrer Wohnsituation bei einem bekannten, betagten Maler, den Bewerbungen und vom Unterricht beim TSV. Heute zum Beispiel habe es ein Kinderfest gegeben, sie sei mit ihren drei Gruppen aufgetreten, das sei bunt und fröhlich gewesen, doch das Abbauen habe etwas länger gedauert. Ich verstehe. Das erklärt ihr spätes Erscheinen und auch ihre Aufmachung. Sie trägt einen schwarzen Trainingsanzug, knallbunte Laufschuhe und einen Pferdeschwanz. Ein breites weißes Frotteeband verbirgt ihren Haaransatz.

»Dann bist du also glücklich?«, fragt Heike bestürzt.

»Irgendwie schon. Aber ich muss natürlich wieder zu mir selbst finden. Es geht ja darum, in die Zukunft zu schauen.« Selina schweift ab. Sie weiß vermutlich nicht, was genau sie sagen will. Oder, weit schlimmer, sie weiß es. Wahrscheinlich ist ihr durchaus bewusst, wie unzureichend sie die Erwartungen der Mutter erfüllt, wie wenig sie ihren Vorstellungen entspricht. Und dass sich das ändern muss. Selina ist klar, dass Selbstfindung mit Selbstaufgabe gleichzusetzen ist, solange sie das Geld der Mutter benutzt, um sich damit zu verwirklichen. Sie will, was sie muss.

Wir kehren nicht zum Thema Selbstfindung zurück und umschiffen Selinas von Heike herbeigesehnte Heimkunft. Wir reden auch nicht darüber, was in Stuttgart passiert ist, Selinas Sturz, Olgas tragischer Tod und das drohende Ende der Nurejew-Schule. Sondern über allerlei Nebensächliches, Banales und Beiläufiges, während wir auf das Essen warten.

Was habe ich mir nur dabei gedacht, nach Worpswede mitzufahren? Habe ich geglaubt, wir säßen zu viert an einem Tisch, an einem Holztisch wie diesem, und tauschten uns locker und entspannt darüber aus, wer Olga erschlagen hat und wie, mit was und warum? Bin ich so naiv gewesen?

Seltsamerweise scheinen sich Rosalie und Selina spontan hervorragend zu verstehen. Womöglich hat Selina die gleiche Besonderheit wie Rosalie. Das könnte ich mir vorstellen, wenn ich daran zurückdenke, wie Selina sich bisher verhalten hat. Zwischen beiden herrscht eine magische Anziehung. Verglichen mit dem, was Rosalie ihren Mitmenschen sonst entgegenbringt, widmet sie Selina eine unerhörte Aufmerksamkeit. Sie hat noch kein einziges Mal versucht, sich die Ohrstöpsel reinzutun.

»Ich hatte gestern Geburtstag«, sagt sie, an Selina gerichtet. Als wären Heike und ich nicht da. Das sind wir in Rosalies Augen auch nicht. Denn uns ist das ja bekannt.

Selina zieht die Augenbrauen hoch. »So? Wie alt bist du geworden?«

»14.«

»Dann darfst du jetzt Sex haben.«

»Igitt«, sagt Rosalie.

»Du bist jetzt kein Kind mehr, sondern eine Jugendliche. Glaubst du an Gott?«

Rosalie sieht mich an. Ich muss es wissen.

»Bist du getauft?«

»Nein«, antworte ich. »Ist sie nicht.«

»Du bist jetzt voll religionsmündig und darfst selbst entscheiden, ob du einer Religion angehören möchtest und welcher.«

»Will ich doch gar nicht«, sagt Rosalie.

»Bist du adoptiert?«

Wieder sucht Rosalie meinen Blick. Das tut sie nur, wenn sie sich hilflos fühlt. Sonst schaut sie eher weg.

»Ist sie nicht.«

»Ab jetzt darf dich niemand mehr einfach so adoptieren«, meint Selina. »Und wenn deine Eltern es erlauben, darfst du ohne sie in die Ferien fahren. Allein oder mit anderen Leuten in deinem Alter. Allerdings darfst du nicht rauchen, nicht saufen und dich nicht in Spielhallen und Nachtbars rumtreiben.«

»Will ich auch nicht.«

»Und du darfst nicht vergessen, dass du bedingt strafmündig bist.«

»Was heißt das?«, fragt Rosalie.

»Wenn du eine Straftat begehst und erwischt wirst, kommst du vor Gericht und wirst nach dem Jugendstrafrecht bestraft.«

»Aha. Wenn ich also was gemacht hab, wo ich erst 13 war, dann gilt das noch nicht?«

Selina geht nicht darauf ein. »Und jetzt, was machst du jetzt?«

»Ich beschäftige mich mit Hexen. Die wurden nämlich gar nicht im Mittelalter ermordet, sondern in der Neuzeit. Als letzte Frau wurde Anna Göldi hingerichtet, man hat ihr 1782 in Glarus in der Schweiz den Kopf abgeschlagen. Der Arzt, bei dem sie im Haushalt arbeitete, hat sie sexuell belästigt. Dagegen hat sie sich zur Wehr gesetzt. Aus Rache hat man sie der Hexerei bezichtigt. Erst in diesem Jahrhundert wurde Anna Göldi rehabilitiert, und heute hat sie im Kanton Glarus ihr eigenes Museum.«

Ich ahnte zwar von Rosalies neuer Leidenschaft, bin aber doch überrascht, wie präzise sie sich ausdrückt. Sie redet wie ein Buch. Vielleicht hätte ich im Frühjahr doch in den Glarner Alpen wandern gehen und das Museum besuchen sollen. Womöglich findet sich dort ein Hinweis, eine Spur.

20

Es war eine andere Zeit. Immer simpel, so was zu sagen. Zu simpel.

Beim Gang durch den Barkenhoff durchdringen sich die Zeiten, überschneiden sich die Räume, doch sie entwerten einander nicht, radieren einander nicht aus. Durch das Gegenwärtige scheint das Gewesene hindurch, und im Gewesenen blitzt das Künftige auf. Die Vergangenheit wird nicht nur miterinnert, sie wird in jedem Moment tradiert und neu gelebt, und daraus formt sich die Zukunft. Heute war damals Zukunft. Aber gestern war heute schon morgen. Alles geschieht simultan und synchron, befeuert vom Singsang des Alltags: Sprachfetzen, hallende Schritte, Besucheransturm. Wind. Das Heulen eines russischen Windhunds.

Ich bin Dir hierher gefolgt, weil dies der Ort sein könnte, sich zu bekennen. Haidrun ist zu alt dafür, nicht körperlich, aber im Kopf. Es ist rasch mit ihr bergab gegangen, innerhalb weniger Wochen. Man kann von ihr nichts mehr verlangen, nicht mal, dass sie zwei, drei Tage alleine bleibt. Ich habe Frau Rosenkrantz engagiert, die früher pinkfarbene Haare hatte. Sie trug ein Pepitakostüm und einen beigen Popelinhut und kam vom Amt. Frau Rosenkrantz ist jetzt im Ruhestand und wird auf Haidrun aufpassen.

Dass Du mit nach Worpswede fährst, weiß ich von Heike. Das heißt, es war eigentlich meine Idee. Ich wollte, dass Heike Dich dazu bringt. Dafür habe ich Heike die

Karte für den Killesberg beschafft. Dass Du mit Rosalie zum Konzert gehst, wusste ich wiederum von Archie, der Rosalie endlich diese kabellosen Kopfhörer geschenkt hat, mit denen man Dich, wenn Du in der Nähe bist und Dein Smartphone anhast, orten kann. Dass es Ohrstöpsel zum Mithören sind, weiß Archie nicht. Er ist ungeheuer arglos. Er glaubt, ich hätte die Dinger aus Versehen im Internet bestellt und vergessen, sie zurückzuschicken. Dabei habe ich sie von einem Profi. Woher ich Archie kenne? Von seinem Lieferdienst. Ist erst ein Vierteljahr her. Wir hatten Gäste, ein befreundetes Paar von früher. Haidrun rief an, sie war da noch wesentlich stabiler, und er hat ein paar Leckereien vorbeigebracht. Häppchen und Hühnerbeine, Linsensalat, und dabei kam man ins Gespräch. Als er erwähnte, seine Ex heiße Nuria, hat es geschnackelt.

Ich war früher glücklicher. Ich kann aber sehr sinnerfüllend leben. Immer noch. Zum Beispiel, indem ich jemanden beobachte. Und meine Schlüsse daraus ziehe. Bevor ich in den Lauf der Dinge eingreife. Und das Ruder herumreiße.

Mein Leben war früher kompliziert, das brachte der Beruf mit sich, das Amt und der Spagat zu meiner geschlechtlichen Orientierung. Mein Leben ist immer noch unübersichtlich und schwer zu ordnen, obwohl Verfassungsschutz und Homosexualität im Alltag längst keine Rolle mehr spielen. Beides liegt sozusagen hinter mir. Aber mich selbst, mich als Person, habe ich ja mitgenommen ins Alter. Und zu meinen Eigenheiten gehört es, dass ich über andere Menschen Bescheid wissen will.

Als ich Archie traf und er mir von Dir erzählte, hat der Blitz in mich eingeschlagen. Bis dahin habe ich Dich in Ruhe gelassen, über all die Jahrzehnte hinweg, doch jetzt wollte ich alles wissen, alles. Was treibt sie, was ist aus meiner Tochter geworden?

Zufällig habe ich von Arnold Stadler etwas über den heiligen Heimerad gelesen. Der Wandermönch aus Meßkirch war schon vor über 1.000 Jahren als Pilger unterwegs. So bin ich auf den Gedanken mit den Wallfahrten gekommen. Wobei bei einer Wallfahrt das Ziel im Mittelpunkt steht, während bei einer Pilgerreise der Weg das Ziel ist. Doch wer sich als Wallfahrer aufmacht, kann unterwegs durchaus zum Pilger werden; umgekehrt ist das eher unwahrscheinlich. Überhaupt gefällt mir Stadlers rückschrittliche Vorwärtsgewandtheit, sein Anprangern der kapitalistisch klimaverseuchten Konsumgesellschaft. Weil ich annahm, dass Du mit dem heiligen Heimerad nichts anfangen kannst, habe ich Dir einen anderen Text von Arnold Stadler zukommen lassen, seinen jüngsten Roman »Am siebten Tag flog ich zurück«. Ich wusste, das Buch würde Dich auf die Reise nach Rast schicken und von dort aus weiter in die Welt, wo Du das Staunen, nach dem Du Dich so sehr sehnst, neu entdecken und wiedererlernen würdest.

Ich bin es gewohnt, die Strippen zu ziehen. Ich lasse meine Kundschaft gern an der langen Leine. Nicht zappeln, nein. Es sind keine Opfer, derer ich mich annehme, sondern Nutznießer. Vermutlich kann ich das nicht mehr lange durchhalten. Noch lasse ich mich nicht gehen, ich kleide mich akkurat, und mein Vorname – Ernst – ist mein Programm. Was nicht heißt, dass ich keinen Humor habe. Gewitztheit ohne Witz ist nichts wert.

Nun bin ich Dir also hinterher- oder besser gesagt vorausgereist, um Dir bis in das Museum hinein nachzugehen. Ich habe Dich auf dem Barkenhoff erwartet.

So konnte ich mich einfach an Deine Fersen heften, denn ich wusste, Du bist kein Orpheus, Du drehst Dich nicht um. Das hat etwas von Stalking. Es sind aber auch die Methoden, die wir schon früher praktizierten. Wir standen bereits an der roten Ampel, bevor die eigentliche Observation begonnen hat. Die Zielperson war umzingelt. Wer zum angestrebten Ergebnis seines Handelns kommen will, muss der Schnellere sein. Und Heike beachtete mich sowieso nicht, denn man sieht immer nur das, was man will.

Dann ist aber etwas Komisches passiert, womit ich nicht gerechnet habe. Nachdem Du die Treppe zum Eingang hinaufgesprungen bist, inmitten der Besuchergruppe, bist Du noch einmal dieselbe Treppe hochgelaufen, doch diesmal allein. In einem anderen Zeitraum, einem anderen Raum, wie im Traum. Du hast den Windhund verscheucht, das Gartentor aufgerissen und Martha Vogeler zur Seite geschubst, dann stürmtest Du an ihr vorbei durch die Tür und verschwandest im Ostflügel des Barkenhoffs.

»Moin! Nicht erschrecken. Wir sind's wieder, die Polizei. Was machen Sie hier?«

»Ich hab nur unsere Sachen geholt und wollte jetzt raus.«

»Das geht nicht, solange die Leiche im Bad liegt.«

»Die Tür war nicht versiegelt. Außerdem bin ich nicht ins Bad, nur bis hier an die Garderobe.«

»Na gut. Ich wollte sowieso nochmals mit Ihnen reden. Mir will's nicht in den Kopf, ich muss einfach noch mal nachhaken: Sie kannten den Toten wirklich nicht?« Die Polizistin ist jung, eigentlich zu jung, um diesen Job zu machen, und sie trägt einen langen blonden Pferdeschwanz. »Sind Sie einverstanden, wenn wir das Gespräch aufzeichnen?«

Neben ihr steht ein bulliger Kollege, graue Schläfen, Glatze. Er sagt nur diesen einen Satz: »Wir müssen Sie erneut als Zeugin vernehmen.«

»Das fällt Ihnen aber früh ein. Sie haben mich zwei Stunden allein in dieser Besenkammer da drüben warten lassen.«

»Tut uns leid.«

Beide tragen Uniform. Sie haben mir ihre Dienstausweise nicht gezeigt, und ich weiß nicht, ob sie von der Kripo Bremen, vom Kommissariat Osterholz-Scharmbeck oder von der Polizeistation Worpswede kommen. Sie haben mir ihre Namen gesagt, ohne Dienstgrad, aber ich habe sie mir nicht gemerkt. Wie schon beim ersten Mal führt die Frau im Wesentlichen die Ermittlungen durch.

»Oder kannten Sie ihn etwa doch?«

»Woher soll ich das wissen? Er hat ja kein Gesicht mehr. Darf ich jetzt zu meiner Tochter?«

»Es geht ihr gut. Wir haben für sie im Frühstücksraum ein Plätzchen eingerichtet. Mit ein paar Polstern und einer Decke. Sie schläft. Die Notärztin hat ihr ein Beruhigungsmittel gegeben.«

»Da hätten Sie mich vorher fragen müssen.«

»Das stimmt. Sie können eine Beschwerde einreichen.«

»Ich möchte einfach nur in mein Bett. Oder in irgendein Bett. Hoffentlich ist noch ein Zimmer frei. Erst war ja alles leer, jetzt sind massenhaft Gäste da. Wenn hier gleich die Spurensicherung … Können wir vielleicht raus auf den Flur? Oder runter in die Halle? Ich finde, es stinkt hier. Es stinkt entsetzlich.«

»Gut. Kommen Sie. Aber bitte leise, sonst gibt es im Gang wieder einen Auflauf. Wir sind mit den Vernehmungen durch, und Schaulustige können wir nicht brauchen. Gleich trifft das ganze Ermittlerteam ein, und die Leute sollen in Ruhe ihre Arbeit machen.«

»Dauert das bei der Kripo immer so lang?«

»Es ist manchmal besser, wenn wir erst zu zweit unsere Arbeit machen.«

»Wie geht es jetzt weiter?«

»Sie meinen, für Sie?«

»Wo sollen wir unterkommen? Na ja, zur Not schlafen wir bei Heike.«

»Das heißt, Sie bleiben im Hotel?«

»Wo soll ich denn hin, mitten in der Nacht?«

»Wir können Sie mitnehmen, Sie und Ihre Tochter, wenn Ihnen das lieber ist. Aber es wird schwer sein, um diese Zeit eine andere Unterkunft zu finden. Und zuvor muss ich Ihnen noch ein paar Fragen stellen.«

»Ich habe doch schon alles gesagt.«

»Dann erzählen Sie mir das bitte noch einmal.« Die Beamtin seufzt. »Können wir?«

Also gut. Ich atme tief durch. »Wir kamen vom Essen zurück, kurz nach elf, es war schon dunkel …«

»Vorhin haben Sie gesagt, es ging gegen halb zwölf.«

»Ich habe nicht auf die Uhr geschaut. Lüge ich?«

»Nein, das macht Sie glaubwürdig. Weiter.«

»Heike ging direkt auf ihr Zimmer. Sie wohnt einen Stock höher. Ich wollte die Tür von Nummer 3 aufschließen, da merkte ich, sie war nur angelehnt. Rosalie ging vor mir rein und setzte sich aufs Doppelbett. Dort zog sie die Schuhe aus. Ich hängte die Jacke an den Haken und lief ins Bad. Der Tote lag in der Badewanne. Überall Blut und Hirnmasse. Kopfschuss. Ich fasste ihn an, obwohl er fürchterlich aussah. Er war noch warm.«

»Wo haben Sie ihn berührt?«

»Am Arm. Ich habe mich vorhin nicht zu fragen getraut. Wurde er ermordet?«

»Wir gehen von Suizid aus.« Die Polizistin macht eine Pause. »Das ist aber gar nicht so leicht, sich auf diese Weise umzubringen. Man muss wissen, wie man es richtig anstellt. Er ging auf Nummer sicher. Daher vermuten wir, dass es sich um einen Profi handeln könnte.«

»Ein professioneller Selbstmörder?«

»Jemand, der sich mit Schießen auskennt. Seltsam ist, dass niemand den Schuss gehört hat. Brückenwochenende, die Unterkunft bumsvoll. 'tschuldigung.«

»Keine Ahnung, kann ich nix zu sagen. Das muss kurz vorher gewesen sein, also ehe wir zurückgekommen sind. Ich bin schnell wieder aus dem Bad raus und hab mich um Rosalie gekümmert. Damit die nichts mitkriegt. Wir sind runter in den Frühstücksraum. Ich bin kurz auf die Toilette. Sorry, aber war halt so. Dann hab ich den Notruf getätigt.«

»Und Ihre Freundin haben Sie nicht informiert?«

»Heike? Nein. Wozu?«

Der schweigsame Polizist schaltet sich ein. »Woher hatte der Mann die Waffe? Es ist eine P08, eine Luger-Parabellum.«

»›Para bellum‹ heißt auf Deutsch ›sich auf den Krieg vorbereiten‹. Die Pistole könnte aus den 1970er-Jahren stammen, da hat Mauser sie neu gebaut.« Die blonde Beamtin lächelt. »Internet. Kann man alles geschwind googeln. Krieg. Aber 70er-Jahre. Baden-Württemberg. Da denkt man doch gleich an den Terrorismus und Stammheim.«

»Also woher?«, insistiert der Kollege. »Woher stammt die Waffe?«

»Das fragen Sie mich? Mitgebracht? Von seiner Frau?«

»Wieso von seiner Frau?«

»Wieso nicht? Fragen Sie mich lieber, woher er den Schlüssel zu meinem Zimmer hatte. Das kann ich Ihnen beantworten. Von der Rezeption. Dort hing er nämlich. Vielleicht ist der Unbekannte nur bei mir rein, weil noch ein Schlüssel übrig war. Oder zwei. Meiner und der von Heike. Den hätte er auch nehmen können.«

»Sie halten also daran fest«, bemerkt der bullige Beamte, »dass sich ein völlig Fremder im Bad Ihres Zimmers erschossen hat, ohne dass es dafür ein nachvollziehbares Motiv gibt? So ganz ohne Vorgeschichte?«

»Das habe ich nicht gesagt. Aber ohne Gesicht kann ich den Toten nicht identifizieren. Falls ich ihn kennen sollte.«

»Haben Sie einen Verdacht?« Die junge Pferdeschwanzträgerin übernimmt wieder.

»Nein, wie sollte ich? Wenn ich geahnt hätte, dass so was passiert, wäre ich bestimmt nicht hier abgestiegen. Im Übrigen werden Sie meine Fingerabdrücke auf der Waffe finden. Ich habe sie dem Mann aus der Hand genommen. Weil ich Angst hatte, dass er damit auf mich schießt.«

»Sie haben doch gesehen, dass er tot ist.«

»Nein, das habe ich nicht. Im Bad war es fast ganz dunkel. Deshalb habe ich ihn am Oberarm geschüttelt. Um zu testen, ob er reagiert. Da kam aber nichts. Erst dann habe ich das Licht angemacht.« Jetzt habe ich mich in idiotische Widersprüche verwickelt. So ein Stuss!

»Sie haben einen Schock«, konstatiert der Beamte.

Ich hätte ihn tatsächlich nicht erkannt. Nicht ohne das Papier. Wann und wo hat Ernst Bengele den Bericht geschrieben, den ich neben der Badewanne gefunden habe, besuppt von Blut? Ist er vollständig? Ist Herr Bengele mir auch vorher schon gefolgt, nach Rast und Todtnauberg? Hat er mir schon länger hinterherspioniert?

»Sie verschweigen uns etwas«, stellt die Polizistin fest. »Was versuchen Sie zu verbergen?«

Aha. Die beiden arbeiten nach dem Muster guter Bulle, böser Bulle.

»Wir sollten mit Heike Seidel sprechen«, erwidert der ältere Kollege. »Und wir müssen Ihre Tochter befragen, so leid uns das tut, liebe Frau Haas. Das machen wir am besten gleich morgen früh. Sie halten sich zu unserer Verfügung.«

IV.

PAS DE DEUX

21

Ernst Bengele lernte Irina »Olga« Iwanowa am 16. Mai 1976 spätabends bei der »Widmerin« kennen. Das legendäre Lokal unten in der Stuttgarter Liederhalle war proppenvoll. Es war Sonntag. Am Sonntag davor war Ulrike Marie Meinhof von Justizvollzugsbeamten in ihrer Zelle tot aufgefunden worden. Sie hing mit einer Schlinge um den Hals am Fenstergitter; der Strick war aus Handtuchstreifen zusammengedreht worden. Dem Vernehmen nach handelte es sich um ein blau-weißes Küchenhandtuch. Selbstmord oder Mord? Darüber wurde nun bei der Widmerin heiß und über die Tische hinweg debattiert. Für die überwiegende Mehrheit der Gäste war klar, dass die Strangulation durch Fremdeinwirkung erfolgt war. Dass als Todesursache auch Suizid infrage kam, wurde eher vereinzelt und verhalten geäußert. Ulrike war von ihren Mitgefangenen schwer schikaniert worden, das war über Stammheim hinaus bekannt. Es hatte Anzeichen einer Depression gegeben, aber Gudrun sagte, sie hätten am Tag vor Ulrikes Tod über ihre künftige Strategie während des Prozesses diskutiert. Es gab keinen Abschiedsbrief, und nachts hatte Gudrun Musik aus Ulrikes Zelle gehört. (Was für eine Musik das war, hätte Ernst Bengele wohl herausfinden können, und er stellte fest, dass es ihn interessierte. Doch aus Pietät wollte er dem Drang nicht stattgeben, hier weiter nachzuforschen.)

»Es war Mord!«, rief ein dicker Dichter mit Hut, wässrigen blauen Augen und polternder Stimme, und die Umsitzenden pflichteten ihm bei.

Abgesehen von einer auffallend kleinen, zierlichen Frau befanden sich an seinem Tisch nur Männer. Sie waren schlampig frisiert und schlecht angezogen. Alle tranken Wein, Bier und Schnaps. Die meisten rauchten unablässig. Der Qualm hing schwadenartig in der Luft. Ein bärtiger »Spiegel«-Korrespondent, der ein breites Schwäbisch sprach, lächelte sibyllinisch.

Olga saß etwas abseits. Sie trug ein eng anliegendes schwarzes Kleid, das ihren groß gewachsenen, durchtrainierten Körper elegant zur Geltung brachte. Sie war makellos schlank, aber nicht dünn, sie wirkte etwas zu gepflegt und sehr androgyn, fast knabenhaft. Man konnte sie für überheblich halten und sich fragen, was sie hier verloren hatte.

»Sie hend se erwürgt und aufg'hängt«, erklärte die kleine Frau. »Die Ulrike kann nix dafür.«

Ernst Bengele stand mit dem Rücken zur Wand und schwieg. Er hätte viel dazu sagen können (etwa über die mögliche Existenz eines zweiten Treppenhauses mit einem Ausgang neben Meinhofs Zelle und darüber, wie viele Zellen der Verfassungsschutz heimlich verwanzt und abgehört hatte), doch das hätte fatale Folgen gehabt. Außerdem hätte man ihm nicht zugehört, denn er passte nicht in dieses Ambiente. Man hielt ihn für einen spießigen Mitläufer, vollkommen unwichtig. Er war nur wegen Olga hier, und wie sie war er viel zu akkurat gekleidet. Olga wusste noch nicht, wie man sich richtig präsentieren musste. Das gefiel ihm, und ihm imponierte ihre Kühnheit, sich hier allein zu zeigen. Von Marcia, die an diesem Abend nicht anwesend war, wurde sie in die künstlerischen und intellektuellen Kreise Stuttgarts eingeführt. Olga legte offenbar Wert darauf, Kontakte zu knüpfen.

Ernst Bengele verfolgte das Geschehen mit großem Interesse, und er kannte die Hintergründe: Nachdem Glen Tetley im Frühjahr zurückgetreten war, hatte Marcia Haydée die Direktion des Stuttgarter Balletts übernommen. Als Erste Solistin und Muse Crankos hatte sie dem Stuttgarter Ballett bereits zuvor entscheidende Impulse gegeben. Nun verhalf sie der Compagnie zu Ruhm, indem sie das Repertoire mit richtungsweisenden Werken beträchtlich ausweitete. Wie zuvor Cranko kümmerte sie sich intensiv um die Nachwuchsförderung. Zu ihren besten, talentiertesten, ehrgeizigsten und chancenreichsten Schützlingen gehörte neuerdings Olga.

Dass Irina »Olga« Iwanowa aus der Deutschen Demokratischen Republik ausreisen durfte und nach Stuttgart gelangt war, daran hatte Ernst Bengele einen entscheidenden Anteil – persönlich gekannt hatte er sie vorher aber nicht. Nun hatte man ihn in dieses Etablissement geschickt, um ihr auf den Zahn zu fühlen und sie ein bisschen zu observieren.

Er nahm sein Glas und setzte sich zu ihr auf den letzten freien Stuhl. »Und wie denkst du darüber?«

Aus schmalen, kajalumrandeten Augen sah sie ihn an. Ihr Blick war klar, gerade, gestochen scharf. Die Augenfarbe war undeutbar, Kopf und Ohren waren wohlgeformt. Sie hatte, eher unüblich, fast eine Glatze. Ihr borstendickes Haar stand blauschwarz gefärbt in alle Richtungen. Die Hände waren ästhetisch perfekt. Sie trank einen Schluck Sprudel und grinste spitzbübisch. »Nun, ich denke, dass auch morgen wieder die Sonne aufgeht.«

Das war eine Chiffre, eine bei den Geheimdiensten verwendete Verklausulierung. Ernst Bengele verstand, dass Olga ihn damit prüfen wollte, doch er gab sich nicht die Blöße zu zeigen, dass er vom Fach war. »Davon ist auszugehen«, erwiderte er nur. »Zumal in Zeiten des abnehmenden Mondes.«

Olga entsprach exakt Ernst Bengeles Ideal: feingliedrig, edel, jungenhaft. Sie besaß leider nur das falsche Geschlecht – wäre sie ein Mann gewesen, hätte er sie vom Fleck weg verführt.

So aber vergingen Monate, ehe Ernst Bengele seine sexuelle Orientierung über den Haufen warf und mit Irina »Olga« Iwanowa im Verborgenen ein Paar wurde. Vorübergehend zumindest – ewig hielt das nicht. Doch es dauerte lange genug, dass Olga schwanger wurde.

Was sie einerseits als fatal empfand, sich andererseits aber auch wünschte. Abtreibung kam für sie nicht infrage, obwohl das kein Problem mehr darstellte. Olga kannte viele Frauen, die abgetrieben hatten. Doch sie wollte ein Kind, und wann, wenn nicht jetzt? Sie war sehr froh, dass niemand von ihrer Liaison wusste. Es durfte keinen Vater geben, niemanden, der ihr in die Suppe spuckte. Sie musste das Kind heimlich austragen, zur Not allein auf die Welt bringen und in fremde Hände geben. Doch sie würde immer einen Blick auf ihre Tochter haben, denn sie war sich sicher, dass es ein Mädchen war, das sie unter der Brust trug.

Dass es dann anders kam und dass sich Irina »Olga« Iwanowa schon bald nach der Geburt aus dem Leben ihrer Tochter zurückzog, hat mit den Unwägbarkeiten zu tun, denen wir ausgesetzt sind. Genauso wie der Umstand, dass Ernst Bengele beizeiten als Vater infrage kam. Das veränderte alles, denn er setzte Olga unter Druck. Er wollte, dass die Vaterschaft anerkannt wurde – dann wäre er den Verdacht, homosexuell zu sein, endlich los. Und er wünschte sich, dass sie ihre Karriere an den Nagel hängte, um für das Kind da zu sein.

Beides lehnte Olga entschieden ab. Sie drohte damit, Ernsts berufliche Existenz zu vernichten, wenn er auf der Vaterschaft beharrte. Das ließ sich mit ein paar Details aus seinem Intimleben durchaus angehen.

Man einigte sich darauf, dass Olga auf den Kontakt zum Kind verzichtete. Den Rest würde Ernst Bengele schon richten.

Am Montag, am Tag vor der Sommersonnenwende, kommt Nuria zurück nach Stuttgart. Heike Seidel blieb doch nicht länger und hat Rosalie und sie nach Hause gefahren. Am Dienstag geht sie pünktlich um halb neun zur Arbeit. Die Praxis ist öde, Erdmute hat einen Termin bei der Ärztin. Nuria zerknüllt den Zettel, der auf dem Flurboden liegt, und öffnet die Tür zu ihrem Behandlungszimmer. Stickige Luft schlägt ihr entgegen. Ein fieser Geruch. Was ist das? Liegt vielleicht irgendwo eine verwesende Maus? Nuria reißt das Fenster auf. Herein dringt Vogelgeplärr. Nuria schnauft. Sie wird sich wieder an das regelmäßige, disziplinierte Arbeiten gewöhnen, das sie seit Wochen ständig unterbrochen und vernachlässigt hat. Jetzt will sie die Pilgerfahrten hinter sich lassen, die doch nur zeitnah ins Verderben münden. »Mir langt's!«, sagt sie mehrfach laut.

Sie wird bis zu den Schulferien im August daheimbleiben und hier ihrer akribischen Suche nachgehen, nach dem, was gewesen und wie es geworden ist. Das Fazit des letzten Vierteljahres: zwei unaufgeklärte Morde, die Nuria möglicherweise begangen hat. Die Opfer sind ihre leiblichen Eltern. Mit neun Jahren hat Nuria vielleicht ihre Adoptivmutter in den Tod geschickt, nachdem sie ihren Adoptivvater aus dem Haus getrieben hatte. So sieht es jedenfalls aus. Was mit Claudius dann passiert ist, bleibt unklar. Dem Vernehmen nach ist er ebenfalls längst tot, doch was weiß man schon von den Fährnissen des Lebens, die wie die Liebe den Tod überdauern? Und manche Totgeglaubte stehen langsam wieder auf.

Niemand bezichtigt Nuria, ein Verbrechen begangen zu haben. Die Ermittlungen führen zu nichts. Zumindest, soweit sie das beurteilen kann. Die Kripo aus Norddeutschland hat sich nicht bei Nuria gemeldet. Kein Mensch stellt die Verbindung her zwischen dem unbekannten Toten im Hotel Heinrich in Worpswede und der erschlagenen Leiterin einer Stuttgarter Ballettschule. Nur Nuria weiß, dass sie ein Motiv hat. Ernst Bengele war ihr leiblicher Vater, er hat ihr seine Geschichte schriftlich neben der Badewanne in Worpswede hinterlassen. Hat Nuria ihre leiblichen Eltern ermordet (unter diesen Umständen handelte es sich wohl um Mord, nicht um Totschlag), weil sie sie um ihr Leben gebracht, weil sie ihr ihre Herkunft verschwiegen haben? Nuria hält das für durchaus plausibel, theoretisch zumindest, rein theoretisch, auch wenn ihr in beiden Fällen zum Todeszeitpunkt nicht bewusst war, dass es sich um Mutter und Vater handelt.

Sie beginnt wieder zu grübeln. Und fürchtet, dass sie die Tat in beiden Fällen verdrängt. Aber was, wenn nicht? Wenn sie vollkommen unschuldig ist? Das ist genauso möglich. Vielleicht blendet sie die Taten nicht aus, sondern hat sie schlichtweg nicht begangen. Nuria würde sich gern selbst entlasten. Und für sich den Beweis antreten, dass sie nicht vollends plemplem ist.

Bleibt die Frage: Inwiefern war Frau Bengele die Komplizin von Ernst? Kannte sie die volle Wahrheit, als sie Nuria als Pflegekind aufnahm?

Haidrun Bengele ist vorgestern umgezogen. Sie lebt im Rosa-Luxemburg-Heim in der Augustenstraße im Stuttgarter Westen, zu Fuß eine Viertelstunde von Nurias Wohnung entfernt. Sie ist noch keine 80, doch ihre Demenz ist weit fortgeschritten, und sie kommt mit dem Verschwinden ihres Mannes nicht zurecht. Sie kann nicht mehr allein leben, und Frau Rosenkrantz hat ihr geschwind den Heimplatz vermittelt. Mithilfe alter Seilschaften klappte das erstaunlich schnell. Nuria hat Frau Bengele gestern Abend besucht und dabei Dinge erfahren, an die sich Haidrun minutiös erinnert. Nuria sieht keinen Grund, die lange zurückliegenden Fakten anzuzweifeln. Doch ob Haidrun wusste, dass Ernst ihr Vater war, wagte Nuria nicht zu fragen.

Die Geschichte geht ihr nach. Nuria fühlt sich schutzlos und wund. Auch Rosalie hat an ihrer psychischen Gesundheit Schaden genommen. Die Befragung der Polizei hat ihr zugesetzt. Offen bleibt, wie viel sie von den furchtbaren Vorgängen mitbekommen hat. Sie zieht sich immer weiter in ihr Schneckenhaus zurück. Nuria kommt nicht mehr an sie heran. Archie hat angeboten, sich um Rosalie zu kümmern, bis sie sich innerlich wieder beruhigt hat.

Nuria fürchtet, dass etwas mit ihr selbst nicht stimmt. Und dass man ihr das anmerkt, obwohl keiner was sagt. Sie hat den Boden unter den Füßen verloren. Und sie flüchtet sich in Welten, die womöglich nicht vollends real sind. Die nicht mit der Wirklichkeit, wie sie die anderen erleben, übereinstimmen. In der letzten Zeit war da Wunder was geboten.

Plötzlich erkennt Nuria, an was sie der Gestank im Behandlungszimmer erinnert: an den süßlichen, muffigen Moder im Mädchenheim St. Aloisia. Der hatte freilich nichts mit den toten Kindern zu tun, aber nun sieht sie alles genau vor sich.

Sie hat den Morgen für sich, den ganzen Vormittag keine Klientel. Vielleicht sollte sie im Kinderheim noch mal ansetzen. Es könnte ja sein, dass sie doch keine Mörderin ist. Und nicht verrückt. Dass jemand Szenen inszeniert und ihr Taten in die Schuhe schiebt, die sie nicht verübt hat. Aber wozu?

Sie dreht sich im Kreis. Sie dreht sich und dreht sich.

»Wir haben das gesamte Anwesen verkauft«, sagt Sonja Franz, als Nuria beim Immobilienbüro Reinschmidt & Kaiser anruft. »Einen weiteren Besichtigungstermin kann ich Ihnen also nicht anbieten.«

»Wer hat St. Aloisia denn erworben? Mitsamt den ganzen Anlagen muss das Objekt ja ein Vermögen wert sein.«

»Das ist es. Aber ich darf Ihnen leider keine Auskunft geben.«

»Das habe ich mir schon gedacht. Vielleicht ein klitzekleiner Hinweis?«

»Wozu?«

»Es geht um die toten Kinder auf dem Dachboden, die im letzten Herbst dort gefunden wurden. In der Presse kam dazu nichts, und man kann es auch nicht googeln.«

»Ach du liebe Lotte! Laufen Sie immer noch dem Verdacht nach, die Bengeles hätten etwas damit zu tun? Die

Skelette dieser Kinder sind uralt, das wurde untersucht und bewiesen. Das Verbrechen muss bei den Nazis passiert sein oder kurz nach den Nazis. Die Bengeles waren da selber noch Kinder.«

»Vielleicht haben die Bengeles zu den Kindern gehört, haben aber irgendwie überlebt.«

»Möglich. Dann sind sie Freunde aus Kindheitstagen, haben zusammen ihre Ausbildung durchlaufen und später geheiratet.«

»Womöglich gehörten die Kinder einer bestimmten diskriminierten Gruppe an. Displaced Persons waren sie jedoch eher nicht. So wie Ihre Großmutter.«

»Die war ja, wie ich Ihnen schon erzählt habe, nach dem Krieg in der Reinsburgstraße gemeldet. Dieses Lager ist verbürgt.«

Nuria seufzt. »Was war denn zu der Zeit im späteren Mädchenheim St. Aloisia untergebracht? Im Netz gibt es dazu nichts.«

»Ich weiß es nicht. Ich müsste lügen. Aber ich kann es für Sie herausfinden. Vermutlich geht das sogar über die Grundbucheinträge.«

»Das wäre wahnsinnig hilfreich. Wann wurde die Villa genau gebaut?«

»1933. Warum sind Sie immer noch hinter den Bengeles her?«

»Ernst Bengele ist verschwunden. Seine Frau ist eben im Heim gelandet.«

»Wie heißt Frau Bengele denn? Ich meine, Vor- und Geburtsname?«

»Haidrun. Haidrun Hymer.«

Ob sie mit der Generaloberin Maria Katharina Hymer verwandt ist? Die Namensgleichheit fällt Nuria erst jetzt auf. »Vielleicht hat der Familie Hymer der Grundbesitz gehört?«

Eigentlich will sich Nuria um ihre Steuererklärung kümmern. Doch nun sitzt sie am Schreibtisch und zählt die Varianten zusammen.

Variante 1a: Sie hat ihre leiblichen Eltern ermordet, *bevor* sie wusste, dass es ihre Eltern waren. Variante 1b: Sie wusste es insgeheim.

Variante 2a: Irina »Olga« Iwanowa und Ernst Bengele wurden nicht von Nuria umgebracht, aber von einer Person, die Nuria kennt. Variante 2b: die Nuria unbekannt ist.

Variante 3a: Olga und Ernst wurden von zwei verschiedenen Personen umgebracht, die Verbrechen haben aber miteinander zu tun. Variante 3b: Sie geschahen unabhängig voneinander.

Variante 4: Olga wurde erschlagen, von wem auch immer, Ernst beging Suizid.

Von diesen Varianten lassen sich schier beliebige Untervarianten ableiten. Wenn Nuria nach Entlastung strebt, dann sollte sie systematisch vorgehen.

Entsetzt bemerkt sie, dass sich das gesamte Umfeld von ihr zurückgezogen hat. Als hafte ihr ein ekelhafter Makel an, etwas, wovor es einem graust. Niemand will sich ihr mehr anvertrauen. Rosalie hatte auf der Rückfahrt die ganze Zeit die neuen Ohrstöpsel drin. Nuria hat sie ausgetauscht und die alten in den Müll geschmissen. Eingewickelt in ein fettiges Butterbrotpapier. Vielleicht ist es ja gar nicht wahr, dass sie verwanzt sind. Und Ernst Bengele wollte ihr nur Angst machen. Oder er hat gesponnen. Aber sicher ist sicher. Auch wenn er jetzt nichts mehr damit anrichten kann. Rosalie hat nichts gemerkt, obwohl die neuen Ohrstöpsel ein bisschen anders aussehen. Oder sie tut zumindest so.

Heike Seidel hat Nuria nicht erzählt, wann und wo sie sich in Worpswede nochmals allein mit ihrer Tochter Selina getroffen hat und was dabei herauskam. Sie hat auch nichts von der polizeilichen Vernehmung als Zeugin preisgegeben. Nuria hat umgekehrt kein Wort darüber verloren, dass sie Ernst Bengele anhand des bei ihm aufgefundenen handschriftlichen Berichts identifiziert hat. Und dass sie dieses Schreiben vor den Ermittlern geheim gehalten und im Rucksack verstaut hat. Die Fahrt ist weitgehend schweigend verlaufen. Heike hat Nuria und Rosalie heimgefahren. Danach hat sie sich nicht mehr gemeldet.

Nuria beschließt, die Ermittlungen gegen sich selbst einstweilen einzustellen. Sie will nicht wieder planlos in der Gegend herumgurken, um sich in weiteren Fantastereien zu verlieren. Um damit der drohenden Panikattacke ein Schnippchen zu schlagen. Am Ende liegt da wieder eine Leiche, womöglich die von Haidrun Bengele oder Claudius Haas. Falls der noch lebt. Wobei – ist intuitives Handeln jemals planlos? Es gab und gibt doch ein Ziel: ein Tötungsdelikt aufzuklären, mittlerweile sogar zwei. Kann man Abschweifungen von der Norm einfach so abtun?

Nuria möchte sich erst mal um die Außenwelt kümmern. Welche Verbindung gibt es zwischen dem Anwesen am Max-Eyth-See, dem Mädchenheim St. Aloisia, der Nurejew-Ballettschule und den Bengeles? Als ersten Schritt müsste sie herausfinden, wie die Vergangenheit, die Olga nach Stuttgart mitbrachte, beschaffen war. Doch das erscheint schier unmöglich. Wann Olga wirklich geboren wurde, lässt sich beim besten Willen nicht feststellen.

Marcia Haydée ist Jahrgang 1937, Rudolf Nurejew 1938. Es steht zu vermuten, dass Irina »Olga« Iwanowa wie die Bengeles ungefähr dem Jahrgang 1943 angehörte. Angeblich hat sie mit Nurejew getanzt. Dabei war sie trotz des Namens keine Sowjetbürgerin, sie konnte nicht mal Russisch. Mitte der 1970er-Jahre war sie in Halle an der Saale engagiert, und freilich gehörte sie zur Stasi. Weshalb Honecker sie loswerden wollte und zum Dank Waffen an die Rote Armee Fraktion lieferte, entzieht sich Nurias Kenntnis. Es handelt sich dabei sowieso nur um die Version der Bengeles, die wiederum Heike ihr erzählt hat.

Frage 1: Waren die Waffen, die Honecker dem Vernehmen nach an die RAF nach Stammheim lieferte, von Mauser in Oberndorf am Neckar?

Frage 2: Stammt die Mauser P08 von Frau Bengele aus dieser Lieferung oder ist sie eine Stasi-Waffe?

Frage 3: Wie kam sie zu den Bengeles?

Frage 4: Hat Selina die Leichen auf dem Dachboden entdeckt?

Die erste Frage ist vermutlich unwichtig, die zweite und dritte sind spekulativ, die vierte ist ungeheuerlich.

Heute, am 21. Juni, zum Sommeranfang, hat Aloisia Namenstag, sieht Nuria bei einem Blick in ihren Kalender. Zufall? Warum hieß das Mädchenheim so? Nach wem wurde es benannt?

22

Die Zeit von der Sommersonnenwende bis in den August hinein ist dadurch bestimmt, dass die Tage kürzer werden. Abends kann Nuria dem etwas abgewinnen, dass es schneller dunkel wird. Aber morgens fällt es ihr nun wieder schwerer, zeitig aufzustehen. Sie hat es sich angewöhnt, die unumstößlichsten Dinge schon in aller Frühe zu erledigen. Zum Beispiel ihre verhasste Steuererklärung. Doch das Leben ist zumindest in einer Hinsicht einfacher geworden, wenn auch nicht leichter. Rosalie verbringt nun die Hälfte der Zeit bei ihrem Vater. Sie scheint mit Archie besser klarzukommen als mit Nuria, was an der schwierigen Mutter-Tochter-Beziehung in der Pubertät liegen mag. Vielleicht hat es aber auch mit Dingen zu tun, über die Rosalie nicht spricht. Was hat sie gesehen, was hat sie von den Tötungsfällen mitbekommen? Hat Rosalie die beiden Opfer womöglich umgebracht? Das erscheint Nuria nicht nur abwegig, sondern absolut undenkbar, doch es wäre nicht unmöglich. Rosalie hätte jeweils die Gelegenheit dazu gehabt, wenn Nuria ihr Erinnerungsvermögen so zurechtschleift, dass passendes Material die Lücken füllt. Nur – warum sollte Rosalie so etwas tun? Dazu fällt Nuria nichts ein. Allerdings würde es erklären, wieso sie nicht weiterkommt. Weil sie sich schützend vor ihr Kind stellt, um die Umstände zu vertuschen. Oder hat Nuria ihre Tochter zu den Taten angestiftet?

Rosalie schweigt, was die zwei Toten betrifft. Sie sagt keinen Mucks. Falls sie sich Archie anvertraut, behält er das für sich. Er ist freundlich, geht aber auf Distanz zu Nuria, sie spürt das deutlich. Rosalie verhält sich unkompliziert, ist für Nuria jedoch kaum noch erreichbar. Als es Zeugnisse gibt, bringt Rosalie gute Noten nach Hause. Selbst in den Sprachen schneidet sie durchschnittlich ab.

Erdmute hat irgendein Schwangerschaftsproblem, das offenbar ein Geheimnis bleiben soll. Sie hat sich in der Praxis eine Auszeit genommen und antwortet nicht auf Nurias Nachrichten. Sie versichert lediglich, es sei alles so weit in Ordnung, sie sei nur vorsichtshalber vorübergehend krankgeschrieben.

Heike und Selina Seidel haben sich nicht mehr gemeldet, waren telefonisch nicht erreichbar und haben Mitteilungen auf der Mailbox ignoriert. Auch die anderen Ansprechpersonen zogen sich mehr und mehr zurück und signalisierten, dass sie nicht weiterhelfen können. Frau Franz und Frau Rosenkrantz zeigten sich sichtlich genervt, Frau Bengele wirkte verwirrt und überfordert. Es tun sich keinerlei Türen auf, nirgendwo findet Nuria zu erhellenden Auskünften. Deshalb fängt sie an, die Sache zu verdrängen. Da niemand sie belangt, am Tod von Irina »Olga« Iwanowa oder Ernst Bengele schuld zu sein, verliert sie selber das Interesse daran, der Wahrheit auf den Grund zu gehen.

Dennoch nagt etwas an ihr, lässt ihr keine Ruhe. Es ist ein seltsamer Sommer, der merkwürdigste, der Nuria je widerfahren ist. In den Medien sprechen sie immer noch von der »Zeitenwende«, und das schon seit Beginn des russischen Angriffskriegs gegen die Ukraine, seitdem ist bald ein halbes Jahr vergangen. Aber kein Mensch weiß, was mit »Zeitenwende« gemeint ist. Wendet sich die Zeit nicht immer? Nun will man partout das Ende einer Epoche und eine neue Zeit heraufbeschwören. Die Anzeichen dafür sind da: ein neuer Kanzler, ein neues Klima, ein neuer Krieg. Es ist Zeit, dass es Zeit wird. Die Umstände, unter denen die Leute die letzten zwei, drei Jahre gelebt haben, waren dermaßen unvernünftig und idiotisch, dass Nuria sich kaum vorstellen kann, wie einem bei diesem Chaos noch ein Funken Verstand bleiben soll. Eine Pandemie hat den gesamten Erdball erschüttert. Also wurden die Grenzen geschlossen, die Innenstädte entvölkert und die Haushalte isoliert. Als alles Einsperren, Impfen und Maskieren nichts nützte, ging man zur Normalität über, man redet einfach nicht mehr davon. Doch die Angst, die kleinhäusige Angst vor dem Unentrinnbaren (gemeint ist der eigene profane Tod), muss stets auf demselben Level bleiben. Was wäre der bedeutungslose Mensch ohne die finale Version des Schreckens? Nun fuchtelt man mit Panzern, Atomkraftwerken, Wasserknappheit, Dürre, Hitzschlag, Überschwemmung, ungeheizten Büros und Inflation. Man lockt mit der Benzinpreisbremse und dem 9-Euro-Ticket, wodurch der Nahverkehr brechend voll ist. Die halbe Stadt hat Corona, bespielt aber weiter Cafés, Supermärkte, Schulen und Schwimmbäder – nur in die Kinos kommt keiner mehr, und die Theater halten Siesta.

Nurias Klientel rennt ihr mit Problemen die Bude ein, zumal sie auch noch Erdmute vertreten muss. Die Terminliste wird immer endloser. Und die Menschheit immer verrückter. Kein Wunder, wenn auch Nuria insgeheim von der Norm abweicht. Man sagt ja von therapeutischen Fachkräften, dass die selbst komplett spinnen.

Höchste Zeit, dass der Urlaub kommt und man den Unfug im Ausland fortsetzen darf. Wie kann man in einer

Welt, deren Nachrichtengehalt dermaßen aus den Fugen geraten ist, sinnhaft bestehen? Nuria fragt sich, wie sie herausfinden soll, ob sie kognitive Aussetzer hat, wenn sie sich in einer kulturellen Umgebung aufhält, die dadurch definiert ist. Wie kann sie sich abgrenzen von der seelisch-geistigen Vereinnahmung, der sie tagein, tagaus ausgesetzt ist? Sie wird permanent gezwungen, Realitäten als fix anzuerkennen, deren Wahrheitsgehalt äußerst uneindeutig bleibt. In diesem schwankenden Rahmen soll sie zu einem stabilen Ergebnis kommen? Zur letztgültigen Antwort auf die Frage, wie gefährlich und gewalttätig sie ist? Wie kann das gehen? Wenn man nicht aufpasst, wird man an den Behauptungen, die andere für einen aufstellen, zerbrechen. Allerdings muss man sich hüten, im missverständlichen Kontext so etwas zu äußern. Das kann böse nach hinten losgehen. Da landet man ganz schnell unter den Verschwörungstheoretikern. Immer mehr davon gibt es, immer absurdere, abstrusere, mikro- und makroaggressivere. Allerorten steigt die Gewaltbereitschaft. Als wäre nicht schon alles schlimm genug. Und daneben existiert der zivile Ungehorsam. Sitzblockaden. Containern. Gewaltfreier Widerstand. Ein Ende des Schreckens und der Lähmung in den Köpfen? Was sind das für Aktive, die im Müll baden und sich auf die Straße kleben? Sind das lauter junge Leute, die psychisch bisweilen speziell sind? Oder stammen sie aus allen Lebensaltern und sämtlichen Schichten der Gesellschaft, und gemeinsam treibt sie der Überdruss an vorschnellen Gewissheiten und vorformulierten Lügen? Nuria nimmt sich vor, dieses zumindest teilweise zivilisierte Feld genauer zu beobachten.

Dabei fühlt sie sich alleingelassen, sie kann mit niemandem reden. Auch hat sie keine Ahnung, wo sie mit

Rosalie drei Wochen Ferien machen soll. Fliegen kommt nicht infrage. Auto fährt sie nicht. Bleiben Zug und Schiff. Nähere Ziele sind mit dem Fahrrad oder zu Fuß erreichbar. Mehrtägige Radtour oder Wanderung. Aber da macht Rosalie nicht mit. Nuria muss irgendwie gerettet werden. Sie überlegt, ob sie sich ein neues Fernziel sucht, das an die magischen Reiseeindrücke des Frühjahrs anknüpft. Sie ist nicht weit genug gekommen, um das Rätsel ihrer Existenz zu lösen.

Nuria greift nach einem Post-it-Zettel und notiert: »Liebe Patti, liebe Hannah, angenommen, es stört uns nicht, dass wir sterben, dann sind wir doch vollkommen frei?«

Das Handy schnarrt. Es ist Heimerad.

Nuria lebt gerne in Stuttgart. Wo sie geboren ist, weiß sie nicht. Aber hier wurde sie als Baby gefunden. Sie hat Glück mit ihrer Heimat. Das ist Nuria vollauf bewusst. Die Landeshauptstadt ist eine moderne Metropole mit einer extrem hohen Lebensqualität. Kulinarisch und kulturell besteht ein attraktives Überangebot. Sowohl auf dem Fußballplatz wie auch in der Kunst und der Oper, im Theater und im Ballett genießt Stuttgart Weltrang. Noch ein Vorteil: In Stuttgart wird traditionell Niederschwäbisch gesprochen, ihre Muttersprache, was Nuria sehr genießt. Das Mundartliche spielt bei aller Migrationsfülle noch immer eine besondere Rolle. Man kann sich darin äußerst nuanciert ausdrücken, und viele lautmalerische Wendungen sind subtil und poetisch. Stuttgart liegt landschaftlich sehr schön: Die Umgebung ist dort, wo sie nicht zersiedelt und industrialisiert ist, bisweilen noch ländlich und idyllisch. Die Weinberge biegen sich bis hinunter zum Daimler.

Doch Nuria sieht auch die Nachteile. Denn leider können nicht alle Menschen an den Vorzügen teilhaben. Das führt zu tiefschürfenden Konflikten, zumal extrem viele Mentalitäten aufeinanderstoßen. Armut, Gewalt und Hass treten offen zutage: Obdachlose Geflüchtete leben im Park, Querdenkende prügeln sich mit der Polizei, Zugewanderte werden beschimpft und Frauen in Unterführungen belästigt. Außerdem sind die Menschen verunsichert durch die Corona-Pandemie, den russischen Angriffskrieg und die heraufdräuende Weltwirtschaftskrise. Stuttgart wird nervös.

In den letzten zweieinhalb Jahren hat Nuria gelernt: Es gibt nicht nur keine absolute Wahrheit, es gibt absolut keine Wahrheit! Die sogenannte Realität ist eine Fiktion. Man lügt sich alles vom Himmel herunter. Nuria hält es in Stuttgart einfach nicht mehr aus. Sie muss dringend ein paar Tage weg.

Am 2. August, einem Dienstag, steht Heimerad am frühen Morgen vor der Tür und klingelt. Er hat sein altes Wohnmobil, den verrosteten Fiat Ducato, auf der Straße geparkt, in der zweiten Reihe. »Kommt runter!«, ruft er in die Gegensprechanlage.

Geschwind schnappt sich Nuria den Rucksack, und Rosalie hopst auf einem Bein mit der Tasche die Treppe hinunter. Frau Häberle winkt mit dem Briefkastenschlüssel. Die Haustür zugebätscht, einladen, einsteigen und los geht's. Sie sitzen zu dritt vorn, Rosalie in der Mitte. Immerhin gibt es auch für sie einen Sicherheitsgurt.

»Ist das alles?« Heimerad zeigt auf die überschaubaren Gepäckstücke hinter ihnen und lässt den Motor an.

Nuria lacht. »Wir müssen bei Archie vorbei. Er hat die

ganzen Campingsachen, auch das Zelt. Und die Bücher. Ich hab ihm schon eine SMS geschickt.«

Rosalie strahlt Heimerad an. Nuria beobachtet sie aus den Augenwinkeln. Heimerad gefällt ihrer Tochter. Mit seinem grauen Dutt, dem Dreitagebart und der Sonnenbrille sieht er offenbar ziemlich cool aus. Und mit dem zu knappen orangeroten Bademeister-T-Shirt, das ihm über Brust und Bauch spannt. Heimerad fährt sicher und gelassen. Sein ganzer Gestus vermittelt das Gefühl einer beiläufigen Poesie. Es lässt sich also gut an. Erleichtert lotst Nuria ihn durch den Stuttgarter Westen.

Archie hat die Sachen schon runtergetragen. Er wirkt noch müde und wortkarg und hilft beim Verstauen.

»So viel Zeugs. Wie lange wollt ihr denn verreisen?« Heimerad schüttelt den Kopf.

»Das fragen wir dich.«

Sie haben nichts verabredet. Ohne Antwort setzt sich Heimerad wieder ans Steuer. Er fährt den Sitz zurück, um seine langen Beine unterzubringen. Bei ihrer Begegnung in Oberschwaben hat Nuria gar nicht darauf geachtet, wie riesengroß er ist. Und wie massig. Sie kann sein Alter immer noch nicht schätzen.

»Dann viel Spaß zusammen«, sagt Archie, der zart und durchscheinend wirkt dagegen. Obwohl er selber nicht gerade klein ist.

»Werden wir haben«, meint Heimerad.

»Danke«, sagt Nuria und küsst Archie auf die Wangen.

Rosalie fällt ihm um den Hals.

Als auch Nuria und Rosalie wieder eingestiegen sind, winken sie und fahren weiter. Sie hören Patti Smith, »People Have The Power«. Hinter der A8 geht die Sonne auf.

Heimerad fährt nicht wie alle Welt am Samstag, sondern am Dienstag, weil er hofft, dass die Straßen leerer sind. Doch die überschaubare Zahl der Campingmobile und Wohnwägen wird übertrumpft vom Schwerlastverkehr, und schon bald geraten sie in den ersten Stau. Rosalie hört elektronische Musik über ihre Ohrstöpsel. Im Camper ist es laut, der Motor röhrt, man kann sich schlecht unterhalten. Heimerad hat kein Navi eingeschaltet, was Nuria imponiert, aber so sehen sie nicht, wie lang der Stau ist. Er benutzt auch keine Karte, obwohl er einen ganzen Stapel dabeihat, der hinten in einem Schuhkarton neben dem Gepäck liegt.

»Wo fahren wir hin?«, fragt Nuria.

»Frankreich!«

»Ja, aber wohin denn da?«

»Wo es schön ist«, ruft Heimerad.

Nuria hegt erste Zweifel, ob es schlau gewesen ist, sich auf sein Angebot einzulassen. Und gemeinsam Ferien zu machen. Sie kennen sich ja kaum. Aber Ernst Bengele hat in seinem Bericht den heiligen Heimerad erwähnt – und sie nach Rast geschickt. So ist sie auf den Heimerad neben ihr gestoßen. Das könnte eine Spur sein. Außerdem ist die Gelegenheit günstig, ans Meer zu kommen.

»Wir fahren doch ans Meer?«

»Willst du ans Meer?«

»Ich dachte, das sei so ausgemacht.«

»Das Mittelmeer ist voll. Ganz Frankreich liegt jetzt dort am Strand.«

»Dann halt Atlantik. Ja, ich weiß, da brennen momentan die Wälder. Wir fahren eben an einen Ort, wo es nicht brennt.«

»So sei es«, sagt Heimerad und gibt vorsichtig Gas. Er fährt entspannt und fädelt sich in den einspurigen Verkehr ein. Im Schritttempo geht es weiter.

»Wie lange haben wir denn Zeit?« Nuria fasst wieder Vertrauen in die Situation.

»So lang, wie es halt dauert. Ich denke, Rosalie sollte zum Schulanfang wieder daheim sein.«

Heimerads gemütliches Oberschwäbisch gibt Nuria ein gutes Gefühl, und sie findet hinein in ihre Muttersprache, den Stuttgarter Dialekt, von dem sonst oft nur noch eine leichte Färbung durchscheint. »Heute schaffen wir es aber nicht mehr bis zum Wasser. Das wäre eine elende Gurkerei. Wenn es so weitergeht, sind wir frühestens gegen Mittag an der Grenze.«

»Ich kenne einen Ort in den elsässischen Vogesen, wo es schön ist. Auf der Höhe liegt ein kleiner Campingplatz.«

»Soll ich dort mal anrufen?«

Heimerad streift Nuria mit einem irritierten Blick. »Wieso das denn?«

Dann geht es doch zügig vorwärts. Es ist heiß, die Sonne sticht. Als sie in Soultzeren ankommen, ist es erst halb eins. Der »Camping à la ferme Roess« liegt über dem Dorf und bietet einen Panorama-Ausblick über das Münstertal. Er hat nur sechs Stellplätze, fünf sind belegt. Der sechste liegt am Rand, unter schattenspendenden Bäumen.

»Perfekt.« Heimerad lässt den Camper auf dem Weg stehen und steigt aus.

Rosalie nimmt die Ohrstöpsel raus. »Wann sind wir da?«

Manchmal ist sie doch noch ein kleines Kind. »Jetzt.«

»Hier?« Rosalie sieht sich um. »Hier können wir nicht den ganzen Sommer bleiben!«

Nuria grinst und streicht Rosalie übers Haar. »Wie wäre es mit einer Nacht?«

Die Betreiberin spricht Deutsch, sie checken geschwind ein und leihen sich Fahrräder aus. Sie nehmen Wasserflaschen mit und packen Proviant für ein Picknick in Heimerads Rucksack: hartgekochte Eier, Fleischküchle, Dinkelbrot, Trauben und Tomaten.

Über die Route de la Schlucht fahren sie hinunter nach Stosswihr. Heimerad will einen Freund besuchen, einen Pfarrer und Autor, und führt sie direkt zum Friedhof neben der Kirche. Sie lehnen die Fahrräder an die Mauer.

»Martin Graff hat in Soultzeren gelebt, ist aber hier im Nachbarort begraben.«

Am linken Rand des Friedhofs finden sie sein Familiengrab. Auch die Mutter liegt seit drei Jahren dort. Sie wurde fast 100. Sein Name fehlt. Es gibt keine Tafel, keinen Stein, keinen Hinweis.

»Er ist mit 77 gestorben, am 4. August. Ich wollte zu seinem ersten Todestag hier sein.«

»Dann müssen wir noch zwei Tage warten«, meint Rosalie.

Heimerad schiebt seine Sonnenbrille hoch und zeigt über die Straße. »Es ist schon recht so. Dort drüben ist das Kriegsdenkmal. Sein Vater hieß auch Martin.«

»Er steht hier.« Rosalie deutet auf den Grabstein.

»Ja, aber er liegt hier nicht. Siehst du das ›PL‹? Er fiel 1945 in Polen und blieb vermisst. Martin hat ihn nie bewusst kennengelernt. Darunter hat er sehr gelitten. Er wollte ihn immer finden, er schrieb sogar ein Buch darüber.«

»Und wieso ist Martin dein Freund?«, fragt Rosalie.

»Tatsächlich, er *ist* mein Freund und er bleibt es. Wir stehen immer in Verbindung. Ich denke, dass wir uns vielleicht in einem anderen Leben begegnet sind.«

»Du meinst, so um das Jahr 1000, als du als heiliger Heimerad auf Pilgerreise warst?« Nuria scherzt nur.

Heimerad nickt. »Ja, aber heilig war ich damals noch nicht.«

»Bist du heilig?«, fragt Rosalie. »Und wo hast du Martin jetzt wiedergetroffen?«

»In diesem Leben, das war im Théâtre de la Choucrouterie in Straßburg. Er hatte dort eine eigene Show. Martin nannte sich Gedankenschmuggler oder Grenzvagabund. Weil er als Elsässer in beiden Kulturen unterwegs war und zwischen Deutschen und Franzosen vermittelte. Wir trafen uns öfter zum Skifahren und Wandern auf dem Col de la Schlucht. Ich wollte ein Buch mit ihm machen.«

Nuria: »Du verlegst Bücher?«

»Manchmal.«

Sie schlendern über den Friedhof, der einen etwas verwilderten und verwelkten Eindruck macht. Viele Gräber sind nicht gepflegt, manche aufgelassen. Rosalie deutet auf einen Erdhaufen.

»Da werden die Knochen vergraben, auf die man stößt, wenn man ein neues Grab aushebt«, erklärt Heimerad. »Die Überreste vieler Menschen und Generationen vereinigen sich darin. So gesehen ist es tatsächlich ein Gottesacker.«

»Wir könnten zum Col de la Schlucht fahren«, schlägt Nuria vor.

»Schaffen wir das denn, bei der Hitze? Das sind über zehn Kilometer, ein Weg, und die Passstraße führt steil bergauf.«

»Den ersten Kilometer haben wir bereits.«

»Das schaffen wir.« Rosalie nickt.

Der Pass ist 1.140 Meter hoch. Die drei lassen die Räder am Parkplatz stehen und finden den Einstieg zum »Felsenweg«. Sie laufen ein paar Hundert Meter über steinige Wege bis zum ersten Panoramagipfel und blicken über das Münstertal und weit hinein in die Vogesen. Die Vegetation wirkt struppig und verbrannt, die Aussicht verliert sich in immer durchscheinenderen Blautönen, und fast ist es, als ahnte man hinten am Horizont das Meer.

»Fantastisch!« Nuria streckt die Arme aus.

»Ich muss was essen.« Rosalie plotzt auf den Boden, mitten auf der Kreuzung von zwei Wegen. Ihr Gesicht ist gerötet, sie hasst Sonnencreme und hat sich schlecht eingeschmiert.

Heimerad lässt den Rucksack fallen und hockt sich neben sie. »Wir vespern hier. Und dann sollten wir zurück. Zum Glück geht es erst mal nur bergab.«

Nuria zeigt auf ein Schild. Pfeile deuten in alle Richtungen. »Wandern werden wir heute nicht mehr. Unten gibt es doch diese Brasserie. Wollen wir uns nicht lieber dort auf die Terrasse setzen? Herrgott, ich bin in Frankreich und hatte noch nicht mal einen Kaffee.«

Im Restaurant »Gazon du Faing« teilen sie sich zu dritt eine Portion Choucroute garnie, elsässisches Sauerkraut mit Würsten, gesalzenem Fleisch und Kartoffeln. Sie blicken über Berge und Wälder, hinein in ein ewig strahlendes Blau.

Als sie endlich zurück auf dem Campingplatz sind, ist es schon nach acht, sie duschen und erleben einen farbenfrohen Sonnenuntergang. Der Augenblick, in dem die

Sonne final versackt und verschwindet, hat für Nuria wie immer etwas Letztgültiges. Der Himmel leuchtet pink, türkis, orangerot und lila.

Auf dem Campingplatz ist wenig los. Ein älteres Paar sitzt unter der Markise vor dem Wohnwagen und trinkt Rotwein. Die Lichterkette ist schon eingeschaltet, und auf dem Dach weht die englische Flagge. Zwei holländische Kinder spielen auf dem Weg Federball. Eine dreifarbige Glückskatze läuft mit steil aufgerichtetem Schwanz zwischen ihnen durch. Es ist lau und fast windstill. Nuria baut mit Rosalie das Wurfzelt auf. Es steht sofort, und sie müssen nur noch die Heringe einschlagen.

»Es gibt gleich Abendessen, das war ja nicht viel vorhin.«

»Ich bin Matsch«, ruft Rosalie und schwingt den Gummihammer. »Ich hab vorher auch noch das Brot gegessen, hab keinen Hunger mehr.«

»Auch nicht, wenn wir das Gemüse grillen?«

Rosalie schüttelt den Kopf. Sie holt Matten und Schlafsäcke und geht im Waschhaus Zähne putzen. Dann verschwindet sie im Zelt und zieht beide Reißverschlüsse zu.

»Sagst du uns denn nicht Gute Nacht?«, fragt Nuria, die im Wohnmobil kramt und Teller, Becher und Besteck aus dem Schrank nimmt.

»Gute Nacht.«

Auf der Wiese gibt es einen gemauerten Grillplatz, der trotz Trockenheit benutzt werden darf. Daneben stehen zwei Bänke und ein Tisch. Anmachholz und Scheite liegen schon bereit.

Nuria staunt. »Gehört das hier zum Service oder kannst du zaubern?«

Heimerad zündet das Feuer an. Nuria schneidet Zucchini, Auberginen und Paprika in Stücke. Es dämmert allmählich, doch beide haben Kopflampen auf.

»Ich schau mal nach einem Aperitif.«

Der Ducato hat keine Nasszelle, die Spüle ist unbenutzbar. Dort findet Nuria schwarze Oliven und eine Tüte Chips; aus dem Kühlschrank holt sie Wasser und Weißwein. Die Flasche ist schon offen und der Wein zu warm, weil der Kühlschrank trotz Strom kaum kühlt.

Als Nuria zur Feuerstelle zurückkehrt, sitzt Heimerad einfach da und tut nichts.

Sie schenkt ein. »Prost! Auf unseren Urlaub.«

Heimerad wendet das Gemüse in Olivenöl und bestreut es mit Salz und Pfeffer. Als es endlich gar ist, haben sie den ersten Becher schon getrunken. Nuria schenkt nach.

Als sie gegessen haben, ist der Wein leer.

»Wir haben noch eine zweite Flasche.« Heimerad holt sie. Er bringt für Nuria einen Pulli mit. »Falls es dir kalt ist.«

»Danke.« Sie friert nicht, doch sie zieht ihn an.

Heimerad entkorkt die Flasche und füllt Wein in die Becher. »Was ist eigentlich mit dir los?«

»Was soll mit mir los sein?«

»Irgendetwas stimmt nicht.«

Das ist eine gute Gelegenheit, klar Schiff zu machen, falls Heimerad irgendwelche Hoffnungen hegen sollte. Nuria nutzt sie. »Ich liebe Frauen.«

»Das weiß ich«, sagt Heimerad sanft. »Doch das meine ich nicht.«

Was weiß er? Nuria weiß es ja selber nicht, sie hat das einfach so gesagt. Ihr ist nur klar, dass sie Heimerad nicht begehrt. Dass sie ihn nicht verletzen möchte. Und dass sie mit Rosalie ans Meer will. »Was meinst du dann?«

»Dich bedrückt was. Oder mehr noch. Dich macht was richtig fertig.«

Nuria atmet tief durch. »Ich hatte bis vor wenigen Monaten keine Ahnung davon, wer meine leiblichen Eltern sind. Jetzt habe ich es herausgekriegt, und nun sind beide tot. Ich habe nacheinander ihre Leichen gefunden. Einiges deutet darauf hin, dass ich sie umgebracht habe. Es könnte aber auch Rosalie gewesen sein, obwohl ich das absolut nicht glauben kann. Oder wir beide zusammen.«

»Du verdächtigst deine Tochter? Warum fragst du sie nicht?«

»Ich kann sie doch nicht damit konfrontieren, dass ich mich an nichts erinnere.«

»Woran erinnerst du dich nicht?«

»An die Tat. Falls ich es gewesen sein sollte, oder falls ich dabei gewesen sein sollte, weiß ich davon nichts mehr.«

»Und die Polizei?«

»Ach, die. Man nennt das punktuelle Demenz, oder nein, punktuelle Amnesie.« Nuria erfindet diese Krankheit, aber sie kommt ihr sofort plausibel vor. »Als Therapeutin kann ich es mir nicht leisten, dass ich unter so etwas leide.«

»Vielleicht leidest du ja gar nicht darunter.«

»Wie meinst du das?«

»Vielleicht hast du schlicht nichts damit zu tun. Und Rosalie auch nicht. Selbst wenn ihr am Tatort wart oder am Fundort, oder was weiß ich.« Heimerad hat gut zugehört. Er zieht seine Schlüsse.

»Ja, und dann?«

»Dann wird es sich aufklären. Die meisten Zusammenhänge sind simpel.«

»Das sagt gerade der Richtige.«

»Die Welt ist einfach. Man muss das Wesen der Dinge nur verstehen. Das schließt das Verbrechen nicht aus.«

»Heißt?«

»Es gibt keinen Zufall.«

»Und was kann ich dafür tun, dass die Wahrheit ans Licht kommt?«

»Nichts. Alles. So weitermachen wie bisher.«

23

Am Mittwochmorgen brechen sie zeitig auf und fahren quer durch Frankreich. Links und rechts der »Route nationale« grünes Buschwerk, das trotz der Trockenheit gesund und kräftig ausschaut. Sonst ist wenig zu sehen. Das gleichförmige Bollern des Fiats wirkt einschläfernd, Nuria sinniert und fragt sich, woher Heimerad seine Zuversicht nimmt. Für sie ist das Leben undurchschaubar, das Diesseits chaotisch, das Dasein ein Durcheinander. Bisher hat sie gedacht, dass jemand, der das anders sieht, nicht ehrlich ist. Doch Heimerad kommt ihr nicht vor wie einer, der lügt. Sondern wie einer, der mit seiner Weisheit hinter dem Berg hält.

»Du verheimlichst mir etwas.«

»Hä?«

Rosalie sitzt zwischen ihnen mit den Stöpseln in den Ohren, sie müssen sich über ihren Kopf hinweg unterhalten. So hat das keinen Wert. Nuria probiert es trotzdem.

»Du sagst, du verkaufst auf dem Flohmarkt Bücher. Und lebst als Antiquar vom Internet. Verlegst ab und an ein Buch selbst. Das mag ja alles sein. Aber was bist du wirklich? Wer bist du?«

»Ein Tänzer«, sagt Heimerad. »Das heißt, ich war einer. Wie du siehst, würde man mir das jetzt nicht mehr zutrauen. Das ist das Schicksal von uns ehemaligen Spitzensportlern. Wir bewegen uns zu wenig, wir trainieren nicht mehr, und mit zunehmendem Alter werden wir fett.«

»Ach, und wo hast du getanzt?«

»In Stuttgart.«

»Wirklich? Dann kennst du vielleicht eine Primaballerina namens Olga?«

»Irina ›Olga‹ Iwanowa? Ja klar, wer kannte die früher nicht?«

»Ich nehme an, sie hat dich auf mich angesetzt.«

»Hä?« Der Motor des alten Fiats ist ziemlich laut.

»Sie hat dich geschickt.«

»Was?«

»Sie ist meine Mutter.«

»Ich verstehe dich nicht.«

»Vergiss es. Wir reden später.«

Es ist heiß und stickig. Durchs Fenster sticht die Sonne. Die Landschaft zieht vorbei. Der Ducato fährt locker 100, obwohl das Tempolimit bei 90 km/h liegt. Sein Motor schnurrt robust.

Nuria fühlt sich plötzlich komplett unkommod. »Wieso macht man überhaupt noch etwas, wenn sowieso alles für die Katz ist?«, fragt sie mit lauter Stimme. »Ich glaube, das Leben hat nicht den leisesten Sinn.«

Rosalie nimmt ihre Ohrstöpsel raus und sieht Nuria fragend an. »Hä?«

»Mach mal halblang«, entgegnet Heimerad.

Es ist weit bis zum Atlantik, bald 1.000 Kilometer, und sie machen unterwegs zweimal Rast. In Saintes führt ein Schild zum »Camping Municipal au Fil de l'Eau«.

»Fahr da mal hin«, meint Nuria.

Heimerad winkt ab. »Wir sind gleich da. Es sind nur noch 40, 50 Kilometer.«

»Wo wollen wir denn genau hin?«

»Das werden wir dann sehen.«

Heimerad lebt ohne Internet, er frequentiert weder Homepages noch Wetter-Apps. Dafür schaut er ab und zu auf die Landkarte.

»Das Städtchen ist nett. Und wer weiß, ob wir am Meer am Abend noch was kriegen.« Nuria lässt nicht locker.

»Also gut.«

Sie haben nichts gebucht und keine klaren Ziele. Es wird sich alles fügen, hofft Nuria, und das hier ist ein Test. Wenn der Urlaub glückt, wird sich der Rest schon finden. Sie bekommt allmählich wieder bessere Laune und fühlt schließlich in sich eine schwebende Leichtigkeit aufsteigen. Alles, was sie drückt, rückt in immer weitere Ferne.

Der »Camping Municipal au Fil de l'Eau« wirkt großzügig, er liegt etwas außerhalb an der Charente und hat sogar einen Pool. Sie finden einen schattigen Platz unter Bäumen. Noch bevor sie das Wurfzelt aufgebaut haben, zieht sich Rosalie aus und schlüpft in ihren Bikini.

»Kannst du dich nicht vorher mit uns abstimmen?«, fragt Nuria.

»Lass sie doch«, meint Heimerad. »Warte, ich komme mit. Wir sollten bloß vorher duschen.«

Und schon laufen die beiden davon, Heimerad mit Badehose und Duschgel in der Hand. Nuria ist plötzlich allein, zum ersten Mal seit, gefühlt, Tagen.

Ihr Diensthandy schnarrt. Wieso hat sie es bloß mitgenommen? Reicht nicht das private Smartphone?

»Heike hier. Wo bist du?«

»In Frankreich.«

»Das ist blöd. Selina ist zurückgekommen. Es geht ihr nicht gut. Sie plant irgendeinen Coup gegen die Nurejew-Schule.«

»Gibt es die überhaupt noch?«

»Weshalb sollte es sie nicht mehr geben? Weil Olga nicht mehr ist? Es geht trotzdem weiter. Es gibt schon einen Nachfolger. Der neue Leiter soll etwas einfühlsamer sein als Olga. Er würde Selina wieder aufnehmen. Aber sie will nicht. Es ist zu viel Schlimmes passiert. Sie kann da nicht mit umgehen.«

»Womit? Worum geht es genau?«

»Um tiefere Verletzungen. Kränkungen. Ich habe Angst, dass sie die Schule anzündet. Oder sonst was Dummes macht.«

»Und jetzt soll ich mit ihr reden.«

Heike stöhnt. »Ja, das wäre gut.«

»Ich kann sie anrufen, aber ich breche deshalb nicht meinen Urlaub ab. Wir sind eben erst losgefahren.«

»Wann kommst du zurück?«

»Keine Ahnung. Spätestens zum Schulbeginn in viereinhalb Wochen.«

»Mist.«

»Vielleicht kann Erdmute mit Selina sprechen? Erdmute ist nächste Woche wieder in der Praxis und vertritt mich. Mach einen Termin mit ihr aus!«

Heike zögert. »Gut. Ich probier's. Ich melde mich wieder. Und du rufst Selina an?«

Nuria will sich verabschieden, da fällt ihr noch etwas ein. »Hat die Nurejew-Schule denn nicht zu? Es sind doch Sommerferien.«

»Doch, schon. Aber das wird nicht so eng gesehen. Es sind immer Leute da, zum Training, oder sie proben irgendwas. Das Internat hat auch offen.«

Nuria beendet das Gespräch und drückt die Nummer von Selina. Sie ist vorübergehend nicht erreichbar.

Unterwegs haben sie eingekauft, in einem Hypermarché neben einer Tankstelle. Es gibt Kabeljau und Heilbutt. Nuria hat den Fisch in feuchte Tücher eingeschlagen und in den röhrenden Kühlschrank gelegt, der gegen die Hitze kämpft und vermutlich bald den Geist aufgibt. Nachdem sie den Tisch und die Stühle geholt hat, stellt sie den kleinen Gasgrill auf, putzt den Kopfsalat und kocht die Kartoffeln. Heimerad und Rosalie spielen auf dem Sportgelände Tischtennis.

Als der Salat angemacht und der Tisch gedeckt ist, geht hinter den Bäumen die Sonne unter. Nuria setzt sich hin und greift zu ihrem Buch: Bernardine Evaristo, »Girl,

Woman, Other«. Nuria versucht den Roman auf Englisch zu lesen. Es geht um zwölf Biografien von schwarzen Frauen, die miteinander verzahnt sind. Nuria kommt nur stockend voran, die Lektüre ist anspruchsvoll. Sie schafft eineinhalb Seiten. Dann kommen Heimerad und Rosalie zurück, mit schlenkernden Armen und roten, verschwitzten Gesichtern. Sie räumen Schläger und Bälle auf und waschen sich am Hahn die Hände. Nuria legt die Fischfilets auf den Grill, gießt Wasser in die Becher und schält die heißen Pellkartoffeln.

»Ich hab ein Junge getroffen«, sagt Rosalie beim Essen. »Der spielt Schach. Kann ich noch eine Partie mit dem?«

»Ganze Sätze«, erwidert Nuria. »Ich dachte, wir sind darüber weg.«

»Worüber ›darüber‹?«, fragt Rosalie mit vollem Mund. Und schaut hoch in die Luft, als offenbarte sich dort droben, wovon die Rede ist. Rosalie isst erst den Salat, dann die Kartoffeln und zuletzt den Fisch. Das, was sie am liebsten mag, hebt sie sich bis zuletzt auf.

»Es wird bald dunkel«, meint Heimerad.

»Die haben LED-Lampen.« Rosalie zeigt unbestimmt auf den Weg. »Die wohnen da.«

»Also gut.« Nuria nickt. »Ich bring dich nach dem Essen geschwind rüber.«

»Sie ist doch sonst nicht so kommunikativ.«

Als Nuria zurückkommt, hat Heimerad eine Flasche Wein und richtige Gläser auf den Tisch gestellt. Er beobachtet genau und kann sich in Rosalies Besonderheit gut einfühlen.

»Nein, aber sie spielt für ihr Leben gern Schach. Archie ist eine Niete im Schach, und ich spiele nicht gern.«

Sie sitzen vor dem Camper und trinken Sprudel und Pinot gris, einen sanften Weißwein, der wieder zu warm ist. Nuria wundert sich, dass Heimerad kein Bier will. Anscheinend teilt er ihre Leidenschaft für Grauburgunder. Oder er trinkt, was auf den Tisch kommt.

»Erzähl mal von deiner Tänzerkarriere.«

»Das ist lange her. Ich war jung und musste irgendwas machen. Eigentlich wollte ich Handball spielen. Dann hat meine Mutter meine Schwester ins Ballett gesteckt. Dort ging es wohl nicht ganz koscher zu. Bestimmte Lehrer wurden übergriffig. Also musste ich auf meine Schwester aufpassen und wurde ebenfalls angemeldet. Bald stellte sich heraus, dass ich begabter war als sie. Von da an ging es unaufhaltsam bergauf. Ja, und dann bin ich in Stuttgart gelandet.«

»Beim Stuttgarter Ballett? Bei John Cranko?«

Heimerad lacht kurz auf und wird gleich wieder ernst. »Nein, ganz so alt bin ich nicht. Der war da schon lange tot. Tragisch, nicht wahr? 1961 hat er blutjung den Laden übernommen und zu einer führenden Ballett-Compagnie mit Weltruhm gemacht. Und zwölf Jahre später stirbt er mit gerade mal Mitte 40. In einem Flugzeug, auf dem Rückflug von einer überaus erfolgreichen Tournee durch die USA. Das war 1973. Ich kam erst drei Jahre später nach Stuttgart, als Marcia Ballettdirektorin wurde.«

»Du bist also in die Ära Haydée hineingewachsen?«

»Ja. Zusammen mit Olga, die einiges älter war als ich. Ich war ja gerade mal 16. Marcia war wundervoll. Sie holte alles aus uns raus, und sie wusste immer ganz genau, was sie wollte.«

»Wie lang warst du dort?«

»Fast elf Jahre.«

»Hattest du einen Unfall?«

»Kann man so sagen.« Heimerad grinst. »Ich hatte ein paar persönliche Probleme, und ich musste da weg. Ich wollte an ein anderes Haus, nach Zürich oder Berlin, Hauptsache, weit fort. Aber dann kam ich in den Knast.«

»Weshalb?«

»Totschlag.«

Nuria schweigt.

»Ich habe zwei Menschen getötet, aber nur in einem Fall wurde ich angeklagt und verurteilt. Die andere Sache wurde als Unfall betrachtet. Was wirklich passiert war, kam nie ans Licht.«

Nuria fühlt sich außerstande, näher nachzufragen.

»Ich erzähle dir das ein andermal«, meint Heimerad, als habe er ihre Gedanken gelesen.

Um ihn zu googeln, muss Nuria herausfinden, wie Heimerad wirklich heißt, aber sie will nicht in seinen Sachen kramen. Vielleicht heißt er ja in echt Heimerad. Dann hat er nach all der Zeit im Netz keinerlei Spuren hinterlassen.

24

Den Donnerstag vertrödeln sie. Sie checken aus, schauen sich Saintes an, baden in der Charente und fahren erst am Spätnachmittag weiter. Als sie am Atlantik ankommen, geht es gegen Abend, doch die Sonne steht noch hoch. Sie suchen nicht lange und haben Glück. Der »Camping Le Puits de l'Auture« liegt am Rand von Saint-Palais-sur-Mer, einem kleinen Ort 130 Kilometer nördlich von Bordeaux. Er ist ziemlich ausgebucht, aber sie finden noch einen schmalen Platz direkt am Eingang.

Sie packen aus, bauen das Zelt auf, trinken Kaffee. Dann schlüpfen sie in ihre Badesachen, schmieren sich ein und gehen zum Wasser. Die Anlage liegt direkt am Meer, sie müssen nur die Strandpromenade überqueren. Es herrscht Flut. Der Strand wird überspült von hohen Wellen. Sie baden, sitzen auf den Steinen, lassen sich trocknen und genießen den Sonnenuntergang.

Rosalie kocht Spaghetti. Als sie das Wasser ausleert, verbrüht sie sich den Zeigefinger. Das führt zu einem Wutanfall. Sie hält die Hand hoch, tanzt auf einem Bein und brüllt den ganzen Platz zusammen. Nuria will sie festhalten, die einzige Art, sie zu beruhigen, da rastet Rosalie völlig aus. Rosalie ist Nuria kräftemäßig überlegen, sie boxt ihr in den Bauch, es kommt zum Kampf, sie verkeilen sich ineinander. Nuria will Rosalie zeigen, dass sie standhält. Um ihr die Sicherheit zu geben, die sie braucht. Um zu zeigen, dass sie die Mutter ist.

Der Nachbar eilt herbei, ein Deutscher mittleren Alters, der ein weißes Unterhemd mit Rippenmuster anhat. »Du lassen Mädchen in Ruhe, okay?«

»Halt den Mund, du Trottel, das ist meine Tochter.« Nuria keucht. »Rosalie neigt leider manchmal zu Gewaltausbrüchen.«

»Deine Tochter, soso.«

»Hau ab!« Rosalie lässt Nuria los und starrt den Mann feindselig an.

Der Nachbar trollt sich.

»Geht doch!« Rosalie grinst.

Rosalie hat Nurias exotisches Äußeres nicht geerbt. Sie ist blond, stämmig, groß und kommt nach dem Vater. Deshalb wird Nuria auch nie für die Mutter gehalten, und sie hat häufig ein Rechtfertigungsproblem, wenn sie Rosalie aus einem Schlamassel rausholen muss. Auch sonst ist Nuria immer wieder mit Rassismus konfrontiert, weil sie aufgrund ihres Aussehens als Migrantin eingeschätzt wird. Jetzt fragt sie sich, wem sie eigentlich nachschlägt. Irina »Olga« Iwanowa und Ernst Bengele, ihren leiblichen Eltern, gleicht sie jedenfalls nicht.

Heimerad geht duschen, und als er wiederkommt, trägt er ein Hawaiihemd. Nuria muss lachen. Es ist lau und wird langsam Nacht. Sie essen kalte Spaghetti mit Knoblauchöl und trinken Sprudel und warmen Weißwein. Rosalie ist erschöpft und zieht sich mit ihrem Smartphone und den Ohrstöpseln in ihr Zelt zurück.

»Du schuldest mir noch eine Erklärung«, meint Nuria, besinnt sich dann aber und berichtigt: »Du schuldest mir natürlich gar nichts, ich will auch nicht in dich dringen. Aber wieso hast du zwei Menschen auf dem Gewissen?«

Es ist dunkel, und sie machen kein Licht. Nuria wartet.

Erst ist nichts zu holen, Heimerad ist wie zugemauert. Es vergehen Minuten, bis er stockend zu sprechen anfängt. »Ich hatte Mitleid, Mitleid mit meinem Kind.«

»Du hattest ein Kind?«

»Ja. Das habe ich vielleicht immer noch.«

»Wieso vielleicht?« Nuria muss ihm alles aus der Nase ziehen.

»Weil ich nicht sicher weiß, ob ich der Vater bin. Es gab noch einen anderen Vater. Also jemand, der sich für den Vater gehalten hat.«

»Ihr wusstet voneinander?«

»Nein. Er hat nichts davon erfahren. Ich hab das nie für mich reklamiert. Dafür hab ich das Mädchen aus der Nähe begleitet.«

»Wie konnte das gehen?«

»Ich war ihr Tanzlehrer. Sie hatte Talent.« Heimerad pausiert. »Aber die Schule, in die sie ging, war mörderisch. Es war nicht die John Cranko Schule, sondern die Ballettschule Hymer. Ich habe mich dort extra als Aushilfe beworben, um rauszufinden, was vor sich geht. Die Zustände waren grausam. Sie haben die Kinder gequält und misshandelt. Das Personal wurde systematisch erniedrigt und war zu allem bereit. Ich habe versucht, die Adoptiveltern zu überzeugen, dass es besser ist, das Mädchen aus dem Ballettunterricht rauszunehmen. Doch die waren so verdammt ehrgeizig.«

»Und dann hast du beide ums Leben gebracht.«

»Ja. Aber ich habe sie nicht ermordet. Mit dem Vater habe ich mich gestritten, wir wurden beide sehr zornig. Bei der Mutter ist es einfach passiert. Es tat mir leid. Und es hat nichts genützt. Die Ballettschule Hymer wurde von der Schwester der Leiterin des Mädchenheims St. Aloisia in diesem Heim betrieben. Dort ist das Mädchen nach dem Tod der Adoptiveltern gelandet, und sie war weiter den Schikanen und Quälereien in der Ballettschule ausgesetzt. Bis die Schule auf meinen Druck hin geschlossen wurde.«

»St. Aloisia? In dem Heim bin auch ich gewesen.« Nuria dämmert etwas, sie will es nicht glauben. »Sag mal, redest du … über mich?«

»Und wenn es so wäre?«

»Ich erinnere mich an nichts. Ich soll als Kind getanzt haben? Ballett? In einer Schule?«

»Du hast mit vier Jahren damit begonnen. Als es aufhörte, warst du zehn.«

»Aber das müsste ich doch wissen! Daran müsste ich mich erinnern. Du lügst!«

»Ich lüge nicht.«

Nuria schluckt. Sie kann das alles nicht sofort verarbeiten und geht einfach einen Schritt weiter. »Dann bist du verantwortlich für das Ableben meiner Adoptiveltern? Vaters Tod wurde mir verschwiegen. Oder hat man es mir gesagt, und ich entsinne mich auch daran nicht? Mutter hatte einen Autounfall. Ich habe sie gefunden. Das weiß ich noch ganz genau.«

Heimerad schweigt.

»Du glaubst also, dass du mein Vater bist?« Nuria überlegt. Sieht sie ihm ähnlich? Die dunkle Hautfarbe vielleicht, die Augen, aber niemals die Größe.

»Ich hatte mit Olga ein Verhältnis. Wie sie zu Ernst stand und warum er unbedingt der Vater sein wollte, habe ich nie erfahren. Möglicherweise hat sie ihn überredet, um mich zu schützen. Oder sie hatte tatsächlich Sex mit ihm. Es wäre nicht gut für mich gewesen, wenn aufgeflogen wäre, dass Olga von mir schwanger war. Ich war noch minderjährig. Der Ballettcompagnie hätte das sicher nicht gefallen, die Leitung hätte getobt und mich wahrscheinlich rausgeworfen.«

»Ganz schön rücksichtsvoll von Olga. Und zum Dank hast du sie jetzt, viereinhalb Jahrzehnte später, mit der Ballettstange erschlagen?«

»Spinnst du? Ich habe nichts damit zu tun. Und mit dem Tod von Ernst Bengele auch nicht.«

Am Freitagmorgen ist Ebbe, und sie blicken über einen weiten Sandstrand. Zu dritt laufen sie barfuß am Meeressaum entlang. Nuria ist innerlich aufgewühlt. Sie hat kaum geschlafen, sich vielmehr die halbe Nacht neben Rosalie gewälzt. Heimerad für alles verantwortlich zu machen, bietet keine Lösung. Aber irgendwie hängt der Tod von Claudius und Mechthild Haas vor 35 Jahren mit dem Tod von Olga und Ernst Bengele zusammen. Noch immer können Nuria und Rosalie dafür verantwortlich sein. Wie kann Nuria ihre Unschuld beweisen? Wenn die Erinnerung so unzuverlässig ist, worauf kann man sich dann verlassen? Auf die Polizei? Falls die Kripo die beiden Fälle aufklärt, wäre das extrem entlastend. Aber wird die Sache bei Suizid überhaupt weiter untersucht?

Ihre Adoptiveltern kamen ums Leben, als sie neun Jahre alt war. Von da an wurde Nuria in Heimen und in Pflegefamilien herumgeschoben. Trotzdem machte sie ein Einser-Abitur, studierte Psychologie und absolvierte eine halbe Psychoanalyse. Die hat sie abgebrochen, weil sie nicht weiterkam. Dort fanden sich keine Anzeichen für ein Trauma, und Nuria forscht seitdem nach den Gründen, weshalb eine Situation für die eine Person traumatisch ist, für die andere nicht. Und jetzt stellt sich heraus, dass sie doch ein Trauma davongetragen und es viele Jahre erfolgreich verdrängt hat.

Was, wenn die Kinderskelette, die im letzten Herbst auf dem Dachboden von St. Aloisia gefunden wurden, Ballettkinder waren? War es möglich, dass Nuria etwas von ihrem Sterben mitbekommen hat? Wie konnten die Waisenkinder einfach so verschwinden? Wurden sie als Karteileichen weitergeführt? Und wieso hat die Polizei nach dem Fund so schlampig ermittelt? Vielleicht hat sie das gar nicht, sondern es dringt aus taktischen Gründen nichts davon an die Öffentlichkeit. Nuria überlegt, zur Polizei zu gehen. Bloß, was soll sie dort aussagen? Dass Ernst Bengele ihr eine abstruse Geschichte mit Displaced Persons aufgetischt hat? Womöglich, um etwas zu verheimlichen, das zu ihrer Zeit im Mädchenheim St. Aloisia passierte?

»Du bist getigert wie ein Leopard.« Rosalie deutet auf das T-Shirt, das Heimerad gegen sein Hawaiihemd getauscht hat.

Getigert wie ein Leopard ... Nuria muss lachen.

Zwei braune Pferde mit jungen Reiterinnen traben am Strand entlang. Ihre Leiber glänzen wie Kastanien. Nuria hat das Gefühl, diese Szene schon einmal erlebt zu haben. Sie denkt an Judith Kuckart und deren Vorstellung, dass ein Déjà-vu manchmal einen Blick in die Endlosschleife des Lebens gewährt, in dem Dinge nicht nacheinander und auch nicht zufällig geschehen.

Es ist der 5. August, mitten im Urlaub, und Nuria hat vergessen, ihr Diensthandy auszuschalten. »Hallo, guten Morgen.«

»Sind Sie das, Nuria Haas, die Trauma-Therapeutin? Sie haben eine Praxis im hippen Stuttgarter Westen?«

»Ich bin im Urlaub.«

»Zu Ihnen kam die 20-jährige Ballettschülerin Selina Seidel, die die private Nurejew-Schule im Stuttgarter Norden bezichtigt, sie zu schikanieren. Sie ist extrem leistungsorientiert, darüber hinaus verfügt sie über einen immensen Willen. Sie will sich allerdings nicht ihre Magersucht wegtherapieren lassen, unter der sie offenkundig, aber uneingestanden leidet, sondern ihre krankhafte Angst zu fallen. Stimmt das alles so, zählt das zu den Fakten?«

»Wie heißen Sie, und was wollen Sie von mir?«

»Ich bin Hannah, Hannah Arendt, sorry, ich heiße wirklich so. Ich arbeite als Publizistin für Online-Magazine. Selina hat mich kontaktiert und mir ihre Geschichte erzählt, und nun möchte ich sie gegenrecherchieren.«

Hannah klingt noch sehr mädchenhaft, aber Nuria siezt sie beharrlich. Schon deshalb, um sie von der anderen Hannah fernzuhalten, sonst kommt sie noch vollends draus. Nuria blinzelt ins Licht und schließt die Augen. In ihr steigt das Bild auf von den beiden Reiterinnen, die ihr am Strand entgegengekommen sind. Sie sitzt im Bikini und barfuß vor dem Ducato in der Sonne. Er hat keine Markise, es wird langsam heiß. Heimerad ist mit Rosalie zum Einkaufen gefahren. Sie haben sich auf dem Campingplatz Räder geliehen, monströse Mountainbikes, und Riesenrucksäcke mitgenommen.

»Haben Sie Selina getroffen?«

»Ja, per Videoschalte. Nicht persönlich. Sie ist ja in Stuttgart, ich bin in Berlin.«

»Ah, klar, Berlin.«

»Warum denn nicht Berlin?«

»Passt schon. Was wollen Sie schreiben?«

»Ich weiß nicht genau. Für mich ergibt das alles noch keinen richtigen Sinn. Selina hatte einen Unfall, dann flog sie von der Schule, dann starb die Direktorin, ungeklärtes Tötungsdelikt, dann Auszeit in Worpswede, jetzt auf einmal großes Mitteilungsbedürfnis. Im Herbst soll Selina unter der neuen Leitung ihre Ausbildung wieder aufnehmen, will oder kann das aber nicht, große Wut deswegen. Und: Sie hat einen Plan.« Hannah spricht wie viele junge Frauen, sie prononciert das T und verschluckt das R, das sich wie ein A anhört. Und nach dem Und pausiert sie.

Nuria fällt ihr ins Wort. »Ihre Mutter macht sich Sorgen.«

»Haben Sie Kontakt zu ihrer Mutter?«

»Heike Seidel. Sie hat mich angerufen.«

»Sie wurde von der Polizei ziemlich in die Mangel genommen. Wussten Sie das?«

»Nein. Weshalb?«

»Weil der Verdacht besteht, dass sie Irina ›Olga‹ Iwanowa getötet hat. Er ist wohl auch nicht vollends ausgeräumt. Aber es gibt keinerlei Beweise.«

»Und das erzählt Ihnen Selina?«

»Wenn sie mir eine Story anbietet, sollte die schon ein bisschen was beinhalten.«

»Haben Sie mit Heike Seidel gesprochen?«

»Die redet nicht mit mir.«

»Und mit der Polizei?«

Hannah kichert kurz. »Ja, mit der Pressestelle. Weiter kommt man da nicht.«

»Ich hab Sie vorhin unterbrochen. Was plant Selina denn?«

»Ich soll einen Amoklauf ankündigen.«

»Das werden Sie vermutlich nicht tun.«

»Ganz sicher nicht. Aber vielleicht sollten Sie Ihren Urlaub abbrechen. Selina scheint Ihnen zu vertrauen.«

»Heimfahren? Wozu? Ich lasse mich nicht erpressen. Wenn Selina mir was sagen will, kann sie mich anrufen. Ich habe vergeblich versucht, sie zu erreichen.«

»Ich habe die Polizei eingeschaltet. Aber die sind so was von null *woke*. Echt, die nehmen mich einfach nicht ernst. Sie glauben, das sei ein Trick von mir, um an Informationen zu kommen. Wenn jetzt was passiert, fühle ich mich dafür verantwortlich.«

»Ich könnte ebenfalls die Polizei hinzuziehen. Falls das was bringt.«

Nach diesem Gespräch ist es vorbei mit der Ruhe. Nuria überlegt, was sie tun kann. Sie drückt die Nummer von Erdmute, doch die steckt in einer Therapiesitzung. Selina hat ihr Handy wieder nicht an. Also muss Nuria Heike anrufen. Sie spricht ihr eine knappe Nachricht auf die Mailbox, dass sie sich dringend melden soll. Dann probiert sie es beim Polizeipräsidium Stuttgart.

»Ich möchte einen geplanten Amoklauf anzeigen.«

Nuria sagt diesen Satz mehrfach. Sie wird jedes Mal sofort weiterverbunden. Schließlich landet sie bei einer Kriminalhauptkommissarin mit Namen Roth, die ihr zuhört. Nuria spult den kompletten Bericht ab mit sämtlichen Details, die Hannah Arendt ihr geliefert hat.

»Sie sind psychisch stabil?«

»Ich bin Therapeutin«, erwidert Nuria. »Selina hat mich aufgesucht, aber sie zählt nicht zu meinen Klientinnen, und ich unterliege keiner Schweigepflicht.«

»Gibt es Anzeichen von Gewalt?«, fragt Frau Roth.

»Ich verstehe nicht?«

»Ist schon was passiert?«

»Meines Wissens ist nichts vorgefallen. Mal davon abgesehen, dass die Direktorin der Schule im Frühjahr erschlagen wurde.«

»Jesses Maria, diese Sache! Wir gehen dem nach. Finden wir Selina bei ihrer Mutter?«

»Nehme ich an. Sie melden sich wieder?«

»Wenn wir auf was stoßen, ja. Oder wenn wir noch Fragen haben.«

Als Heimerad und Rosalie zurückkommen, aufgekratzt plappernd, mit prallen Rucksäcken, versucht Nuria, sich nichts anmerken zu lassen. Sie nehmen einen Imbiss und gehen hinunter zum Meer. Unter einem Gerüst aus Treibholz schlagen sie ihr Lager auf. Rosalie breitet ein buntes Baumwolltuch als Dach aus und knüpft die Enden an die Stangen. Dann baden sie. Das Wasser ist relativ warm. Sie stürzen sich in die Brandung und werden von tosenden Wellen umspült, die Flut kehrt zurück. Am Strand liegen Quallen. Während Rosalie und Heimerad ausgiebig schwimmen, geht Nuria an ihr Mobiltelefon.

Erdmute fällt aus allen Wolken. Sie hat von dem ganzen Vorgang noch nichts mitbekommen, und dass sie sich um Selina kümmern soll, erfährt sie erst jetzt. Auf Nuria macht sie einen zerfahrenen Eindruck, was mit der fortgeschrittenen Schwangerschaft zu tun haben kann. Nuria hat nie nach dem Geburtstermin gefragt, was ihr selber komisch vorkommt; sie hat nicht einmal genau registriert, in welchem Monat Erdmute ist. Sie reden nicht darüber. Nuria nimmt an, es könnte daran liegen, dass sie ihr eigenes Geburtsdatum nicht kennt. Es handelt sich um ein Vermeidungsverhalten, aus einer tiefen Kränkung heraus. Erdmute verspricht, zum Feierabend auf die Fildern zu fahren, nach Bernhausen, in der Hoffnung, dass sich Selina bei ihrer Mutter aufhält. Und, falls Selina nicht da ist, mit Heike zu sprechen.

»Willst du dir das wirklich zumuten?« Nuria plagt ein schlechtes Gewissen. Schließlich hatte Erdmute zwischenzeitlich Probleme mit der Schwangerschaft, und vermutlich darf sie sich nicht aufregen.

»Wieso nicht?«

»Du sollst dich doch nicht überanstrengen. Ich stelle es mir schlimm vor, Heike von Selinas Plänen zu berichten. Oder Selina zum Reden zu bewegen.«

»Kein Ding. Alles gut.«

Nuria verabschiedet sich. Und versucht es nochmals bei Heike. Sie geht diesmal sofort ran. Nuria informiert sie, dass Erdmute sie besucht. Dass Selina über Hannah Arendt einen Amoklauf ankündigen will, sagt sie ihr nicht. Das soll Erdmute machen, wenn sie sich das in ihrem Zustand zutraut.

»Und was will Erdmute von mir?«

»Mit Selina sprechen. Ist sie da?«

»Ja. Warte.« Heike stockt. »Du liebe Güte. Was ist das denn? Was wollen die hier?«

»Wer? Von wem sprichst du?«

»Die Bullen. Zwei in Zivil, vier mit Sturmmasken und Helmen und bewaffnet mit Maschinengewehren. Ich muss Schluss machen.«

Die Leitung wird unterbrochen. Nuria lässt das Handy sinken. Schließlich legt sie es zurück in die Häkeltasche. Sie schaut zwinkernd an ihren Beinen hinunter und gräbt mit den Zehen im Sand. Jetzt gegen zwei Uhr ist der Sand so heiß, dass sie sich den großen Zeh verbrennt. Die Flut ist nahe an ihr Strandlager herangekommen, doch die Wellen fließen rechtzeitig wieder ab. Vor Nuria wird eine Qualle angespült. Sie ist rosarot und riesig und hat oberhalb der mächtigen genoppten Tentakel am Schirmende einen violetten Ring. Ist sie tot? Ist sie giftig? Nuria steht auf und leiht sich bei den Kindern, die 20 Meter weiter eine Sandburg bauen, eine große Metallschaufel. Damit trägt sie die Qualle zurück zum Meer und wirft sie ins Wasser.

»Spinnst du?« Rosalie stapft schreiend aus dem Meer. »Voll eklig! Die beißt mich!«

Heimerad rudert mit den Armen und wirft sich zurück in die Wellen. Dann kommt auch er an Land.

Nuria streift ihre Sonnenbrille herunter und setzt den Hut auf. »Ich geh ein bisschen spazieren.«

»Bei der Hitze?« Heimerad schüttelt den Kopf.

»Nur ein kleines Stückchen. Ich nehm eine Sprudelflasche mit.«

Der Strand ist viele Kilometer lang. Er ist gut besucht, aber keineswegs überlaufen. Erst kommt der Abschnitt für die Camper und die Familien. Treibholzgerüste wachsen zwischen bunt besprühten Bunkerruinen aus dem Zweiten Weltkrieg empor. Mauerreste, Beton und Graffiti. Dann wird es immer lichter und wilder. Der Sand bleibt sauber. Auf den Hundestrand folgt der Nacktbadestrand.

Selina ist ins Visier der Kripo geraten. Möglicherweise wird sie nun auch beschuldigt, Irina »Olga« Iwanowa umgebracht zu haben. Existieren dahingehend Spuren? Oder hat die Festnahme, die es soeben gegeben haben muss, ausschließlich mit der Androhung eines Amoklaufs zu tun? Reicht eine Ankündigung dafür aus? Vielleicht wird aus beiden Gründen ein strafrechtliches Ermittlungsverfahren gegen sie eingeleitet. Totschlag oder Mord aus Rache lassen sich einordnen in die gängigen Formen weiblicher Kriminalität. Beziehungstaten machen den Großteil der Verbrechen aus, die Frauen begehen. Der Amoklauf sticht dagegen heraus aus den üblichen Mustern. Zu dieser Form der Selbstjustiz greifen junge Frauen eher selten, aber es kommt vor.

Oder kam das Polizeiaufgebot wegen Heike Seidel? Hat das mit Selina gar nichts zu tun?

Am Saum des Wassers beginnt Nuria zu joggen. Eigentlich ist es zu heiß. Die Sonne sticht. Das Meer verliert sich im Blau des wolkenlosen Himmels. Im Sand liegen vereinzelt nackte alte Männer, die Haut braun gebrannt und gegerbt wie Leder.

Nuria läuft schneller, aber niemand macht sie dumm an, weil sie im FKK-Bereich ihren Bikini trägt. Unbehelligt erreicht sie einen menschenleeren Teil und genießt es, immer weiterzulaufen.

Kann es sein, dass es wahr ist, was Heimerad behauptet? Dass sie sechs Jahre lang Ballettunterricht hatte? Dann kann sie sich an sechs maßgebliche Jahre ihrer Kindheit nur lückenhaft entsinnen. Das ist mit punktueller Amnesie, wie Nuria kurzfristige Erinnerungslücken nennt, nicht zu erklären. Da steckt ein Konzept dahinter, wie es nur schwerst traumatisierte Menschen entwickeln. Opfer extremer Gewalt. War Heimerad wirklich ihr Lehrer, ist er ihr leiblicher Vater? Wollte er sie retten? Oder lügt er? Wenn ja, warum? Was bringt es ihm, wenn er über sie diese Geschichten erfindet? Falls er sich die Ballettschule Hymer ausgedacht hat, muss er herausgefunden haben, dass sie im Mädchenheim St. Aloisia war und dass die Generaloberin so hieß. Wie viel hat sie ihm denn von sich erzählt?

Nurias Gedanken drehen sich im Kreis, während sie an der Linie des Wassers entlangläuft. Ihre Füße sinken leicht ein und hinterlassen flache Stapfen, die von sich kräuselnden, schäumenden Wellen geglättet und ausgelöscht werden. Sie spürt ein wachsendes Misstrauen Heimerad gegenüber, eine galoppierende Entfremdung.

Nuria hüpft durch den siedenden Sand und klettert auf der Landseite die Böschung hinauf. Im Schatten der Bäume setzt sie sich auf eine Wurzel, holt das Mobiltelefon aus der Bauchtasche und ruft Hannah Arendt an.

25

Bis zur Wochenmitte verlaufen alle Tage gleichförmig. Sie frühstücken, gehen zum Strand, fahren Fahrrad, erkunden die Uferpromenade, lesen Bücher, kaufen ein, kochen, genießen den Sonnenuntergang. Nuria und Heimerad reden nicht mehr über das, was geschehen ist oder geschehen sein könnte. Sie klären auch nicht, wie lange sie noch am Atlantik bleiben. Nuria weiß also nicht, wie lang dieser Zustand noch dauert. Sie versucht, ihn zu genießen, aber sie spürt eine Anspannung. Rosalie merkt davon anscheinend nichts. Sie wirkt gelöst und spielt mit kleineren Kindern Tischtennis, Federball, Boule und Mensch ärgere Dich nicht.

Der 10. August ist ein Mittwoch, und sie sind seit über einer Woche unterwegs. Nuria zieht eine Art Zwischenbilanz. Von Heike Seidel hat sie erfahren, dass Selina dem Haftrichter vorgeführt wurde und seitdem in Untersuchungshaft sitzt. Eine Rechtsanwältin wurde eingeschaltet. Mehr war Heike nicht zu entlocken. Sie ist offenbar sauer, weil Nuria keinerlei Anstalten macht, ihr aktiv vor Ort beizustehen. Erdmutes Unterstützung will sie nicht annehmen, und Erdmute ist ganz froh, dass sie nicht zu helfen braucht. Von Hannah Arendt hat Nuria nur gehört, sie sei dran und werde sich melden. Woran sie ist, bleibt offen. Nuria hofft, dass sie etwas über die toten Kinder in St. Aloisia herausfindet, über die Bengeles und vor allem über Heimerads Identität und Werdegang. Am meisten interessiert sich Nuria für die beiden Tötungsdelikte. Sie möchte alles erfahren über den Tod von Claudius und Mechthild Haas. Vielleicht kommt Hannah an alte Zeitungsartikel und Akten heran, oder sie kann Zeitzeugen finden, Beteiligte am Gerichtsprozess und Justizvollzugspersonal.

Nuria kann mit Heimerad über all das nicht reden. Vor dem Nachtessen macht sie ihren Strandspaziergang, der wie die Joggingrunde schnell zum Ritual geworden ist. Nicht allzu weit entfernt toben immer noch Waldbrände. Über der Landzunge weht eine Rauchfahne. Der Sonnenuntergang wirkt besonders spektakulär. Während der glühende Ball ins Meer sackt, zieht sich ein lila-orangerot-gelbes Band am Horizont entlang, das nach oben hin immer lichter und durchscheinender wird. Gegenüber strahlt im Osten der Fast-Vollmond, er steigt auf aus dem Türkis des Himmels und wird umrahmt von sattem Pink. Auf dem Wasser treibt eine Segeljacht. Sie zieht langsam vorüber. Der Sand schimmert samtig violett, das Meer singt, die Wellen tanzen sanft und schwarz.

»Wir könnten langsam weiterziehen«, meint Nuria, als sie mit ihren Kopflampen am Tisch sitzen und drei Doraden mit Knoblauch, Thymian, Rosmarin, Babyspinat, Zitronenscheiben und Fenchelkraut füllen. Sie würzen die Fische mit Salz, Pfeffer und Peperoncino, beträufeln sie mit Zitronensaft und Olivenöl und packen sie auf den Gasgrill. Den darf man bedienen, weil er ein Wasserbad besitzt und kein offenes Feuer brennt.

»Warum sollten wir das tun?« Heimerad schüttelt den Kopf. »Wir haben hier doch alles. Ich glaube nicht, dass wir anderswo einen besseren Platz finden. Und Rosalie hat sich gut eingelebt.«

»Ich bin auch überrascht, wie kontaktfreudig sie ist. Wo ist sie überhaupt?«

»Sie ist 14. Sie weiß, dass es in einer Viertelstunde Essen gibt. Sie verputzt meistens eine ganze Menge. Sie wird schon wiederkommen.«

Nuria seufzt, schneidet Tomatenstücke und schüttet sie in den Kopfsalat.

Heimerad: »Lass uns noch bleiben.«

»Ich dachte, du hast ein Wohnmobil. Also ein Gefährt, mit dem man unterwegs ist.«

»Wo willst du denn hin? Wir haben Mitte August, und seit Corona wollen alle ihren Urlaub draußen verbringen. Die Campingplätze sind voll wie nie.«

»Was willst du hier mit uns?«

»Ich wollte dich endlich richtig kennenlernen. Zeit zusammen verbringen, mit dir und deiner Tochter.«

Heimerad trinkt aus seiner kleinen Bierflasche, es ist die zweite oder dritte, natürlich trinkt er wie die meisten Männer Bier. Nuria hat eine eiskalte Flasche Weißwein aus dem Campingladen geholt und sich ein Glas eingegossen. Sie nippt, er schmeckt flach.

»Weil du mein Vater bist?«

»Weil ich das möglicherweise bin, ja. Und weil wir schicksalhaft verbunden sind. Es stimmt nicht, was ich anfangs behauptet habe. Dass wir nichts miteinander zu tun haben. Das war gelogen.«

»Die Vaterschaft ... Man kann das testen lassen.«

»Wozu?«

»Wenn es dir um uns ginge, würdest du dich bei der Polizei selbst anzeigen!«

»Warum sollte ich das?«

»Wegen des vermeintlichen Unfalls. Wie ist meine Adoptivmutter genau gestorben? Du hast zugegeben, dass du daran schuld bist.« Jetzt hat sie es doch gewagt. Sie hat die Frage gestellt. Nuria atmet tief durch.

»Sie ist gegen eine Mauer gefahren, ziemlich direkt vor dem Haus. Sie war nicht angeschnallt und wurde aus dem Auto geschleudert. Du hast sie gefunden.«

»Klar. Aber ich war nicht mit im Auto?«

»Nein.«

»Ich hab ihr nicht ins Lenkrad gegriffen?«

»Nein.«

»Ich saß nicht auf ihrem Schoß und durfte lenken?«

»Nein.«

»Warst du mit im Auto?«

»Auch nicht.«

»Warum hast du den Unfall dann verursacht?«

»Ich habe Mechthild ein Medikament gegeben, das ihre Reaktionsgeschwindigkeit herabgesetzt und sie fahruntüchtig gemacht hat.«

»Wieso hast du das getan?«

»Weil ich wollte, dass sie verunfallt. Sie war krankhaft leistungsfixiert, und sie ließ das an dir aus. Du hattest keine Chance, dem auszuweichen. Es gab kein Davonkommen, nur den gewaltsamen Bruch.«

»Mit allen Mitteln.«

»Wenn es nicht anders ging.«

Nuria belässt es dabei. Sie fragt nicht nach Claudius. Erst soll Hannah Arendt herausfinden, was damals passiert ist. Dann kann Nuria Heimerad damit konfrontieren.

Als Rosalie endlich auftaucht, keuchend, zerfahren, deckt sie stumm den Tisch.

In der Nacht regnet es, melodisch klopft der Regen auf das Zeltdach. Rosalie seufzt im Schlaf und drückt ihre Fußsohlen gegen Nurias Waden. Gegen Morgen fegt ein Sturm über das Meer hinweg, tagsüber peitscht die Gischt, aber das Wetter fängt sich wieder, bleibt beständig und schlägt nicht um.

Nuria fragt sich, ob sie so etwas wie Feindseligkeit empfindet, ob sie Heimerads stoisches Verhalten quält. Aber das ist es nicht. Sie hat nur den Eindruck, dass er den Aufenthalt künstlich in die Länge zieht, um etwas zu hintertreiben, an dem sie dran ist. Was weiß er über sie, von dem sie nichts ahnt? Was ist der Kern der ganzen Geschichte? Wie viel davon ist wahr, wie viel ist gelogen?

Heimerad hütet ein Geheimnis. Wieso gelingt es ihr nicht, ihn zu durchschauen? Ist sie sich dabei selber im Weg?

»Wir sind mit dem alten Camper der Bengeles unterwegs, stimmt's?«

Über Heimerads Gesicht huscht ein Schatten. »Woher weißt du das?«

»Die knalligen Sitzkissen hat Mechthild gehäkelt, meine Adoptivmutter.« Nuria darf jetzt keine Panik bekommen. Sie prüft ihren Herzschlag, ihren Puls. Gleich wird ihr schwindlig, ihr bricht der eiskalte Schweiß aus. »And those who were seen dancing were thought to be insane by those who could not hear the music.«

»Was heißt das?«

Nuria antwortet nicht. Sie spürt, dass Rosalie das Gespräch belauscht hat und dass sie sehr genau hört, wo hier die Musik spielt.

»Wissen Sie eigentlich, wie spät es ist?« Nuria liegt neben Rosalie im Zelt, das Handy am Ohr, sie flüstert.

Rosalie schläft. Ihr Atem geht tief und regelmäßig.

»Ich habe Neuigkeiten.« Hannah Arendt klingt gehetzt. »Es könnte sein, dass Sie mit jemandem unterwegs sind, der gefährlich ist.«

»Wie kommen Sie darauf?«

»Ihr Adoptivvater, Claudius Haas, war Polizist. Er ermittelte gegen die RAF und wurde Anfang 1987 umgebracht. Von einem Tänzer, der sich Heimerad nannte. Einen Nachnamen habe ich nirgendwo gefunden. Es gab einen Prozess, er kam in Haft und wurde dort vorzeitig entlassen. Aber er schwieg beharrlich, das Motiv wurde nie bekannt. Vielleicht war Heimerad ein RAF-Sympathisant. Oder selber Terrorist.«

»Das glaube ich nicht. Ich kenne das Motiv, Heimerad hat mir alles erzählt. Wie sind Sie auf meinen Adoptivvater und Heimerad gekommen?«

»Durch Heike Seidel, Selinas Mutter. Sie hat mich beauftragt, dieser Sache nachzugehen.«

»Dann sind Sie also keine Publizistin.«

»Nein, ich arbeite in einer Detektei.«

»Warum haben Sie das nicht gleich gesagt? Außerdem: Was hat Heike mit meiner Vergangenheit zu tun?«

»Sie war die zweite Frau von Claudius Haas. Die er blutjung geheiratet hat. Sie war in die Ermittlungen von Claudius gegen die RAF nicht eingeweiht. Im Gegensatz zu Ihrer Adoptivmutter Mechthild. Vielleicht musste sie deshalb sterben, und der Unfall war kein Unfall. Doch das weiß ich nicht. Heimerad ist dafür nie angeklagt worden, es fehlten die Beweise, er büßte nur für den Totschlag an Claudius.«

»Wie ist mein Adoptivvater denn umgekommen?«

»Ein Streit ist eskaliert. Heimerad hatte ein Taschenmesser dabei, angeblich zufällig. Sie sagen, Sie kennen das Motiv? Es hat also nichts mit der RAF zu tun?«

Nuria überlegt. »Ja, aber den wahren Grund möchte ich für mich behalten. Wie auch immer. Könnte es sein, dass Heike Seidel ihre Tochter vorgeschickt hat, weil sie mich unter einem Vorwand kennenlernen wollte?«

»Sie ist hinter allen her, die damals eine Rolle gespielt haben.«

»Rache, nach all den Jahren?«

»Heike Seidel ist erst jetzt auf ein paar Zusammenhänge gestoßen.«

»Dann hat sie Irina ›Olga‹ Iwanowa erschlagen?«

»Nein, das war Haidrun Bengele.«

»Wie bitte?«

»Olga wollte etwas ausplaudern, das Frau Bengele nicht an die große Glocke hängen möchte. Selbst nach all den Jahren nicht.«

»Und was soll das gewesen sein?«

»Das weiß ich nicht.«

»Könnte es mit dem Fund der skelettierten Kinderleichen im letzten Herbst zu tun haben, auf dem Dachboden eines Mädchenheims? Es waren sechs. Möglicherweise hing es mit dem Ballettunterricht in dem Heim vor rund 40 Jahren zusammen. Die Leiterin hieß Hymer und war vielleicht verwandt mit Frau Bengele, einer geborenen Hymer.«

»Ich werde dem mal nachgehen. Das führt dann aber wieder in eine andere Richtung.«

Nuria fragt vorsichtshalber nochmals nach: »Dann hat Heike Seidel mit Olgas Tod nichts zu tun?«

»Nein. Wie verkraftet Ihre Tochter das Ganze eigentlich?«

»Gar nicht. Sie ist neurodivergent.«

Gegen Morgen gewittert es wieder, und am Vormittag geht ein Wind. Diesmal schlägt das Wetter um. Die Hitze ist vorbei. Obwohl es abgekühlt hat und luftet, fahren Rosalie und Heimerad mit den Rädern los. Rosalie will unbedingt auf dem Weg am Meer entlangradeln, weiter weg bei den hohen Klippen eine Landzunge umrunden und auskundschaften, was dahinterliegt.

Mir bleibt Zeit nachzudenken. Darüber, was ich nun mache. Soll ich hinaufsteilen zum Gipfel der Erkenntnis oder im Tal der Taubheit verzwergen? Ideal wäre ein absichtsloses Gelingen. Wenn mir die Antworten auf all die Fragen einfach in den Schoß fielen.

Am Mittag kommt Rosalie zurück. Sie ist allein. Ihre Lippen sind bleich. Sie spricht nicht, sie schaut mir ausdruckslos ins Gesicht. Ihr Blick wirkt leer. Ihre Augen sind blank.

Wir bauen das Zelt ab und packen unsere Sachen.

EPILOG

Heimerad taucht nirgends mehr auf. Doch er entspringt nicht Nurias Fantasie, wie sie sich Hannah und Patti ausgedacht hat, um nicht einsam zu sein auf ihren Reisen. Nuria ist nicht verrückt. Sie unterscheidet klar zwischen Außenwelt und Fantasie. Aber sie wurde als Kind schwer traumatisiert. Und kann die Retraumatisierung durch Olgas Ableben nur überstehen, indem sie sich Fluchträume schafft. Das ist in ihrem Fall eine lebensnotwendige Technik, durch die sie begreifen und akzeptieren lernt, dass Irina »Olga« Iwanowa und Ernst Bengele oder auch Heimerad ihre leiblichen Eltern sind.

Nuria wartet noch zwei weitere Tage, dann fährt sie mit Rosalie in dem Ducato zurück nach Stuttgart. Dort beschlagnahmt die Kripo den hellbeigen Camper mit braunen Streifen und vielen Büchern darin, angemeldet auf den Namen Ernst Bengele.

Darin werden DNA-Reste von sechs Waisenkindern gesichert, die vor 40 Jahren verschwanden und deren Spur sich irgendwann verloren hat. Bis ihre Leichen im letzten Herbst gefunden wurden. Der Hinweis kam von Rose Rosenkrantz. Nachdem ihre Tochter Sonja Franz die sechs Skelette auf dem Dachboden entdeckt hat, informierte sie zunächst ihre Mutter. Frau Rosenkrantz forschte nach. Dabei fiel der Verdacht schnell auf Generaloberin Maria Katharina Hymer, Haidruns ältere Schwester, die längst verstorben war. Frau Rosenkrantz hatte sie schon damals beim Verschwinden der Kinder im Visier gehabt, ihr aber nichts nachweisen können. Das Polizeipräsidium Stuttgart war bereits mit der Aufklärung des Falls beschäftigt, als Frau Rosenkrantz ihre belastende Aussage machte. Haidrun Bengele, geborene Hymer, und Ernst Bengele sind in den Fokus der Ermittlungen geraten. Daraufhin hat Bengele alles versucht, um zu vertuschen, dass Haidrun ihre Schwester gedeckt hat, und einen theatralisch inszenierten Suizid begangen. Dazu benutzte er die Waffe seiner Frau – er wusste, dass Nuria sie an sich genommen hatte. Der Abschiedsbrief war von ihm. Die Todesursachen der sechs Kinder bleiben im Dunkeln. Haidrun sagte nichts dazu aus, sie ist, angeblich, schwer dement.

Frau Rosenkrantz hat daraufhin den Zusammenhang mit Olgas Tod geahnt. Sie ist nochmals zur Polizei gegangen und hat ihren Verdacht geäußert, dass Haidrun Olga erschlagen hat, heimtückisch von hinten, mit der Stange. Weil Olga zu viel wusste. Und tatsächlich, Haidruns DNA wurde an der Stange sichergestellt. Es war Mord. Dafür büßt Haidrun jetzt – auch wenn sie sich vor Gericht nicht mehr dazu äußern wird. Sie ist in ihrem inneren Gefängnis eingesperrt.

In Stuttgart wird es Herbst, und die Blätter fallen dort, wo es Bäume gibt. Im Stuttgarter Westen ist das nicht überall der Fall, aber an manchen Wegen durchaus, und Nuria geht die bunt verfärbte Hasenbergsteige hinunter. Ihr Mantel zipfelt hinter ihr her, ein beigefarbener Trenchcoat. Sie denkt nur noch ab und zu an ihre Mutter. Sie kümmert sich um Rosalie, um sich selbst, um die Praxis. Und sie hat sich zu einer Therapie angemeldet. Das Leben geht weiter.

Bald wird sie Erdmute besuchen, wenn das Baby auf der Welt ist. Es wird Aloisia heißen.

Alle Bücher von Uta-Maria Heim:

Anita Wolkenstein und Timo Fehrle ermitteln:

1. Fall: Dreckskind
ISBN 978-3-89977-661-4

2. Fall: Totschweigen
ISBN 978-3-89977-704-8

3. Fall: Totenkuss
ISBN 978-3-8392-1059-85

Pfarrer Fischer ermittelt:

1. Fall: Toskanische Beichte
ISBN 978-3-8392-2125-9

2. Fall: Toskanisches Feuer
ISBN 978-3-8392-2348-2

3. Fall: Toskanisches Blut
ISBN 978-3-8392-2488-5

4. Fall: Toskanisches Erbe
ISBN 978-3-8392-2765-7

Udo Winterhalter ermittelt:

1. Fall: Das Rattenprinzip
ISBN 978-3-89977-745-1

2. Fall: Wespennest
ISBN 978-3-89977-809-0

Weitere:

Feierabend
ISBN 978-3-8392-1178-6

Albleuchten
ISBN 978-3-8392-0225-8

Tanz oder stirb
ISBN 978-3-8392-0514-3